KB036266

아젤 르
이그나이트

일리아
일루주

Akashic records
of bastard magic instructor

리디아
이그나이트

변변찮은 마술강사와 금기교전 17

Akashic records
of bastard magic instructor

히츠지 타로 지음
미시마 쿠로네 일러스트
최승원 옮김

교전은 만물의 예지를 관장하고, 창조하며, 장악한다.
그러하기에 그것은
인류를 파멸로 인도하게 되리라──.

『멜갈리우스의 천공성』 저자 : 롤랑 엘트리아

Akashic records
of
bastard
magic
instructor

Character

Main

시스티나 피벨

고지식한 우등생. 위대한 마술사
였던 조부의 꿈을 자기 힘으로 이뤄
내기 위해 흔들림 없는 정열을 바치
는 소녀.

글렌 레이더스

마술을 싫어하는 마술강사. 만사에
무책임하고 의욕 제로. 마술사로
서도 삼류라서 장점은 전혀 없는 셈.
그런 그의 진정한 모습은—?

루미아 틴젤

청초하고 마음씨 고운 소녀. 누구에
게도 밝힐 수 없는 비밀을 가지고 있
으며 친구인 시스티나와 함께 열심
히 마술 공부에 매진하고 있다.

리엘 레이포드

글렌의 전 동료. 연금술로
고속 연성한 대검을 다룬다.
근접 전투에서 비교할 자가
없는 이색적인 마도사.

°알베르트 프레이저

글렌의 전 동료. 제국 궁정
마도 사단 특무 분실 소속.
신기에 가까운 마술 저격이
특기인 굉장한 실력의 마도사.

엘레노아 샤레트

알리시아의 직속 시녀장 겸
비서관. 하지만 그 정체는
하늘의 지혜연구회가 제국
정부로 보낸 밀정.

세리카 아르포네아

제국 마술 학원 교수. 글렌의
스승인 동시에 길러준 부모
이기도 한 수수께끼가 많은
여성.

Academy

웬디 나블레스

글렌이 담당하는 반의 여학생. 지방
유력 명문 귀족 출신. 자부심이 강하고
권위적인 성격의 세상 물정 모르는
아가씨.

린 티티스

글렌이 담당하는 반의 여학생. 약간
내성 적이고 체격도 작아서 귀여운 동물
처럼 보이는 소녀. 자신감이 없어서 고
민이 많다.

기블 위즈덤

글렌이 담당하는 반의 남학생. 시스
티나 다음가는 우등생이지만 결코
주변과 어울리려 하지 않는 냉소주
의자.

카슈 윙거

글렌이 담당하는 반의 남학생. 덩치
가 크고 튼실한 체격, 성격이 밝고 글
렌에게 호의적이다.

세실 클레이튼

글렌이 담당하는 반의 남학생. 조용
한 독서가, 집중력이 높아서 마술 저
격에 재능이 있다.

할리 아스트레이

제국 마술 학원의 베테랑 강사. 마술
명문 아스트레이 가문 출신. 전통적인
마술사와는 거리가 먼 글렌에게 공격
적이다.

마술
Magic
—

룬어라고 불리는 마술 언어로 구성한 마술식으로 수많은 초자연 현상을 일으키는
이 세계의 마술사에게 지극히 『당연한』 기술.
영창하는 주문의 구절과 마디 수,
템포, 술자의 정신상태에 따라 자유자재로 형태를 바꾸는 것이 특징.

교전
Bible
—

천공의 성을 주제로 삼은 지극히 아동 취향인 옛날이야기로 세계에 널리 퍼져있다.
그러나 그 소실된 원본(교전)에는
이 세계에 관한 중대한 진실이 적혀있다고 전해지며, 그 수수께끼를 좇는 자에게는
어째선지 불행이 닥친다고 한다.

알자노 제국
마술학원
Arzano Imperial Magic Academy
—

약 4백 년 전, 당시의 여왕 알리시아 3세의 주도로 거액의 국비를 투입해서
설립한 국영 마술사 육성 전문학교.
오늘날 대륙에서 알자노 제국이 마도대국으로 명성을
떨치는 기반을 만든 학교이자, 늘 시대의 최첨단 마술을 배우는
최고봉의 교육 기관으로서 주변 국가에 널리 알려져 있다.
현재 제국의 고명한 마술사 대부분이 이 학원의 졸업생이다.

Akashic records of bastard magic
instructor

CONTENTS

서장 혼돈의 서곡

르바포스 성력(聖曆) 1,853년 그람의 달 9일.

현재 자유도시 밀라노는 혼돈과 혼란이 지배하고 있었다.

마술제전회장, 세리카 엘리에테 대경기장에서 일어난 비극. 레자리아 왕국 대표 선수단 총 열두 명의《엔젤 더스트》말기 증상에 의한 사망.

이어서 제13 성벌 실행부대^{리스트 크루세이더스}에 의한 마리아 루텔의 유괴.

모두가 예상치 못한 결승전의 결말에 당혹스러움을 감추지 못하고 혼란에 빠질 수밖에 없었던 것이다.

"젠장…… 대체 왜 이런……!"

글렌은 길을 오가는 인파를 헤치며 필사적으로 거리를 달렸다.

헛수고라는 걸 알면서도 방금 끌려간 마리아를 찾아서 다리를 멈추지 않았다.

─시, 싫어! 구해주세요, 선생님!

유괴 당시 마리아가 남긴 비통한 절규가 머릿속에서 재생

되었다.

왜 그녀가 표적이 된 건지는 글렌도 도통 알 수 없었다.

하지만 다시 모습을 드러낸 《엔젤 더스트》의 존재를 떠올려보면 라스트 크루세이더스— 루나의 뒤에 있는 것이 누군지는 명백했다.

"……저티스! 그 자식이……!"

예전에 《불꽃의 배》에서 시신을 목격했었지만 역시 살아 있었다.

최악의 사태를 예감한 글렌은 마치 몸이 타들어가는 것 같은 조바심을 느꼈다.

아무튼 그 저티스가 움직인 이상, 결코 평범한 목적은 아닐 터.

한시라도 빨리 마리아를 구출하지 않으면 끔찍한 일이 벌어지리란 것만은 틀림없었다.

'하지만 어쩌면 좋지? 그 자식들은 대체 어디로 달아난 거야! 어디냐고!'

넓은 십자로 한복판에서 멈춰 선 글렌은 주위를 필사적으로 살폈다.

"선생님……! 진정하세요, 선생님!"

마침 그때 여러 명이 달려오는 기척이 느껴졌다.

시스티나, 루미아, 리엘, 이브였다.

"마리아를 납치한 사람들은 하늘을 날아서 도망쳤잖아

요! 이렇게 무턱대고 돌아다녀봤자 소용 없다구요!"

"응. 글렌, 좀 냉정해져."

지극히 타당한 시스티나와 리엘의 지적에 쉴 새 없이 뛰어다니느라 체력이 고갈됐던 글렌은 그제야 한숨을 내쉬었다.

"……미안. 잠깐 이성을 잃었나 봐."

글렌은 거친 호흡을 가다듬으면서 시스티나 일행을 돌아보았다.

"나 참…… 누가 학생인지 모르겠네."

그런 글렌을 지켜본 이브가 팔짱을 끼며 말했다.

"날 너무 실망시키지 말아줄래? **글렌 선생님.**"

"시, 시꺼! 좀 당황했던 것뿐이라고!"

"걱정하지 마세요, 선생님. 마리아는 분명 무사할 거예요. 저희가 힘을 합쳐서 구해내죠!"

"응, 나도 도울게. 시스티나와 루미아의 친구라면 나도 지켜줄 거야."

"너희들……."

그런 믿음직스러운 제자들의 모습에 글렌의 가슴이 뜨거워진 순간―

"서, 선생님……."

갑자기 하늘을 올려다본 루미아가 당혹스러운 목소리를 흘렸다.

"왜 그래? 루미아."

"저건…… 뭐죠?"

루미아는 머리 위를 가리켰다.

"……응?"

시선을 들자 자유도시 밀라노의 상공에 기묘한 빛의 선이 반짝거리며 별똥별처럼 흐르고 있었다.

밀라노 시민들도 그것을 눈치챘는지 하나둘씩 하늘을 올려다보고 웅성거리기 시작했다.

"……저, 저건 또 뭐야……."

교차하는 빛의 선은 조금씩 수를 늘리더니 그물처럼 엮여서 하늘에 거대한 스크린을 형성했다.

이윽고 거기에 비친 광경은…….

제1장 붕괴를 알리는 나팔소리

뚜벅, 뚜벅, 뚜벅.

먼지가 섞이고 시큼한 냄새가 나는 공기가 가득한 비좁은 공간에 구둣발소리가 울려 퍼졌다.

안쪽으로 이어지는 무한한 어둠을 손끝에 깃든 마술광(魔術光)이 흐릿하게나마 걷어낸 이곳의 정체는 어딘가로 향하는 통로였다.

벽, 바닥, 천장 전부가 기하학적인 조형의 기묘한 석재로 이루어진 통로.

그리고 그 모든 것에는 고대문자와 기호와 천체(天體) 같은 그림이 빼곡하게 새겨져 있었다.

그런 공간을 망설임 없이 나아가는 한 청년.

저티스 로우판이었다.

"놀랐어? 밀라노의 지하에 이런 유적이 있을 줄은 몰랐지?"

"흥…… 우리를 대체 어디로 데려가려는 건데?"

저티스의 뒤에서는 라스트 크루세이더스— 루나와 체이스가 따라오고 있었다.

체이스의 팔에는 자유를 구속당한 마리아가 옆으로 누운

채 안겨 있었다.

수면 계통 마술 약품을 써서 완전히 재운 상태였다.

"이제 슬슬 목적을 알려줘도 되지 않아?"

"흐음."

저티스는 불만을 드러내는 루나에게 상쾌한 미소로 대답했다.

"그건 도착한 후의 즐거움……으로 남겨둘게."

"이……! 체이스의 심장에 《요토의 못》만 없었다면 너 같은 건 당장 베어버렸을 텐데……!"

성 엘리사레스 교회 금단의 비술【천사 전생】.

그 적격자이자 성공 사례인 《전천사(戰天使)》루나 프레아.

인간을 초월한 힘을 지닌 그녀가 저티스의 말을 따를 수밖에 없는 건 전부 파트너인 체이스의 심장에 박힌 《요토의 못》때문이었다.

불사자(不死者)를 완전히 소멸시킬 수 있는 성유물 《요토의 못》. 그것이 흡혈귀인 체이스의 심장에 있는 이상, 그의 생사여탈권은 완전히 저티스의 손아귀에 있었다.

루나는 눈을 질끈 감고 주먹을 쥐었다.

'……체이스만은 살려야 해! 나에게는…… 이제 그밖에 없는걸!'

그래서 지금은 저티스의 말을 따라야만 했다. 따를 수밖에 없었다.

다른 뭔가를 희생하는 한이 있어도…….

"루나……."

고뇌에 잠긴 루나의 얼굴을 체이스는 그저 조용히 지켜볼 수밖에 없었다.

통로는 마치 미궁처럼 복잡하게 갈라져 있었다.

하지만 저티스의 걸음에는 전혀 망설임이 없었다.

처음부터 어디로 갈지 정한 것 같았다.

이윽고 그 통로를 빠져나온 일행을 맞이한 것은 널따란 공간이었다.

"……밀라노의 지하에 이런 곳이 있었다고?"

루나와 체이스는 아연실색한 얼굴로 그 공간을 둘러보았다.

넓은 반구형 공간. 여기로 오는 길은 하나가 아니었는지 벽에는 비슷한 출입구가 수없이 달려 있었다.

바닥과 천장에는 웅장한 천체도 같은 신비한 문양이 새겨져 있었고 공간의 중심에는 피라미드 같은 사각뿔 형태의 제단이 있었으며, 그 주위에는 재질을 파악할 수 없는 기묘한 검은색 모노리스가 가지런히 늘어서 있었다.

"여긴 『나이아의 제사장』이라고 불리는 고대 유적이야. 미궁 안을 정해진 순서대로 통과하지 않으면 영원히 같은 장소를 맴돌며 도달할 수 없는 장소지."

저티스는 의기양양하게 말했다.

"여길 찾느라 고생이 이만저만이 아니었어. 하마터면 그 포젤에게 선수를 빼앗길 뻔했다니까?"

"네 사정 따윈 알 바 아니거든?!"

"뭐, 하긴 그렇겠군. 그럼 당장 시작해볼까."

그리고 짜증을 감추려 하지 않는 루나에게 어깨를 으쓱이고 대답했다.

"그『무구한 어둠의 무녀』를 저 제단 위에 눕혀줘."

"……."

하지만 체이스는 입을 다문 채 움직이지 않았다.

어째선지 형언할 수 없는 불길한 예감이 들었기 때문이다.

"……호오? 내 부탁을 못 들어주겠다는 거야?"

저티스는 즐거운 얼굴로 품속에서 성구(聖句)가 새겨진 쇠망치를 꺼냈다.

체이스의 심장에 박힌 《요토의 못》을 조작하는 성유물 《요토의 망치》였다.

"……체이스. 지금은…… 저 녀석 말대로 해줘, 이건 **명령** 이야."

그럼에도 체이스가 움직이려 하지 않자 루나가 먼저 나섰다.

애원하듯 말하는 그녀의 얼굴은 고뇌로 일그러져 있었다.

"……그러지."

체이스는 탄식한 후 마리아를 제단 위에 올렸다.

"《내가 자은 실을 따르라》."

저티스가 백마(白魔) 【마리오네트 워크】를 영창한 순간, 잠든 상태의 마리아가 몸을 일으켰다. 제단 위에 서서 무릎을 꿇고 가슴 앞에 손을 맞잡더니 허리를 한계까지 젖혀서 천장을 올려다보았다.

"……나……스탄……르……가사나……나르……나르……."

그리고 마치 기도하듯 뭔가를 중얼거리기 시작했다.

"훗……."

저티스는 마리아의 왼쪽 소매를 잡더니 단숨에 찢었다.

그러자 그녀의 왼쪽 상박이 드러났다.

거기 새겨져 있는 Z자를 몇 개나 겹친 듯한 문양이 기도에 호응해 붉게 빛나며 열을 띠기 시작했다.

"뭐, 뭐야…… 저건…… 무슨 일이 일어나고 있는 거지?"

"자, 이번에는 네 차례야. 루나."

당황하는 루나를 저티스가 돌아보았다.

"뭐? 나?"

"그래. 넌 《전천사》지? 요컨대, 천사언어 마법을 쓸 수 있는……." 엔젤릭 오라클

"그건 그렇지만…… 이제 와서 그게 뭐?"

"그중에 분명 금단의 【13번】이 있었지? 그걸 노래해줘."

"……뭐? 당신이 어떻게 그걸……."

저티스의 말에 루나는 눈을 깜빡일 수밖에 없었다.

"애초에 그걸 지금 여기서 부르라구? 당신 말대로 【13번】은 확실히 존재하지만…… 그건 아무런 의미도, 힘도 없는 노래인데?"

"너에게 거부권은 없어. 유감스럽게도."

저티스는 여봐란 듯 《요토의 망치》를 흔들었다.

"하지만 그걸 불러주면 체이스를 해방해주지. 날 믿어."

"……뭐? ……진심이야?"

저티스의 의도를 이해할 수 없는 루나는 혼란스러워할 수밖에 없었다.

'【13번】…… 금단이라는 칭호가 붙긴 했어도 사실 그 노래에는 아무런 힘이 없어. ……그러니 여기서 불러도 문제 될 일은 아무것도 없을 터……. 하지만 그 노래는…….'

"……루나. 놈의 말을 듣지 마."

루나가 망설이자 체이스는 날카롭게 경고했다.

"왠지 돌이킬 수 없는 일이 일어날 것 같은 예감이 들어. 난 신경 쓰지 마. 난 이미…… 죽은 인간이니까."

"……!"

루나는 체이스와 저티스가 든 《요토의 망치》를 잠시 번갈아 본 후—.

"Ya…Ahahaha…La, La, Alalala, Lala…Ahaaa… yha……."

결국 결심을 내렸는지 엄숙한 곡조의 노래를 부르기 시작했다.

그러자 투명한 목소리의 선율이 낭랑하게 울려 퍼지며 반구형의 공간에 휘몰아쳤다.

"루나……."

체이스는 그런 그녀를 복잡한 표정으로 지켜볼 수밖에 없었다.

"훗…… 그거면 돼.『예측대로』군."

저티스는 한없이 어둡고 싸늘하게 웃었다.

듣는 이의 영혼을 나락으로 빨아들이는 것 같은 루나의 노래가 계속 이어졌고, 이윽고 마지막 허밍이 끝난 바로 그 순간이었다.

우웅……!

불길한 중저음이 울려 퍼지는 동시에 마력이 내벽에 새겨진 천체도를 질주하더니 검은 모노리스 표면에 빛의 문자가 홍수처럼 쏟아졌다.

구역질이 치밀 정도로 폭력적이고 막대한 마력이 천정부지로 상승하고 있었다.

"앗……!"

그리고 실내 여기저기의 공간에 균열이 생기더니 부정형 괴물이 줄줄 흘러나오기 시작했다.

그 모습을 굳이 언어로 표현하자면 그로테스크한 심해어를 아무렇게나 마구 뒤섞어서 날카로운 이가 드러난 입과 눈알이 곳곳에 달린 진흙덩어리.

끊임없이 증식하는 부정형 괴물들은 마치 자아가 존재하는 것처럼 바닥에 새겨진 천제도의 선을 따라 움직여 제단 위에서 기묘한 기도를 바치고 있는 마리아를 에워싸기 시작했다.

"아, 아앗?! ……뭐, 뭐야! 저게 대체 뭐냐구!"

역겹고 모독적인 그 광경 앞에서 루나는 새파랗게 질린 얼굴로 뒷걸음질 쳤다.

"저티스……?! 당신, 대체 무슨 짓을 한 거지?!"

그리고 더는 인간이 아닌 괴물을 보는 듯한 두려운 눈으로 저티스를 향했다.

"아치볼트 경을 도와 왕국과 제국 사이에 전쟁을 일으켜서 경과 함께 단꿀을 빠는 게 당신 계획 아니었어?! 마리아, 밀리암 카디스를 납치한 건 파이스 카디스 추기경과 교섭할 때 쓰기 위해서가 아니었냐구!"

"……내가 그런 시시한 짓을 할 리 있겠어?"

저티스는 어이가 없다는 듯 과장스럽게 어깨를 으쓱였다.

"그럼 이야기가 좀 길어지겠지만, 내막을 알려줄게."

그리고 표표한 태도로 입을 열었다.

"아득히 먼 태곳적, 초 마법문명이라 불리는 시대에 마왕이라는 미친 왕이 있었어. 그는 《천공의 쌍둥이》와 《마장성(魔將星)》…… 외우주의 사신들로부터 비롯된 다양한 힘으로 세상을 자기 뜻대로 지배하고 있었지. 그런 마왕의 힘 중 하나가 바로…… 《무구한 어둠의 무녀》. 마왕은 외우주의 사신 중 하나인 《무구한 어둠》의 권속을 불러올 수 있는 일족을 자신의 신관 가문으로 포섭했던 거야."

"……《무구한 어둠의 무녀》?"

그건 분명 저티스가 마리아를 가리킬 때 쓴 호칭이었을 터.

지금까지는 작전상의 코드네임인 줄로만 알았는데…….

"『뭐라 형언할 수 없는 그 위용과 산처럼 거대한 그 자는 그야말로 무색의 폭력이었다』……무녀들의 몸에 강림한 사신의 권속은 마왕의 수족처럼 움직이는 병사나 다름없는 존재였어. 이른바 《사신병(邪神兵)》, 고대의 초병기였던 셈이지. 전승에 의하면 마왕은 그 《사신병》들을 부려서 자신의 뜻에 반하는 나라들을 멸망시키기도 했다나 봐."

"……."

"그리고 이곳은 당시에 그 《사신병》을 불러내는 의식이 거행된 장소…… 이 시대에 현존하는 몇 안 되는 의식장 중 하나였던 셈이고."

"잠깐만! 설마…… 저 아이가 정말로 그 《무구한 어둠의 무녀》…… 사신의 권속을 불러올 수 있는 일족의 후예라는 거야?!"

"그래, 맞아."

"저티스. 당신은 설마, 외우주의 사신을 강림시키려고……?!"

"정답."

저티스는 태연하게 대답했지만 루나와 체이스는 그저 경악할 수밖에 없었다.

"지금 바로 그 《사신병》의 강림이 시작된 참이야. ……본격적으로 《사신병》이 『되는』 건 아직 시간이 걸리지만 말이지. 지금은 아직 『뿌리』가 증식하는 단계지."

마리아를 집어삼키고 조금씩 성장하는 부정형의 무언가.

그리고 커져가면서 강해지는 배덕적이고 모독적인 신기(神氣).

이 감각은 틀림없었다. 이론이 아니라 자신들의 절대적인 상위 존재라는 것을 알 수 있는 절대적인 존재감.

정말로 여기에 사신의 권속이 강림하려는 것이다.

"사, 사, 사신의 권속 강림이라고?!"

너무나도 큰 스케일에 상황을 따라잡지 못한 루나가 당황해서 외쳤다.

사신 권속의 강림. 그렇다면 마치 2백 년 전 마도대전의 재래가 아닌가.

말문이 막힌 루나보다 먼저 이성을 찾은 체이스가 날카롭게 물었다.

"네가 왜 사신의 권속을 불러오려는지는 이제 와선 아무래도 좋아. 이해할 수 없는 건, 왜 루나의 노래로 의식이 시작된 거지?"

"……!"

루나는 퍼뜩 놀라서 눈을 크게 떴다.

이 끔찍한 의식이 시작된 것은 틀림없이 그녀의 『13번』이 계기였다.

교회가 자랑하는 《전천사》의 신성한 엔젤릭 오라클이 어째서……?

"그건 모르는 편이 나을걸. 뭐, 신경 쓰지 마."

그런 루나의 의심을 비웃듯 저티스는 너스레를 떨었다.

"대, 대답해! 어째서 《전천사》인 내 노래로 의식이 시작된 거지?!"

"글쎄? 왤까? 우연이려나~?"

"말해! 베어버리기 전에!"

계속 사람을 깔보는 태도를 멈추지 않는 저티스에게 루나가 격노를 터트린 순간―.

빙글빙글 회전하는 뭔가가 눈앞으로 날아들었고, 루나는 반사적으로 그것을 낚아챘다.

"……어? 《요토의 못》?"

그것은 놀랍게도 체이스의 생사여탈권을 쥔 《요토의 못》이었다.

루나가 저티스의 명령을 따르는 유일한 이유를 본인이 포기해버린 것이다.

"가짜……?"

"틀림없는 진품이야. 너라면 알 수 있잖아?"

루나는 영적인 시각으로 못을 확인했다.

확실히 이건 틀림없는 진짜 《요토의 못》이었다.

"……거짓말……."

인질이었던 체이스가 깔끔하게 해방되자 루나는 아연실색할 수밖에 없었다.

"말했잖아? 네가 13번을 부르면 체이스를…… 해방해주겠다고."

하지만 당사자는 자신의 목숨 줄을 포기했음에도 여유 있는 표정으로 모자를 고쳐 쓸 뿐이었다.

"난 약속은 지키는 주의거든. 이제 너희에게 볼일은 없어. 수고했어."

"……."

"난 **다음 손님**을 대접해야 하니까 어서 가봐. 얼른."

저티스가 너스레를 떨면서 그렇게 말한 그때였다.

그를 노리고 새하얀 섬광이 공간을 가로질렀다.

"……아, 차차. ……이게 무슨 짓이지?"

저티스는 십 몇 미트라 떨어진 곳에 가볍게 착지했다.

조금 전까지 그가 있었던 곳에는 검을 빼든 루나가 있었다.

"당신, 바보지?"

루나는 검으로 저티스를 겨누고 자세를 고쳤다.

"체이스가 무사히 해방된 이상 당신을 살려둘 이유는 어디에도 없어."

"허어, 이거 참 야속한걸."

"체이스, 준비해! 이 사악한 자를 여기서 해치우겠어! 절대로 놓쳐선 안 돼!"

지금까지 속수무책으로 이용당하느라 울분이 쌓였던 루나의 격렬한 투기와 분노가 저티스를 향해 팽창했다.

"충고할게. 그만둬."

하지만 저티스는 태연하게 말했다.

"짧은 시간이나마 동지였던 자로서의 배려야. 하나만 충고할게. 너희는 지금 당장 여기서 떠나는 편이 좋아."

그리고 출입구 중 한 곳을 가리켰다.

"저쪽으로 가면 돼. 금방 밖으로 나갈 수 있을 거야. 이제 교회로는 돌아갈 수 없을 테니 한동안 동방의 나라 중 한 곳에 몸을 숨기도록 해. 하하, 이건 정말 친절한 마음에서 우러나온 조언이야."

"뭐?! 이제 와서 그렇게 목숨을 구걸해봤자 안 통하거든?!"

"모든 것을 잃은 너에게 마지막으로 남겨진 것…… 그걸 잃고 싶지 않다면 지금 당장 이곳을 떠나. 아니면 넌 영원히 후회하게 될 거야."

"웃기지 마! 당신이 내 뭘 안다고!"

더 이상 참을 수 없었다. 이 남자의 말은 이제 조금도 듣고 싶지 않았다.

격노한 루나가 등에 달린 세 쌍의 날개를 펼치고 저티스를 향해 날아가려 한 순간—.

"기다려, 루나!"

체이스가 겨드랑이 사이로 두 팔을 구속하며 막았다.

"무, 무슨 짓이야! 체이스!"

"저자의 말은 아마도 사실이야!"

체이스는 화를 내는 루나에게 필사적으로 호소했다.

"저자의 예언에 가까운 선견지명에는 이치를 초월한 뭔가가 있어! 나도 물론 화가 나지만, 지금은 물러나야 해! 둘이서 몸을 숨기자고!"

"싫어! 이렇게 끝까지 얕보인 채로 끝낼 수는 없단 말야!"

루나는 어린애처럼 떼를 쓰며 날뛰었다.

"맘에 안 들어! 글렌도! 저티스도! 왜 인류를 위해《전천사》가 된 내가 이딴 취급을 받아야 하는 건데!"

"루나……! 진정해!"

"이건 명령이야, 체이스! 여기서 저 사악한 자를 해치우는 거야! 알겠지?!"

"~~?!"

루나의 마술적인 시종인 체이스는 명령을 받은 이상 거역할 수 없었다.

그는 고뇌에 찬 표정으로 쌍검을 뽑아들고 전투태세를 취했다.

"흥! 저티스, 당신은 정말 멍청해! 이걸로 형세 역전이거든?!"

그리고 루나는 벌써 이긴 것처럼 선언했다.

"전설의 《전천사》! 그리고 흡혈귀의 진조! 당신이 아무리 영문을 알 수 없는 인간이라도 우리 둘을 상대로 이길 수 있을 것 같아?! 자, 얌전히 성구나 읊도록 해!"

"……거 참, 딱하기도 하지."

하지만 저티스는 모자를 눈까지 푹 눌러쓰더니 애수어린 목소리로 말했다.

"내 말을 들었다면…… 넌 그와 함께 소박하지만 행복한 한때를 누릴 수 있었을 텐데."

저티스가 그렇게 말하자―

저벅.

발소리를 내며 두 명의 인영이 새로이 나타났다.

한 명은 어딘가의 민족적인 문양이 자수된 펑퍼짐한 로브를 걸친 소년.

눈까지 가린 후드와 은색 머리카락 때문에 얼굴은 잘 보이지 않았다.

다른 한 명은 노인. 나이에 어울리지 않는 건장한 몸 위에 사제복을 입은 그는 인자한 표정을 짓고 있었다.

소년은 루나에게 초면이었지만 노인은 아는 인물이었다.

"퓨너럴 교황 예하?! 어떻게 여길?!"

큰 은혜를 입은 인물의 갑작스러운 등장에 그녀의 몸이 반사적으로 움직였다.

"예하! 여긴 위험합니다! 물러나세요!"

날개를 펄럭이며 날아가 퓨너럴을 감싸듯 내려섰다.

"자세한 설명은 나중에 해드리겠습니다! 그러니 지금은……!"

그렇게 선언한 루나가 다시 늠름하게 저티스를 돌아본 순간이었다.

"후우…… 루나 프레아. 전에 분명 당신께 말씀드렸을 텐데요? **제가 허가할 때까지 【13번】은 노래해선 안 된다고 말입니다.**"

"……예? 예하?"

"……당신에게는 실망했습니다."

뒤에서 들리는 파공성.

"위험해, 루나아아아아아아아!"

체이스의 절규.

쿵!

다음 순간, 누군가에게 밀쳐진 루나의 몸이 옆으로 날아갔고―.

푸욱!

"……어?"

"컥……?!"

시야 한켠에 들어온 것은 퓨너럴의 손에 가슴이 꿰뚫린 체이스의 모습이었다.

"……어? 어? 예, 하……?"

바닥에 넘어진 루나는 멍하니 그 광경을 올려다볼 수밖에 없었다.

"허어? 일격에 소멸하지 않는 겁니까. 복제라고는 해도 과연 진조답군요."

"커, 억…… 으아아아……아아아아악!"

퓨너럴의 손에는 새카만 초고밀도의 마력이 응집해 있었다. 거기에 찔린 체이스는 심상치 않은 고통에 시달리고 있었다.

"하지만 뭐…… 거기까지군요."

그리고 체이스를 꿰뚫은 손에 낀 반지에서 새어나온 불길한 어둠의 빛이 그의 몸을 집어삼켰고—.

푸슉!

다음 순간, 체이스의 몸이 터져서 사방으로 흩어졌다.

"……어?"

루나는 망연자실한 표정으로 굳어버렸다.

"……루나…… 도, 도망쳐……."

머리만 남은 체이스가 간신히 목소리를 쥐어짜 말했지만, 곧 그 머리도 공중에서 재와 먼지로 변하기 시작했다.

"……미……안……."

그리고 그 말을 끝으로 체이스였던 것은 완전히 소멸했다.

이어서 바닥에 뭔가가 떨어지는 소리.

그것의 정체는 체이스의 심장에 꽂혀 있어야 했던 《요토의 못》이었다.

"……."

괴로울 정도의 침묵.

"……체이……스……?"

그제야 루나는 말을 하는 법을 떠올린 것처럼 중얼거렸다.

"어, 어라……? 어디? 어디로…… 가버린 거지……?"

"그야 물론 저세상입니다."

퓨너럴은 그런 루나를 향해 웃으며 말했다.

평소의 인자한 모습 그대로 잔혹하게.

"이건 벌입니다. 당신의 마음을 구제하기 위해 사망했던 그를 당신의 마술적인 시종인 진조 흡혈귀로 만들어 제공했습니다만, 인형은 이제 그만 몰수하지요."

"……퓨……너럴…… 님……? 왜……?"

루나가 넋이 나간 눈으로 올려다보자 퓨너럴은 도저히 이해할 수 없는 말을 내뱉기 시작했다.

"원래《전천사》이셸은《시간의 천사》라 틸리카,《하늘의 천사》레 파리아에 준하는 외우주의 사신 중 하나이자《무구한 어둠》의 적대자입니다."

"……예?"

"따라서《전천사》는《무구한 어둠》을 물리칠 힘을 지녔고, 불러낼 수도 있는 겁니다. **그래서 그걸 위해 당신을 만든 겁니다만……** 설마 반대로 이용당할 줄은."

생기를 잃은 루나의 눈에 비친 노인의 모습은 평소와 전혀 다를 것이 없었다.

하지만 그 모습 그대로 다른 차원의 무언가로 변해 있었다.

—루나 프레아. 당신이 그들을 지킬 수 없었던 건, 당신이 약했기 때문입니다.

—큰 힘을, 뭔가를 이뤄낼 만한 힘을 얻으려면 대가가 필요합니다.

—지키고 싶다면 각오를 다지고 고독한 괴물이 되십시오.

—그렇지 않으면 진정한 강함을 손에 넣을 수 없습니다.

—인간이기를 포기하면서까지 힘을 얻을 각오가, 당신에게는 있습니까?

그러고 보면 예전에 동료들을 전부 잃고 실의에 잠긴 자신에게《전천사》로 다시 태어나는 길을 권했던 건 누구였던가.

애당초 4년 전 진조 흡혈귀 《불사왕》과의 싸움. 루나가 동료를 전부 잃게 된 그 싸움으로 자신들을 몰고 간 것은 누구였던가.

그때 죽을 뻔한 자신을 타이밍 좋게 구해준 건 대체 누구였던가.

그 모든 의문이 이제야 비로소 하나로 연결되었다.

"……아……아……아아아아아아?! 서……설마……?!"

아, 깨닫는 것이 너무 늦어버렸다.

그렇다면 당시에 자신이 흘린 눈물도, 실의도, 절망도, 각오도, 결심도, 용기도…….

인간이길 포기하면서까지 보답 받을 수 없는 고독한 길을 걸어야 했던 것도…….

전부. 그 모든 것이 전부.

"아아아아아아아아아아아아아아아아아아악!"

그의 손바닥 위에서 놀아난 것이었다니―.

"퓨너러어어어어어얼! 당신이이이이이이이이이이!"

거친 격정을 토해내듯 울부짖고, 악을 써가며 지옥의 겁화처럼 뜨거운 눈물을 흘리는 루나가 퓨너럴을 향해 맹렬하게 달려들었다.

"이거 참, 고작 그 정도의 절망으로 이성을 잃다니. 참으로 나약하기 그지없군요."

하지만 퓨너럴이 부드럽게 손날을 휘두른 순간, 루나는 세

쌍의 날개가 뿌리부터 잘리는 동시에 전신을 난도질당했다.

"아으으으으으으으으으으으으으으으으으으으윽?!"

그리고 대량의 피를 흩뿌리면서 벽에 내동댕이쳐진 그녀는 그대로 침묵했다.

"허허, 참으로 죄송하게 됐습니다. 대도사님."

루나를 일격에 쓰러트린 퓨너럴은 소년에게 공손히 고개를 숙였다.

"제가 키우는 개의 잘못에서 비롯된 이 추태를 대체 어떻게 사죄해야 할지⋯⋯."

"아니, 네 추태라기보단 **저자**가 한 수 위였던 거겠지."

후드를 넘겨서 부드러운 은발, 에메랄드빛 눈동자, 요정 같은 미모를 드러내며 앞으로 나선 소년은 저티스를 똑바로 바라보았다.

"방심했어, 저티스 로우판. 설마 네가 이 정도까지 해낼 줄이야."

"크크크⋯⋯후후⋯⋯."

반면에 저티스는 몸을 떨고 있었다.

"아하하하하, 아하하하하하하하하하하하하하하!"

하지만 곧 환희와 광기가 뒤섞인 얼굴로 크게 웃음을 터트렸다.

"드디어! 드디어드디어드디어드디어드디어! 드디어 낚였구나! 마침내 도달했어! 하늘의 지혜 연구회의 수괴⋯⋯ 제3단^{헤븐스}

《천위》【대도사】! 그리고 그의 부관…… 제3단 《천위》【신전의 수령】! 여태껏 역사의 그늘에 숨어서 온갖 구린 짓을 저질러 온 더러운 바퀴벌레 놈들을 마침내 끌어낸 거야! 꺄하하하 하하하하하하!"

"그래, 맞아. 네 말대로야."

소년은 그런 저티스에게 방긋 웃으며 대답했다.

"축하해. 네가 우리의 정체에 처음으로 자력으로 닿은 인간이야. 그 위업에 경의를 표해 밝히지. 내 이름은 펠로드 베리프."

"전 파웰 퓌네라고 합니다."

"그래, 맞아. 우리가 바로 하늘의 지혜 연구회 창립자이자 최고참. 하늘의 지혜 연구회는 우리 둘을 가리키는 말이라고 봐도 무방해."

소년, 펠로드는 여유 있는 표정으로 어깨를 으쓱이고 물었다.

"하나만 질문해도 될까? 저티스. 넌 대체 왜 이런 짓을 한 거지?"

"이미 말했잖아? **너희를 끌어내기 위해서야.**"

저티스는 형형하게 빛나는 눈으로 대답했다.

"너희의 오랜 비원을 이루려면 몇 가지 조건이 필요해. …… 그중 하나가 『알자노 제국과 레자리아 왕국의 전쟁』이었지."

"……."

"그걸 위해 너희는 오랜 시간을 들여서 비밀리에 움직여왔어. 제국과 왕국을 성장시켜서 인구를 늘리고, 이번에 두 나라가 전면전을 벌이도록 유도했지. 왕국 측에《신앙병기》를, 사신의 권속을 제공해서 말야. ……하지만 유감스럽게도."

저티스는 양 팔을 확 펼치고 도발하듯 선언했다.

"너희의 계획은 여기까지야! 이제 제국과 왕국의 전쟁은 일어나지 않아! 이번 성진(星辰)을 놓치면 다음 기회는 언제일까~? 5천 년 뒤? 1만 년 뒤? 아하하하하하하하하하하! 꼴좋다!"

펠로드는 어이가 없는 얼굴로 한숨을 내쉬었다.

"정말 너란 인간은…… 남이 모처럼 공들여서 연출한 혼신의 무대를 이렇게까지 헤집어놓다니……. 관객으로서 매너 위반 아냐?"

"훗, 무대는 직접 그 위에 서야 제 맛이지. 실제로 그 편이 더 즐거웠다고?"

"즐거운 건 너뿐이야. 하지만, 유감스럽게도 네 뜻대로 되게 두진 않겠어."

펠로드는 여전히 여유 있게 말했다.

"제국과 왕국의 전쟁은 감동의 피날레로 향하기 위한 필수 이벤트거든. 네가 망친 전개는 수정하겠어. 네가 저지른 짓은 전부 헛수고가 될 거야."

그리고 한 걸음 앞으로 나서고.

"자, 그럼…… 무대를 망친 진상 관객은 그만 퇴장……."

왼손을 내민 그때—.

"아하하하하하하하하하하하하하하하하하하하하!"

저티스가 다시 크게 웃음을 터트렸다.

"그래…… 그렇게 나올 거라고 『읽고』 있었지!"

그리고 환희와 광기가 뒤섞인 상쾌한 미소로 선언하자 제아무리 펠로드와 파웰이라도 눈살을 찌푸릴 수밖에 없었다.

"내가 너희의 계획을 망치고 멋대로 사신 소환 의식을 발동하면 전개를 수정하려고, 의식의 주도권을 되찾으려고 반드시 여기로 올 거라고, 올 수밖에 없으리라 예상했지. …… 이 의식에 간섭할 수 있는 건 너희 둘뿐이니까. 그래, 전부 『읽고』 있었어!"

"……음? 그게 뭐 어쨌다는 거지?"

펠로드는 한숨을 내쉬었다.

"읽건 읽지 못했건 네 목숨이 여기서 끝나는 건 변하지 않아. 설마 내가 고작 너 따위를 놓칠 거라고 생각한 거야?"

"여기까지 와서 대체 무슨 헛소리를 하는 거야?! 대도사! 내 목숨 따윈 아무래도 상관없어! 말했을 텐데?! 난 『너희를 여기로 끌어낸』 거라고!"

"……?!"

"아직도 모르겠어?! 이 밀라노의 인간들이, 밀라노에 모인 전 세계의 인간들이! 지금 대체 뭘 보고 있는지! 하하하하

하하하하하하하하!"

　──.

　─자유도시 밀라노.
　지금 그곳에 모인 인간들은 모두 경악한 눈으로 어딘가를 바라보고 있었다.
　별안간 밀라노의 영맥^{레이라인}에 개입해서 허공에 전개된 영상을⋯⋯.

"말도 안 돼⋯⋯. 어떻게 이런⋯⋯!"
　글렌은 넋이 나간 얼굴로 상공에 출현한 광경을 노려보고 있었다.
"이거 진짜야⋯⋯?! 저티스, 저 자식⋯⋯!"
　그곳에서는 어딘가의 유적 내부와, 마리아를 핵으로 삼은 기묘한 부정형 괴물이 꿈틀거리는 제단과, 저티스⋯⋯ 그리고 대도사 펠로드 베리프와 파웰 퓌네가 모습을 비추고 있었다.
　글렌은 영상 속의 펠로드를 응시했다.
　믿을 수 없는 일이었다. 틀림없이 이 순간, 역사가 움직인 것이다.
　제국사상 최대의 수수께끼이자 어둠.
　그 정체는커녕 존재유무조차 전설급으로 일컬어졌던 존재.

하늘의 지혜 연구회의 최고지도자.

"저게……저게 바로 그 대도사라고……?!"

한편, 스콜포르츠 성의 첨탑.

"…………."

"…………."

마찬가지로 밀라노 상공에 출현한 광경을 보고 있었던 크리스토프와 버나드도 입을 다물지 못하고 있었다.

그들 제국 최대의 숙적.

천 년 이상 이어진 역사 속에서 피로 피를 씻는 항쟁을 거듭하며 수많은 희생자를 배출했음에도 꼬리조차 잡을 수 없었던 적의 수괴.

설마 그자의 정체를 처음으로 밝혀낸 자가 제국군 최대의 오점이자, 최악의 배신자인《정의》저티스 로우판이 될 거라고 그 누가 예상할 수 있었을까.

2중의 의미로 경악한 둘은 말조차 나오지 않았다.

……으득.

한편, 알베르트는 마장(魔杖)《푸른 뇌섬》^{블루 라이트닝}을 으스러질 정도로 강하게 쥐고 사냥감을 노리는 맹금류 같은 두 눈을 평소보다 더 날카롭고 차갑게 치뜨며 대도사와 함께 있는 인물을 노려보았다.

"지난 수뇌회담에서도 예감은 있었지만…… 확정이군."

그리고 조용히 분노를 삭이며 입을 열었다.

"……찾았다, 파웰! 나의 숙적……!"

——.

"하하하하하하하! 꺄하하하하하하하하하하하하!"

유적 내부에 저티스의 광소가 울려 퍼졌다.

"어때?! 지금까지 무대 뒤에서 정체불명의 연출가를 자부했던 너희가 사상 최초로 무대에 오른 감상은?! 꺄하하하하하하하하하하하하!"

"……."

"이젠 못 물러! 너희만 무대 뒤에서 몰래 피날레를 즐기는 얌체 같은 짓은 용납 못 해! 너희도 이걸로 이 황당무계극의^{그랑기뇰} 어엿한 등장인물이 된 거야! 자, 자! 어디 너희가 짠 각본대로 흘러가도록 수정해보시지! 이제 너흰 무대 위의 일개 배우로 움직일 수밖에 없겠지만 말야! 하하하하하하하하하!"

대도사는 눈을 감고 탄식할 수밖에 없었다.

그렇다. 수괴의 정체를 알 수 없는 것이야말로 하늘의 지혜 연구회가 가진 최대의 이점이었다.

하지만 저티스의 악랄한 책략으로 자신들의 정체는 백일하에 드러나고 말았다.

저 영상은 아마 밀라노의 레이라인 회선을 타고 퍼진 것이리라.

그렇다면 그 레이라인에 남겨진 기록에서 자신들의 마력과 혼문(魂紋), 개인을 특정할 수 있는 모든 정보가 전 세계에 퍼졌다고 봐도 무방했다.

그런 상황에서 전처럼 역사 뒤에 숨어 대업을 달성할 수 있을 만큼 현 세계 각국군의 마도기술은 녹록치 않았다.

"참 나, 설마 내가 이런 함정에 걸릴 줄이야."

대도사는 발끝을 세워서 가볍게 바닥을 찔렀다.

그러자 뭔가가 튀는 듯한 소리를 내며 저티스가 이 곳의 레이라인에 몰래 걸어둔 정보 확산 술식이 파괴되었다.

"하하하, 한 방 먹었군요. 레이라인에 접촉하면《법황》크리스토프를 필두로 한 각국의 정보계열 마도사에게 저희의 움직임이 탐지될 우려가 있어서 은밀하게 움직인 것인데……설마 그 신중함이 이런 결과로 돌아올 줄이야."

파윌은 턱수염을 쓰다듬으며 감탄했다.

레이라인의 접촉을 완전히 차단하는 것은 현대의 마도기술 수준으로 보면 터무니없을 정도도 고도의 기술이었지만, 반대로 그것 때문에 저티스의 함정을 눈치채지 못했다.

레이라인에 한 번이라도 접촉했다면 이 술식을 꿰뚫어봤을 터.

그들이 괴물 같은 마술기량을 가졌기에 성공할 수 있었던 계획이었다.

"아하하하하하하하하하하하하하하하하하!"

저티스의 웃음소리가 끊임없이 울려 퍼졌다.

"……그래서? 그게 뭐가 어쨌는데?"

하지만 그럼에도 대도사 펠로드 베리프는 여유를 잃지 않았다.

"혹시 우리를 궁지에 몰아넣었다고 생각한 거야? 말해두지만, 우리 정체가 밝혀져도 전혀 문제될 건 없거든? 이럴 때를 대비해서 우리는 항상 2중, 3중으로 계획을 세워뒀어. 그건 네 조악한 간섭으로 무너질 만큼 만만하지 않아."

"아, 뭐. 그러시겠지~. 하하, 네가 본격적으로 무대에 개입한다면 분명 근시일 내에 제국과 왕국에 대전쟁이 일어나겠지~? ……아마 지금 이러는 사이에도 그렇게 되도록 움직이고 있을 거야. ……그것이 돌이킬 수 없는 역사의 흐름일 테니까."

"그럼……."

"……하지만 이걸로 **승부는 성립돼**."

저티스는 의기양양하게 말을 끊었다.

"지금까지는 승부조차 되지 않았어. 인류의 패배가 확정적이었지. 아무튼 적의 정체를 알 수 없으니 자신들이 왜 멸망하는지조차 이해하지 못하고 질 수밖에 없었어. 너희의 최종 목표는 순조롭게 달성돼서…… 모든 게 끝났겠지."

"……."

"하지만…… 지금 이 순간, 적의 정체가 명백해졌어. 인류는 『자신들의 적』이 누구인지…… 방금 확실히 인식했어. 그럼 싸울 수 있어. 저항할 수 있어. 승부가 성립되는 거야."

"……저티스…… 넌 설마……."

"넌 인간이라는 존재를 과소평가하고 있어. 강대하고 숭고한 너희보다 아득히 뒤떨어지는 약자로 보고 있어. 너희가 진심으로 나서면 언제든지 쓸어버릴 수 있는 왜소한 존재라고 생각했겠지. 하하하하하! 어리석은 놈! 그래서 그딴 『시시한 최종 목적』 따위에 착안하는 거라고!"

처절하게 웃어젖힌 저티스는 목을 긋는 제스처를 취한 후 당당하게 선언했다.

"인간을 얕보지 마라, **마왕**."

"저티스……!"

결국 불쾌함을 견디지 못하고 목소리가 거칠어진 펠로드가 팔을 휘두르자 은색의 마력이 흩뿌려지며 그 빛에 닿은 세계가 변모했다.

천장이, 바닥이, 벽이 무한한 허무의 저편으로 사라지고 있었다.

"……고대마술 에인션트【차원 추방】. 널 다른 차원으로 추방해주지."

그리고 저티스의 몸은 보이지 않는 역장에 부딪혀 뒤로 날아가더니 허무의 저편으로 빨려 들어가기 시작했다.

"……작별이다. 이제 넌 두 번 다시 이 세계로 돌아올 수 없어. 영원히 다른 차원을 헤매고 다니도록."

그리고 허무가 닫히자 다시 세계는 현실로 돌아왔다.

"하하하하하하하하하하! 꺄하하하하하하하하하하하하하!"

하지만 저티스의 귀에 거슬리는 웃음소리는 허무의 세계가 완전히 닫힐 때까지 펠로드의 고막에 남아 떨어지지 않았다.

저티스가 차원 너머로 사라진 후—.

"……곤란하게 됐는걸."

펠로드는 어린아이의 도가 지나친 장난을 본 것 같은 표정으로 어깨를 으쓱였다.

"실은 저티스 로우판에게…… 전에 『봉인지』에서 그와 만났을 때…… 그때의 난 『그림자』였지만…… 이 『열쇠』를 주려고 했어."

펠로드는 품속에서 『회색 열쇠』 하나를 꺼냈다.

"호오? 《죄형법장(罪刑法將)》 잘 지아의 열쇠를 말입니까?"

"그에게는 그럴 능력과 자격이 있다고 생각했었거든. 그래서 그에게 **진리의 편린**을 보여줬었어. ……그 문장을 써서."

"……."

"하지만…… 이상하지 않아? 진리의 편린을 본 마술사는 그 신비의 심오함에서 비롯되는 수많은 유혹을 이길 수가 없는데. 다들 최종적인 목적은 달라도 하늘의 지혜 연구회에 찬동하고 입회해서 마치 신을 섬기는 것처럼 진리를 추구해야 하는데…… 당시의 그는 이해할 수 없는 말을 하면서 내 유혹을 걷어차 버렸지 뭐야?"

"……흠? 아마도 그건 대도사님의 착각…… 그 자가 진리의 숭고함조차 이해하지 못하는 진짜 광인이어서 그런 게 아닐는지요."

"그렇겠지? 아, 맞아. 그러고 보니 『파란 열쇠』…… 《뇌정신장(雷霆神將)》 발 보르를 준 알베르트에게도 차인 것 같은데…… 거 참, 요즘 들어서 왠지 권유에 실패만 하는 것 같네."

"흠. 진리에 닿을 기회를 얻었음에도 시시한 일에 얽매이거나 망설이다가 그것을 놓치다니…… 어차피 그 정도 수준의 인간이었던 거겠지요. ……으음, 저도 좀 유감스럽긴 하군요."

그 순간, 파웰은 펠로드가 생각에 잠긴 것을 눈치챘다.

"……대도사님?"

"아, 별 거 아니야. 저티스도 그렇고, 알베르토도 그렇고…… 왠지 요즘 들어서 등장인물들이 내 각본과 연출에서 벗어나는 일이 많아졌구나 싶어서. 응, 원래대로라면 이럴 리가 없는데 대체 뭐가…… 아니, **누가 원인인걸까?**"

"글쎄요. 저는 짐작도 가지 않습니다만…… 단순한 우연 아닐까요?"

"그런가. 오래 살다보면 이런 일도 있는 거겠지? 뭐, 어차피 쉽게 수정 가능한 범주에 있으니까 크게 신경 쓸 필요도 없겠지만."

펠로드는 가볍게 웃음을 흘렸다.

"……문제는 우리가 앞으로 어떻게 움직이는가, 겠지."

"예. 의식이 한 번 시작된 이상 돌이킬 수는 없습니다. 아무튼 다음 성진(星辰)이 돌아오는 건 천 년 후…… 이건 계획을 앞당길 필요가 있겠군요."

"제국과 왕국의 전쟁을…… 자연스럽게 일으키는 게 아니라 억지로 일으킨다거나?"

"예. 그러려면…… 역시 저희가 직접 움직여야겠지요."

"응. 저티스의 계획대로 우리는 무대에 끌려나온 셈이지."

"그건 그렇고…… 제시간에 맞출 수 있을까요?"

파웰은 조금씩 성장하는 부정형 괴물을 올려다보고 말했다.

"사신 강림까지는 거의 한 달쯤 걸릴 겁니다. 그 틈에 저 총명한 알자노 제국 여왕은 세계 각국을 통합해서 저희에 대한 반격작전을 실행하겠지요. 그 경우, 최종 결전지는 이곳 밀라노가 될 테니…… 제국의 땅에서 대량의 피를 흘리는 계획은 수포로 돌아갈 겁니다."

"괜찮아. 인류의 반격은 한참 늦어질 거야."

펠로드는 여유가 느껴지는 표정으로 웃었다.

"아무튼 **제국 측에는 이그나이트 경이 있으니까** 말야. 이렇게 되는 걸 내다보고…… 그에게 『붉은 열쇠』를 줬거든."

"오호라…… 하긴 이 타이밍이라면 그자가 **움직이겠군요.**

결과적으로 그자도 우리와 합류할 테니 일석이조입니다.”

"난 한동안 이 날림 사신 소환 의식 제어와 강림한 사신의 제어권 탈취 작업에 전념할게. 파웰, 넌……”

"예, 알고 있습니다. 시나리오 루트 18=6 말씀이지요? 당장 엘레노아를 움직일 테니…… 나머진 이쪽에 맡겨주십시오.”

파웰은 공손하게 고개를 숙이며 입을 열었다.

"하늘이신 지혜에 영광 있기를.”

사신 강림까지 남은 한 달.

파멸의 순간은 지금도 시시각각 다가오고 있었다.

막간 I 어느 과거의 비극

지금으로부터 약 10년도 전의 이야기다.

불타고 있었다.

제국군의 한 부대가 변경에 있는 어느 농촌을 불태우고 있었다.

가옥도, 밭도, 사람도, 그들의 평온한 삶도…….

슬픔도, 분노도, 통곡도, 그곳에 있는 전부를 모조리 태우고 있었다.

모든 것이 붉게 물들고 하늘은 홍련의 통곡으로 타올랐다.

그런 재앙이 들이닥친 마을을 포위한 군인 중에는…… 그 남자가 있었다.

'훌륭해.'

아젤 르 이그나이트 경.

그는 손에 『붉은 열쇠』를 쥐고 있었다.

마을을 태우는 불꽃의 기세가 강하면 강해질수록 『붉은 열쇠』의 빛도 강해졌다.

어떤 술식을 통해 불에 타죽은 마을사람들의 생명을 흡

수했기 때문이다.

'힘이 넘치고 있어. 나 자신이 인간을 초월한 존재로 다시 태어나고 있는 건가. ……흥, 열 받지만 **그 남자**의 조언대로 이 마을 놈들은 특별한 고대인의 피를 이은 후예들이었다는 건가.'

이 마을의 이름은 구스타.

변경에 있으면서도 제법 큰 규모와 인구수를 자랑했던 이 평화로운 마을은 오늘 이 날을 기점으로 지도상에서 영원히 사라지고 말았다.

한 남자의 저열한 야심과 욕망의 제물이 되어서.

'하지만 난 결코 **그 남자**에게 굴복하지 않을 거다. **그 남자**조차 능가하고, 뛰어넘어서 모든 것의 정점에 서겠어. ……이건 그러기 위한 준비일 뿐.'

하지만 이 참극을 일으킨 당사자에게 죄책감은 없었다.

그에게 주위의 모든 것은 이용해야 할 장기말이자 소모품에 불과했으므로…….

'목적은 완수했다. 나머진 증거가 남지 않도록…….'

아그나이트 경이 부하들에게 명령을 내리려 한 순간―.

"아버지!"

흐레스벨그 한 기가 하늘을 가로지르더니 그 등에서 누군가가 뛰어내렸다.

소녀였다. 깔끔한 마도사 예복을 입은 십대 중반의 소녀.

그녀는 가볍게 착지하자마자 투명할 정도로 선명하고 긴 진홍색 머리카락을 나부끼며 이그나이트 경을 향해 달려왔다.

그리고 그 청렴한 보라색을 머금은 눈동자로 그를 노려보았다.

"뭐냐, 리디아. 너에겐 대기를 명령했을 텐데?"

"아버지, 지금 제정신이세요?! 정말로 그 작전을 실행에 옮기신 거냐구요!"

소녀, 리디아는 불쾌하게 노려보는 이그나이트 경의 눈빛에도 굴하지 않고 따졌다.

"어떻게…… 어떻게 이런 끔찍한 짓을! 아버지가 지금 대체 무슨 짓을 저지른 건지 아시는 거예요?! 구스타 사람들이 대체 무슨 죄를 저질렀다고!"

"흥, 말했을 텐데? 구스타에 정체를 알 수 없는 『역병』이 유행했다고."

이그나이트 경은 차갑게 대답했다.

"여기서 막지 않으면 언젠가 제국에 많은 희생자가 나올 터. 그렇게 된 후에는 늦어. 알겠나? 이건 필요한 희생이자 올바른 판단……."

"그 『역병』은 정말로 존재했던 건가요?"

리디아는 반박했다.

"저도 다방면에서 조사해봤어요! 하지만 그 『역병』이 존재했다는 증거는……!"

"흥, 미숙한 네가 즉흥적으로 조사한 결과 따윈 참고할 가치조차 없다."

하지만 이그나이트 경이 코웃음 친 그때—.

"아버지……! 이그나이트는 제국 마도무문의 동량이자 힘이 있는 자의 의무를 짊어진 자! 가지지 못한 약한 백성을 지키는 진정한 귀족이잖아요!"

리디아는 더욱 더 강하게 의지를 드러내며 호소했다.

"그 숭고한 마도의 등불로 어둠을 헤치고 인류를 주호하며, 인류가 가야할 길을 밝히고 인도하는 자…… 그것이 《홍염공》^{로드 스칼렛} 이그나이트의 긍지가 아니었냐구요!"

"……."

"그런데…… 그런데도……! 그 지켜야할 사람들을 대체 왜……!"

그때 이그나이트 경이 리디아의 가녀린 목을 움켜잡더니 그대로 가차 없이 위로 들어올렸다.

"큭?! 악!"

"그 입을 조심하도록, 내 딸."

이그나이트 경은 냉혹한 눈으로 괴로워하는 리디아를 차갑게 노려보았다.

"네놈이 그 쓰레기 아리에스였다면 이 자리에서 즉결처분했을 거다."

"콜록! 콜록! ……그게 무슨!"

리디아는 땅에 주저앉아 연신 기침을 내뱉었다.

"그, 그게 무슨 말씀이세요?! 동생도…… 아리에스도 아버지의 친딸이잖아요?! 그런데……!"

"흥, 그딴 무능한 계집은 내 딸이 아니다. 내 피를 이었으면서 고작 그 따위라니……."

"그 아이를 좀 더 잘 봐주세요! 확실히 불꽃 마술에 재능은 없지만…… 그 아이에게는 환술의……."

"닥쳐라."

이그나이트 경은 단칼에 말허리를 끊었다.

조용히 분노를 드러내는 그의 기세에 위축된 리디아는 입을 다물 수밖에 없었다.

"리디아. 넌 내 기대대로 우수하게 자랐다. 그래서 어느 정도 자유를 허락한 거다. 하지만 계속 그렇게 내 뜻을 거역한다면……."

이그나이트 경은 손끝에 불꽃을 피우고 리디아의 미간을 겨누었다.

"……!"

리디아는 위축되지 않고 그 불꽃을, 그리고 부친을 노려보았다.

하지만 역대 이그나이트 중에서도 굴지의 재능을 타고났다는 리디아도 아직은 미숙했기에 부친과의 역량 차는 확연했다.

그리고 이그나이트 경은 한다면 하는 남자였다.

상대가 친딸이든 육친이든 용서치 않으리라는 것은 리디

아 자신이 가장 잘 알고 있었다.

"……큭."

리디아는 아버지가 잘못됐다고 생각했다.

영문을 알 수 없는 목적과 이유로 이 마을을 지워버린 것도—.

동생 아리에스를 불합리한 이유로 냉대하는 것도—.

그래서 여기서 자신의 정의를 관철하고 싶었다. 친딸인 자신이 아버지의 폭주를 막아야만 했다.

하지만 만약 자신이 여기서 대들다가 살해당한다면 대체 누가 아리에스를 지켜줄 것인가.

이그나이트의 비전인 불꽃 마술의 재능을 타고 나지 못했다는 이유만으로 아버지에게 끔찍하게 미움 받고 가문에서 버려지다시피 한 동생을 대체 누가?

"……죄송합니다, 아버지."

이윽고 리디아는 분한 얼굴로 고개를 숙일 수밖에 없었다.

"제가 잘못 생각했습니다. 주제넘은 발언을 한 걸 용서해 주세요."

"흥, 알면 됐다. 난 영리한 인간에게는 관대하지."

이그나이트 경은 그 말을 남기고 등을 돌렸다.

"철수한다. 흔적을 전부 지우도록. 자, 가자."

……이제 아무도 알지 못하는 이야기는 이렇게 막을 내렸다.

제2장 타오르는 반역의 불꽃

―그날 자유도시 밀라노는 큰 혼란에 빠져 있었다.

"저티스, 그 자식은 진짜 내 인생에 하나도 도움이 안 된다니까!"

글렌은 그렇게 외치며 허리춤에 찬 권총을 난사했다.

총구에서 발사된 납탄이 전방에서 꿈틀거리는 부정형 괴물에 모조리 틀어박혔다.

『8a4ioerjkmoflcvmsdk79fadiafan~!』

하지만 그 괴물은 몸을 뒤틀며 괴성을 지를 뿐

전혀 통한 기색이 없는 두 마리 괴물은 무시무시한 속도로 땅을 기어서 글렌에게 덤벼들었다.

"이이이이이이이이야아아아아아아아아아아앗!"

그러자 푸른 섬광처럼 가로지르는 리엘의 대검이 왼쪽 괴물을 위아래로 양분하고―.

《검의 처녀여·하늘에 칼날을 휘두르며·대지에서 춤춰라》!"

시스티나의 흑마(黑魔)【블레이드 댄서】, 수십에 달하는 진공칼날이 오른쪽 괴물을 잘게 저며 놓았다.

『eigjio36t2~!』

하지만 어째선지 리엘이 벤 괴물은 그대로 먼지가 되어 흩어졌지만 시스티나의 마술에 당한 괴물은 활동을 멈추지 않았다.

잘게 썰린 파편이 꿈틀거리며 한 데 모이더니 다시 원래 형태로 돌아가려고 했다.

"이, 이, 이것들은 대체 뭐냐구우~!"

그 불사에 가까운 성질에 시스티나가 겁을 집어먹은 그때—.

퍼엉!

무시무시한 열파와 업화가 괴물을 완전히 태워버렸다.

이브의 불꽃 마술이었다.

이번에는 괴물도 침묵하고 소멸했다.

"글렌, 시스티나. 불꽃을 써."

맨 뒤에서 냉정하게 전황을 살핀 이브가 말했다.

"이것저것 시험해봤는데 저 괴물에게는 물리나 마술을 불문하고 대부분의 공격이 통하지 않아. 하지만 예외로 불꽃은 통해."

"불꽃……이요?"

"응. 그런 개념의 존재인 것 같아. 이래 보이지만 어쩌면 식물인 걸지도."

"칫, 염열계라……. 개인적으론 마력을 많이 잡아먹어서 별론데 말이지."

글렌은 투덜거리면서도 언제든지 주문을 쓸 준비를 했다.

"그런데 왜 리엘만 검으로 쉽게 해치울 수 있는 걸까요?"

"응. 내가 휘두른 검 끝에는 황금색 빛이 보이거든."

"뭐? 황금색 빛……?"

"걔가 이상한 건 어제오늘 일이 아니잖니. 고찰은 나중에 하렴."

글렌은 여자들이 뒤에서 나누는 대화를 들으며 계속해서 튀어나오는 부정형 괴물들과 전투를 거듭했다.

밀라노 상공에 투사된 충격적인 영상이 사라진 후 바로 이변이 일어났다.

시내 여기저기에서 그 부정형 괴물들이 튀어나오기 시작한 것이다.

산발적이고 수도 그리 많지 않았지만 그 괴물은 인간을 발견하는 즉시 집어삼키려 했다.

그것만으로도 밀라노 전체가 혼란에 빠지기에는 충분했다.

"제길…… 이 자식들은 진짜 뭐지?"

글렌은 흑마 【블레이즈 버스트】의 폭염으로 괴물을 날려 버리면서 신음을 흘렸다.

"이 괴물…… 알리시아 3세의 수기 안에서 나왔던 괴물이 죠? 성질은 좀 다른 것 같지만……."

그러자 루미아가 《루미아의 열쇠》를 사용해 괴물을 차원의 균열 틈새로 떨어트리면서 말했다.

"혹시 그 의식으로 불러내고 남은 괴물들이 새어나온 걸지도……?"

"그 영상을 봐선 그렇게 생각할 수밖에 없겠지."

글렌은 주위를 살폈다.

혼란, 광란에 휩싸여서 여기저기로 달아나는 사람들. 귀를 찌를 듯한 소음. 노성.

역시 어디선가 계속 튀어나오는 괴물들.

아무래도 괴물들은 지하에서 나오는 것 같았지만 자세히 확인할 틈은 없었다.

이 일대는 아직 괴물의 수가 적었다.

하지만 단숨에 대량으로 출현한 지역도 있는지 멀리서 시끄러운 소리와 함께 달아나는 사람들이 있는 듯했다.

이젠 어떻게 수습해야 될지 감도 잡히지 않는 상태였다.

"에잇, 우리들만으로 전부 대처할 수 없다고……!"

거기다 호텔에 대기시킨 학생들도 걱정이었다.

한시라도 빨리 돌아가 봐야만 했다.

학생들을 데리고 이 밀라노를 탈출해야만 했다.

하지만 지금 이렇게 사람들을 습격하는 눈앞의 괴물들을 무시할 수도 없어서 글렌의 집중력과 주의력은 무척 산만해져 있었다.

"글렌! 뒤!"

이브가 경고를 날렸지만 이미 늦었다.

"뭐?! 아차!"

어느새 뒤로 접근한 부정형 괴물이 글렌을 집어삼키려고 몸집을 크게 부풀리고 있었다.

"서, 선생님?!"

"잠깐, 거짓말이죠?!"

루미아도, 시스티나도, 리엘도.

눈앞에 있는 괴물을 대처하는 것이 한계라 글렌에게까지 손을 쓸 틈이 없었다.

"제기랄!"

글렌이 속수무책으로 괴물에 먹히려 한 바로 그 순간—.

콰앙!

진홍빛 홍염이 글렌을 중심으로 호선을 그리며 괴물을 단숨에 소멸시켰다.

"어?!"

어마어마한 위력이었다. 지금까지 이브가 쓴 불꽃보다 몇 단계는 열량이 높았다.

"방금 이브냐?! 미안, 덕분에 살았어……."

글렌은 안도의 한숨을 내쉬고 감사를 표했다.

"아, 아니야……."

하지만 당사자는 아연실색한 얼굴로 부정했다.

"뭐? 그럴 리가. 저런 위력의 불꽃은 네가 아니면……."

"내가…… 아니야."

자세히 보니 이브는 멍하니 통로 너머를 응시하고 있었다. 마치 유령을 본 것 같은 표정으로…….

그런 그녀의 시선이 가리키는 곳에는 왼팔에 홍염을 두른 여자가 서 있었다.

제국 궁정 마도사단 특무분실의 마도사 예복을 입은 20대 정도의 여자다.

타오르는 불꽃 같은 긴 적발, 부드러운 보라색 눈동자.

저 무척이나 단정한 용모는 어딘지 모르게 낯이 익었다.

'……닮았어? 이브를……?'

글렌은 반사적으로 이브의 옆얼굴을 훔쳐보았다.

"거짓말…… 어, 언니……? 리디아 언니……야?"

이브가 그렇게 중얼거린 순간, 그 여자는 빠르게 손을 들더니 뒤에서 대열을 갖춘 제국군 마도병 소대에 호령했다.

"움직이세요! 시민의 구조를 최우선! 안전을 확보하면서 각 부대는 수시로 《뿌리》를 토벌하는 겁니다!"

"""우오오오오오오오오오오오오오오오오오오!"""

그러자 마도병들은 함성을 지르더니 통솔이 갖춰진 움직임으로 산개, 주변에 존재하는 괴물들을 공격하기 시작했다. 불꽃 마술과 탁월한 연계로 괴물들을 밀어붙이자 그것으로 곧 결판이 났다.

"폐하를 수행하는 제국군이 움직여준 건가……. 후우…… 살았군."

글렌은 안도의 한숨을 내쉬었다.

시스티나와 루미아와 리엘도 가슴을 쓸어내리고 있었다.

"……?"

그리고 글렌은 조금 전의 여자가 천천히 이쪽으로 다가오고 있는 것을 눈치챘다.

명백히 자신에게 용건이 있는 듯한 기색을 확인하고 무심코 자세를 바르게 고친 그때였다.

"어, 언니!"

갑자기 이브가 그 여자를 향해 달려갔다.

그녀의 표정에는 기쁨, 회한, 비애, 참회 같은 감정이 복잡하게 뒤섞여 있었다.

"리디아 언니……! 저, 전……!"

그러나—.

"……어?"

여자는 이브의 옆을 자연스럽게 통과했다.

"……아."

완전히 무시당한 이브는 넋을 잃고 그대로 서 있을 수밖에 없었다.

"어? 뭐야? 방금……."

너무나도 부자연스러운 상황에 글렌이 눈을 깜빡거린 순

간—.

"안녕하세요, 협력에 감사드립니다."

글렌의 앞에 멈춰 선 여자는 공손하게 인사했다.

"당신이 전 제국 궁정 마도사단 특무분실 집행관 넘버 0 《광대》글렌 레이더스 씨죠?"

"아, 아니…… 어떻게 날……."

"당신은 유명인이니까요."

여자는 쿡쿡 웃으며 말을 이었다.

"저는 이번 수행군, 특별 파병사단 사령관이자 제국 궁정 마도사단 특무분실 실장인 집행관 넘버 1《마술사》리디아 이그나이트라고 해요."

"……?!"

"저희가 출동할 때까지 시민들을 지켜주셨더군요. 덕분에 이 일대의 피해는 최소한으로 줄일 수 있을 것 같네요. 진심 으로 감사드립니다."

이그나이트. 분명 이 리디아라는 여자는 자신을 이그나이 트라고 말했다.

"그렇다는 건……."

글렌은 앞쪽에 있는 이브를 힐끔 훔쳐보았다.

그녀는 아직도 우두커니 서 있었다. 왠지 그 등이 평소보 다 작아 보였다.

등을 돌리고 있어서 지금 어떤 표정인지는 알 수 없었다.

왠지 이상하게 그녀가 신경쓰였지만 리디아는 개의치 않고 밝은 목소리로 말했다.

"현재 제국군은 밀라노 시내에 긴급 파견되어서 시민의 구출과 괴물의 토벌 임무를 수행 중이에요. 그러니 부디 안심해주시고 나머진 저희에게 맡겨주시길……."

"……."

하지만 그 목소리는 더 이상 귀에 들어오지 않았다.

'……이브.'

글렌은 이브의 뒷모습에서 눈을 뗄 수 없었다.

그리고 리디아가 그 자리에서 뜰 때까지 이브는 결코 이쪽을 돌아보지 않았다.

르바포스 성력 1853년, 그람의 달 9일.

레자리아 왕국 대표 선수단의 전멸로 인한 마술제전 중지.

처참하기 짝이 없었던 라제리아 왕국 수뇌부 암살 사건.

사신의 권속 소환 의식의 발동. 그로 인한 《뿌리》의 대량 발생.

그런 격동의 하루가 지나가고…….

르바포스 성력 1853년, 그람의 달 10일.

자유도시 밀라노에 있는 틸리카 파리아 대성당의 대형 홀에서는 각국 정상의 긴급회의가 열렸다.

사태의 중대함 때문인지 분위기는 매우 무거웠다.

"예. 확실히 그 자들은 마리아 루텔을 미리암 카디스라고 불렀습니다. 제가 저티스와 라스트 크루세이더스에 관해 알고 있는 정보는 이상입니다."

글렌 또한 그 회의에 중요참고인으로서 출석한 상태였다.

"고마워요."

만장일치로 임시 의장이 된 알리시아 7세가 글렌의 보고에 감사를 표했다.

"다음, 밀라노의 상황은 어떻죠?"

"예, 보고 드리겠습니다."

제국 궁정 마도사단 특무분실 실장인 리디아 이그나이트가 한 걸음 나서서 입을 열었다.

"예의 사신 소환 의식으로 밀라노의 지하에서 무한 발생 중인 부정형 괴물…… 편의상, 전 대전에서의 호칭을 참고해 《뿌리》라고 하겠습니다. ……《뿌리》는 시내 각지의 지하에서 조금씩 흘러넘치는 형태로 출현하고 있습니다. 이것들은 적극적으로 인간을 잡아먹으려는 성질이 있다 보니 유감스럽게도 발생 초기 단계에 밀라노 시민들에게 피해가 발생하는 건 막을 수 없었습니다."

"……?!"

"하오나 유사시를 대비해 밀라노 서쪽에 대기 중이었던 저희 일개사단을 긴급 재편해서 밀라노 전역에 전개. 시민의 피난 유도와 《뿌리》의 제압, 그리고 단절결계를 구축해서 《뿌리》의 발생 지점과 지하유적의 봉쇄 작업을 완료한 상황입니다."

그리고 리디아는 이 자리에 모인 모두에게 고개를 숙였다.

"긴급 사태라 이 모든 것은 전부 제 독단이었습니다. 허가 없이 유사 협정 라인을 넘고 시내에 군을 전개한 것, 그리고 사후 승낙이 된 것을 아무쪼록 용서해주시길 바랍니다."

확실히 그녀가 한 일은 일군을 맡은 사령관의 영역을 넘어선 월권행위였다. 평상시였다면 틀림없이 큰 국제문제로 불거졌으리라.

하지만 이 불시의 사태로 시내에 배치한 각국의 전력이 갈팡질팡하는 가운데, 그녀의 신속한 결단과 지휘가 《뿌리》의 증식을 막고 시민의 피해와 혼란을 최소한으로 줄였을 뿐만 아니라 무엇보다도 대피할 기회를 놓친 각국 정상들의 목숨을 구한 것은 명백한 사실이었다.

"""".......""""

그러니 성토하는 목소리가 나올 여지가 없었다.

'이 여자가 특무분실의 새 실장인 《마술사》 리디아 이그나이트인가…….'

글렌은 리디아의 옆얼굴을 슬쩍 보았다.

마치 지모신(地母神)처럼 부드럽고 온화한 미모의 여성이었다.

아름다움의 방향성은 다르지만 저 용모는 역시…….

'……이브와 닮았어. 역시 자매란 말이지…….'

글렌도 예전에 리디아 이그나이트라는 여마도사가 제국군에 있었다는 사실은 알고 있었다.

리디아 이그나이트. 이브의 배다른 언니.

즉, 제국 마도무문의 동량 이그나이트 공작가의 적자. 알자노 제국 여왕부 국군대신 겸 국군청 통합 참모 본부장 아젤 르 이그나이트 경이 정실과의 사이에서 낳은 여자인 셈이다.

'……놀랍군. 과거에 무슨 사고로 마술능력을 완전히 상실했다고 들었는데…… 설마 현장에 복귀해 있었다니…….'

그리고 글렌은 그녀에게 거의 숭배에 가까운 존경심을 느끼고 있었다.

어제만 해도 저티스의 음모로 발생한 부정형 괴물 《뿌리》 때문에 밀라노는 한때 큰 혼란에 빠졌는데, 리디아는 독단으로 제국군을 움직여서 단숨에 시민을 구출하고 뿌리를 막아내는 탁월한 지휘능력을 선 보였을 뿐만 아니라 《뿌리》의 발생 지점에 봉쇄 결계를 펼쳐서 시내에 증식하는 것을 막았고, 지금은 제국군의 주도로 시민들의 피난을 유도하는 중이었다.

누구나가 당황해서 어쩔 줄 모르는 가운데 현장의 판단으로 최고의 대처를 해낸 셈이다.

덕분에 호텔에서 대기 중인 학생들의 목숨도 결과적으로 구할 수 있었다.

'내가 아는 범위에서 지휘관으로서는…… 세상에서 **두 번째**로 유능한 여자로군.'

그리고 글렌은 다시 옆으로 시선을 돌렸다.

"……"

거기서는 이브가 마치 리디아의 시선을 피하려는 것처럼 자신의 뒤에서 고개를 숙이고 있었다.

글렌과 함께 보고를 위해 출석했지만 어제 리디아의 모습을 본 뒤부터 계속 이런 상태였다. 정말 그녀답지 않았다.

'이 녀석은 또 왜 이래? ……뭐, 복잡한 사정이 있다는 건 예상이 가는데…….'

여하튼 이브에게 리디아는 추방당한 그녀 대신 다시 차기 당주의 자리를 되찾은 이복 언니였다. 여러모로 생각이 복잡할 수밖에 없으리라.

'그건 그렇고 리디아도 뭔가 이상해…….'

글렌은 어제 리디아가 이브를 마치 공기처럼 무시했던 것을 보았다.

지금도 분명 이브가 있는 걸 알고 있을 텐데도 전혀 신경 쓰는 기색이 없었다.

마치 생판 남인 것처럼 무관심하고 담백한 태도였다.

'……거 참, 어째 귀찮은 냄새가 풀풀 나는구만.'

글렌이 한숨을 내쉬는 사이에 리디아는 《뿌리》를 봉인한 결계의 개요를 보고하기 시작했다.

"……《뿌리》의 발생 지점은 나눠드린 자료에 나온 대로 총 여덟 곳입니다. 그것이 전부 밀라노의 지하에 있는 유적에 직결되어 있었습니다. 예의 사신의 권속 소환 의식은 그 유적의 최심부에서 이뤄졌으며, 《뿌리》의 발생은 그 의식의 부산물인 것으로 예상됩니다. 레이라인 회선을 통해 모은 정보에 따르면 현재 저티스 로우판은 행방불명. 그리고 현재 의식의 집행자는…… 하늘의 지혜 연구회 최고 지도자인 헤븐스 오더【대도사】펠로드 베리프."

리디아가 마침내 밝혀진 세계의 적의 이름을 언급하자 한순간 주위가 소란스러워졌다.

"하오나 예의 지하 의식장 주위는 의식의 마술적인 영향 때문에 공간이 일그러진 탓에 이쪽에서는 진입할 수가 없는 상황입니다. 또한 밀라노 지하 구역에는 《뿌리》의 수도 워낙 많다 보니…… 현시점에서 의식장에 숨어 있는 대도사를 해치우는 건 거의 불가능하다고 봅니다. 다행히도 대도사는 의식의 완수에 전념하는 건지 현재까진 딱히 눈에 띄는 움직임을 보이지 않고 있습니다. 그리고 데이터에 의하면 예의 사신이 마리아 루텔을 핵으로 삼아 본격적으로 강림하는 것은 대략 한 달 후. ……뿌리를 봉쇄하는 결계도 일시적인 방책에 불과합니다. 그러므로 전 조속히 대책을 세워야 한다고 말씀드리고 싶습니다. 제 보고는 이상입니다."

보고를 마친 리디아는 경례를 하고 물러났다.

"고마워요. 이어서 그 밀라노 지하에 있는 유적 말인데……
우선 전문가의 견해를 들어볼까 합니다. 포……."

"훗! 기다리고 있었다!"

그러자 여왕이 호명하는 것보다 먼저 한 남자가 단상에
올라섰다.

사자 갈기 같은 헤어스타일, 건장한 육체. 딱 봐도 고집스
러운 괴짜 타입의 외모.

알자노 제국 마술학원 소속의 마도 고고학자 포젤 루포이
였다.

"그 유적이 뭔지 알고 싶은 거지?! 좋다. 이 위대한 마도 고
고학자 포젤 루포이가 특별히 친히 설명해주지! 그 유적《나
이알의 제사장》에 관해 설명하려면 먼저 구 고대 전반기……
즉, 성력전 8천 년쯤 전까지 거슬러 올라가야만 해! 당시는
아직 초 마법문명이라 불린 만한 문명이 구축되지 않아서
마도 멜갈리우스와 마법왕국도 존재하지 않았다! 하지만 그
무렵부터《천공의 타움》이라는 쌍둥이 신성(神性)과 함께
백성을 규합해 나라를 세우려한 어느 인물의 기록이 각지의
비문과 전승에 남아있지! 나는 이 자가 바로 훗날 구 고대
중기에 마왕이라 불렸던 폭군『티투스 쿠뤠』와 동일인물이
라 보고 있다! 뭐? 시대와 연대가 전혀 맞지 않는다고? 시

끄러, 짜샤! 아마추어는 닥치고 있어!"

'아, 이거 설명이 길어지는 패턴이구만.'

글렌은 이 시점에서 포젤의 이야기와 존재를 완전히 의식에서 차단하기로 했다.

기겁하는 각국 정상들 앞에서 열광적으로 떠들어대는 포젤을 무시하고 뒤에 서 있는 이브에게 말을 걸었다.

"야, 이브…… 너, 괜찮은 거냐?"

"……응?"

이브는 의아한 눈으로 글렌을 올려다보았다.

"네 개인적인 사정에 파고들 생각은 없어. 다만 너, 지금 안색이 엄청 나쁜 거 알아?"

"……."

"혹시 힘들면 쉬러 가. 남은 보고도 내가 해줄 테니까."

평소에 글렌이 이렇게 말한다면 「쓸데없는 참견이야」라거나 「당신한테 맡길 수 있을 리 없잖아」라면서 차갑게 쏘아붙였을 터.

"……으응. ……괜찮아."

하지만 이브는 오른손으로 왼팔을 누르며 기운 없는 목소리로 사양했다.

"난…… 괜찮아. 응, 괜찮……아…….."

그리고 이제는 완전히 리디아가 눈에 들어오지 않도록 고개를 돌려버렸다.

'……거 참, 진짜 답지 않게 구네.'

글렌은 그런 이브의 모습이 하다못해 리디아의 눈에 보이지 않도록 가려주며 한숨을 내쉴 수밖에 없었다.

"……즉! 당시의 왕에게는 『힘』이 필요했던 거다! 『힘』이! 당시 인지를 초월한 강대한 힘을 지닌 다양한 원생생물과 마수가 활보하고 수많은 씨족과 부족과 야만족이 난립해 다툼이 그칠 새가 없었던, 그야말로 카오스 더 카오스 월드였던 북 셀포드 대륙 서북부 해안 일대를 통일하고 평화와 안녕을 얻기 위해선 아무튼 『힘』이 필요했던 거다! 그래서! 《천공의 타움》은 내려줬던 거지! 왕에게 사신의 권속 소환술을! 그걸 위해 별자리의 위치에 맞춘 천구의식장이 필요했고, 그중 하나가 이곳 밀라노에 있는 의식장이었던 거다! 으아아아아아, 제길! 화가 나는군! 이곳의 의식장에 가장 먼저 눈독을 들인 건 바로 나였는데! 나중에 글렌 선생과 같이 조사할 예정이었는데, 상황이 이러니 조사할 수가 없잖아! 그 대도사인지 뭔지 하는 얼간이 자식! 누군지는 모르겠다만, 나중에 확 패버릴 테다!"

그러는 사이에도 포젤의 폭주는 멈추지 않았다.

"으, 으음…… 즉, 짧게 요약하면 그 의식장은 고대에 세워진 『사신의 권속을 소환하기 위한 장소』라고 보면 되는 건가요?"

이마에 비지땀이 맺힌 알리시아 7세가 경직된 미소를 짓고 이야기를 정리하려 했다.

"짧게 요약하면 그렇지만, 당연히 그걸로 끝이 아니지! 여하튼 구 고대 중기와 말기에는 이런 이야기도 있었다. 이른바 『정의의 마법사』의 고향은 마왕이 부리는 사신의 권속, 『사신병』에 의해 멸망…… 음?! 네, 네놈들! 지금 뭐 하는 거냐! 내 이야기는 아직 1할도 안 끝났다고! 이거 놔아아아아아아!"

결국 두 명의 제국 장교에게 각각 두 팔을 붙잡힌 포젤은 그대로 회의실에서 강제로 퇴거당하고 말았다.

"후우~."

글렌은 어이가 없는 눈으로 그 광경을 지켜보았다.

"……으흠!"

알리시아 7세는 헛기침을 한 후 다시 입을 열었다.

"이상으로 이 자유도시 밀라노에서 일어난 대략적인 상황이 판명됐군요."

그러자 각국 정상들은 새삼 사태의 중대함을 깨닫고 머리를 감싸 쥐기 시작했다.

"설마 그 사신의 권속이라니……!"

"이, 이래서야 정말로 2백 년 전 마도대전의 재림이 아닌가!"

"그 참극이 또 되풀이된다고……?! 웃기지 마!"

알리시아 7세는 잠시 분위기가 정리되길 기다린 후 엄숙한 목소리로 발언했다.

"그럼 마지막으로 슬슬 이 문제에 해명이 필요하겠네요. ……파이스 카디스 추기경?"

그녀의 눈이 정상의 한 자리를 맡은 파이스를 날카롭게 노려보았다.

"경의 본가, 카디스가(家)는 사신과 대체 어떤 관계가 있는 거죠? 그리고 알자노 제국 마술학원 학생인 마리아 루텔…… 아니, **미리암 카디스**와의 관계는?"

"……."

파이스는 팔짱을 낀 채 눈을 감고 입을 다물고 있었다.

"알겠습니다. 전부 말씀드리지요."

하지만 곧 뭔가를 결심한 듯 엄숙한 눈빛으로 이야기를 시작했다.

"마리아…… 미리암 카디스는…… 제 친딸입니다."

그 순간, 주위로 동요가 퍼졌지만 파이스는 담담하게 말을 이었다.

"그리고 카디스가는 고대문명 당시에 사신 소환 의식을 집행했던 신관 가문의 후예…… 『무구한 어둠의 무녀』를 배출하는 혈통의 생존자들입니다. 성 엘리사레스 교회 교황청은 그런 카디스가를 유사시에 군사 전략상의 조커…… 이른바 『신앙병기』로 쓰기 위해 자신들의 진영으로 끌어들였던 겁니다. 사실 이제는 피가 많이 옅어져서 『무구한 어둠의 인장』을 몸에 지닌 『무구한 어둠의 무녀』도 몇 세대에 한 명 태어날까 말까한 정도입니다만…… 완전히 명맥이 끊긴 것은 아니었습니다."

"설마 2백 년 전의 마도대전도?! 교회가…… 너희 일족이 원흉이었던 거냐!"

누군가의 규탄이 회의실의 공기를 뒤흔들었다.

"예, 유감스럽게도 당시는 『무구한 어둠의 무녀』가 태어나 버린 시대였습니다. 하지만 사신을 부르는 의식법은 본가가 교회에 흡수됐을 당시에는 이미 실전된 상태였지요. 그런데 도 2백 년 전에 사신이 강림했던 건 카디스가 최대의 수수 께끼였습니다만……."

파이스는 설마 이런 방법이 있었을 줄은 몰랐다며 한숨을 내쉬었다.

'그런 거였군. 참 이율배반적인 이야기야.'

글렌은 파이스의 이야기를 들으면서 생각했다.

'웃기지도 않아. 성 엘리사레스 교회…… 신앙상의 『유일개 념신』을 숭배하고 남들에게는 그것을 강요한 주제에 실상은 비밀리에 『외우주의 사신』을 숨겨두고 있었을 줄이야. 이 사 실이 공표되면 신앙이 붕괴하는 수준으로 끝날 일이 아니 야. 그러니 교회로서는 계속 숨기고 싶었을 터. 사신의 존재 가 크게 관여한 고대문명의 존재 그 자체를 부정하고 싶었 을 터. ……전부 『없었던 일』로 만들고 싶었을 터. 하지만 롤 랑 엘트리아는 『멜갈리우스의 마법사』로 고대문명의 존재를 폭로했고, 급기야 카디스 가문까지 건드리기 시작하고 말았 어. 이러니 뭐, 당연히 화형 코스로 직행이었겠지.'

글렌이 『알리시아 3세의 수기』에서 알게 된 내용과 대조하는 사이에도 파이스의 이야기는 계속되었다.

"그리고 마침내 우려했던 일이 일어났습니다. 예, 저의 세대에…… 다시 태어나고 만 것이지요. ……『무구한 어둠의 무녀』…… 제 딸 미리암 카디스가."

웅성, 웅성, 웅성.

파이스가 밝힌 진실에 좌중은 술렁이기 시작했다.

"미리암이 태어난 것을 본 저는 이런 생각을 했습니다. 마도대전…… 2백 년 전의 비극만은 절대로 되풀이해선 안 된다고. 그래서 전 8년 전에 미리암이 병사한 것처럼 속이고 마리아 루텔이라고 이름을 바꿔서 비밀리에 제국으로 망명시켰던 겁니다. 그때 저에게 큰 도움을 주셨던 분이 퓨너럴 예하…… 당시에는 아직 신임 추기경이셨습니다만……."

파이스는 머리를 부여잡으며 고개를 떨굴 수밖에 없었다.

"설마 예하께서…… 그 총명하신 예하께서 하늘의 지혜 연구회였다니! 아아, 분명 그때부터 저는…… 아니, 교회 전부가 그 자의 손바닥 위에서 놀아나고 있었던 거겠지요."

그렇게 고백하는 그의 표정은 당장 목을 매달아도 이상하지 않을 정도로 깊은 후회에 잠겨 있었다. 하지만 궁지에 몰린 인간의 추한 본성 앞에서 이용당했을 뿐, 아무것도 몰랐다는 변명이 통할 리 없었다.

"우, 웃기지 마!"

각국 정상들은 저마다 파이스를 규탄하기 시작했다.

"네놈들, 성 엘리사레스 교회의 기만이 결국 이런 사태를 불러일으킨 거라고!"

"대체 이 사태를 어떻게 책임질 거요?!"

파이스를 향해 매도와 책망하는 말이 폭풍처럼 쏟아졌다.

"……."

하지만 당사자는 그저 묵묵히 감내할 뿐이었다.

"애초에 파이스 추기경! 당신이 하늘의 지혜 연구회에 그저 이용당했을 뿐이라는 말도 의심스럽소!"

"맞아요! 사실은 뒤에서 손을 잡고 이번 사태를 일으킨 거 아닌가요?!"

"이 책임은 철저히 추궁할 테니 각오해!"

'……제기랄! 이놈이고 저놈이고 하나 같이 바보들밖에 없는 거냐!'

저항하지 않는 파이스를 일방적으로 규탄하는 각국 정상들의 추한 꼬락서니를 본 글렌은 방관자임에도 속이 뒤집힐 수밖에 없었다.

'지금은 책임소재를 따지고 있을 때가 아니잖아! 세계의 위기라고! 애당초 파이스 씨가 흑막이었다면 레자리아 왕국 같은 가라앉는 침몰선에 남을 리 없잖아?! 그 정도쯤은 알아서 눈치채! 애초에 지금 파이스 씨가 없으면 레자리아는 어쩔 거야! 제대로 정치질을 할 수 있는 지도자가 한 명도

안 남았는데! 이대로 레자리아가 망해버리면 너희들 나라도 위험해진다는 걸 알고는 있는 거야?!'

레자리아 왕국은 강압적인 종교 정화 정책 때문에 나라 안팎으로 불만이 많은 곳이다.

만약 이대로 무너진다면 주변 일대에는 미증유의 대혼란이 일어날 수밖에 없고 막대한 인구를 가진 영토에서는 대량의 난민이 발생할 터.

그렇게 되면 주변 국가들 또한 경제 붕괴를 피할 수 없으니 세계적인 대공황과 함께 새로운 다툼을 낳게 되리라.

이것은 경제적인 의미로도 세계존망의 위기인 것이다.

"어쩔 거야! 대체 어쩔 거냐고! 대답해!"

"책임! 책임을 지시오! 책임져! 배상을 해!"

"해결해! 어떻게든 해보라고!"

하지만 글렌의 생각과는 반대로 상황은 수습될 기미가 보이지 않았다.

결국 참다못해 한 마디 하려고 숨을 크게 들이켠 바로 그 순간—.

"정숙하세요."

영혼을 울리는 듯한 늠름한 목소리가 홀 안으로 울려 퍼졌다.

알리시아 7세였다. 너무나도 고결하고 흔들림 없는 의지가 담긴 그 결연한 목소리를 무시할 수는 없었는지 저마다 바로 입을 다물고 조용해졌다.

'……폐하?!'

글렌이 눈을 휘둥그레 뜨고 지켜보는 가운데, 알리시아는 의연하게 일어서서 입을 열었다.

"지금은 책임소재를 따질 때도, 이 불상사로 발생한 피해액을 청구할 때도 아닙니다. 세계의 위기에 함께 맞서 싸워야 할 때죠."

"……."

"이미 이건 제국과 왕국 간의 국제분쟁으로 끝날 일이 아닙니다. 다들 알고는 계신 건가요? 그 유명한 국제 마술 테러리스트 조직, 하늘의 지혜 연구회. 그들의 수괴인 【대도사】가 마침내 백일하에 정체를 드러냈고, 지금도 2백 년 전 마도대전의 계기가 된 사신 소환 의식을 치르고 있습니다. 이것이 세계의 위기가 아니면 뭐죠? 이 세계에 오랫동안 큰 피해를 입혀온 그 사악한 조직이 강대한 사신의 힘을 손에 넣는다면…… 이 세계의 구조가 확실히 무너지리라는 것은 상상하기 어렵지 않잖아요?"

침묵.

모두가 알리시아 7세의 발언에 귀를 기울였다.

"애초에 레자리아 왕국이 무너지기만 해도 막대한 수의

난민이 흘러넘쳐서 주변 국가들은 큰 피해를 면치 못할 겁니다. 이제 더 이상 남의 일이 아니라구요. 그러니 우리는 손을 맞잡고 힘을 합쳐야만 해요. 이 세계의 위기 앞에서 평소의 원한과 갈등은 잊고 함께 발맞춰가며 맞서야만 해요! 이번 평화제전 자체는 사악한 자들의 개입으로 무산됐지만, 그 바탕에 깔린 이념만은 지켜야만 해요! 여러분, 부디 힘을 빌려주세요! 그리고 함께 빛나는 내일과 미래를 위해 싸웁시다! 우리 모두가 세계를 구하는 겁니다!"

이윽고 알리시아의 말이 끝나고 주위는 무거운 침묵에 가라앉았다.

하지만 누군가가 먼저 박수를 치자 하나둘씩 그 뒤를 잇는 박수 소리가 늘어나더니 최종적으로는 우레와 같은 박수 소리가 널따란 홀을 가득 메웠다.

'하핫, 역시 폐하셔. ……나 같은 놈하곤 비교조차 안 돼.'

단 한 번의 연설로 이 자리의 분위기와 흐름을 바꾼 알리시아 7세의 모습을 글렌은 존경 어린 눈으로 바라보았다.

분명 저것이야말로 남들 위에 서도록 운명 지어진 진정한 카리스마의 모습이리라.

'그래, 괜찮아. 폐하께서 계시는 한 아무것도 걱정할 거 없어. ……그럼 나도 내가 해야 할 일을 해야겠지. 그런데 뭐부터……?'

글렌이 멍하니 그런 생각을 하는 사이에 정상회의에서는

알리시아 7세의 주도로 각국의 움직임과 방침을 정하고 있었다.

　그런 식으로 회의장의 분위기가 무르익은 한편.
　'칫…… 좋지 않아. 알리시아 7세…… 저 망할 년이……!'
　알리시아 7세의 독무대가 되어버린 회의실을 몰래 빠져나온 아젤 르 이그나이트 경은 대성당의 통로를 빠른 걸음으로 지나가며 속으로 욕설을 내뱉었다.
　'제길! 내가 저 여자를 약간 과소평가했던 것 같군.'
　어차피 여자로 태어난 이상 나약한 온건파로 기울 수밖에 없으리라 생각했건만 막상 뚜껑을 열어보니 어떠한가.
　이 비상시기에 더더욱 돋보이는 큰 그릇, 훌륭한 수완, 그리고 카리스마.
　저 여자는 패왕이다. 아무런 꾸밈없는 평소의 행동거지만으로도 좌중을 무릎 꿇게 할 수 있는 천성적인 지배자였다.
　알리시아 7세는 본인에게 야심이 없을 뿐『그럴 마음』만 먹는다면 전 세계를 집어삼키고, 거느리고, 지배할 수 있는 최강의 패왕이었던 것이다.
　'……아니야! 그럴 리가 없어! 저 계집이 제국을…… 세계를 구할 수 있을 리가 없다고! 이 세계를 구할 수 있는 것은, 정점에 설 수 있는 것은 오직 이 아젤 르 이그나이트 뿐이다!'

그렇다. 특별한 것은 자신뿐.

자신은 어중간한 범인들과 달리 훨씬 더 높은 곳에 있는 존재이므로.

'그래…… 아무튼 난『선택』받았으니까! 선택받은 존재이니까!'

이그나이트 경은 품속에서『붉은 열쇠』를 꺼내 그것을 응시했다.

'난 범인들과는 달라. 확실히 이『열쇠』를 받긴 했다만, 결코 대도사에게 굴복했던 건 아니다! 난 오히려 대도사를 이용한 거다! 그 대도사의 계획을 무너트리고 이 몸이 세계를 구하기 위해! 그래, 이그나이트야말로 세계의 지배자라는 것을 내가 증명하는 거다!'

그러기 위해 지금까지 비밀리에 준비하고 힘을 쌓아왔다.

그러기 위해 아는 사람은 아는『구스타의 비극』도 일으켰다. 인간이기를 포기했다.

'허나…… 지금 내가 오랫동안 쌓아올린 구도가 근본부터 무너지려하고 있다……! 그 교활한 저티스 로우판 때문에……!'

이 흐름대로 간다면 이번 사태를 극복했을 때 제국의 정점에서 찬란하게 빛나며 세계의 존경을 한 몸에 받는 것은 확실히 알리시아 7세가 될 터.

그렇게 되면 아무리 발버둥 쳐도 하극상은 이루지 못하리라.

'……이대로는 위험해!'

이그나이트 경은 초조해졌다.

하지만 이상하게도 망설임이나 불안은 없었다.

현재 그는 지극히 냉정하고 냉혹한 사고로 한 가지 결론에 도달하려 하고 있었다.

손에 든 패. 밀라노의 현재 상황. 산하에 있는 군의 대비 상황. 각국의 상황.

"아니, 오히려 이건 호기일지도?"

그리고 **그 生각**에 도달한 순간. **그 결론**에 도달한 순간······.

그것은 절대로 꺼트릴 수 없는 야심이 되어 격렬하게 타오르기 시작했다.

'······그래! 다른 범인들이었다면 어리석게도 이 최고의 기회를 앞에 두고 망설였겠지만······ 이그나이트인 이 몸은 달라! 지금이다! 오히려 지금인 거다! 지금이야말로 내가 모든 것의 정점에 설 절호의 기회! 내 인생은 전부 지금 이 순간을 위해 존재했던 거다!'

"일리아 일루주. 거기 있나?"

"예~ 여기 있습니다! 마이 로드!"

그리고 이그나이트 경의 옆에 한 소녀가 마치 신기루처럼 등장했다.

뒤로 묶은 갈색 머리카락. 붙임성 있어 보이면서도 왠지 차가운 미소.

전 제국 궁정 마도사단 특무분실 집행관 넘버 18 《달》의 일리아였다.

"왜 부르신 건가요~? 뭐든지 명령을 내려주세요!"

"움직인다."

여느 때처럼 호들갑스럽게 구는 일리아에게 이그나이트 경은 짧고 단호하게 말했다.

"예?"

일리아는 순간적으로 굳어버릴 수밖에 없었다. 웃는 얼굴로 얼어붙었다.

하지만 이그나이트 경은 개의치 않고 말을 이었다.

"리디아와 군에 극비리에 전하도록. ……『대의를 따르겠다』고."

"예? 그게…… 지, 지금요?!"

늘 자신만만한 일리아도 그 순간만큼은 눈에 보이게 당황했다.

"이, 이 타이밍……에요?! 하, 하지만 아직……."

"뭐냐. 네놈, 지금 내 말에 이의를 제기하겠다는 건가?"

"아, 아뇨! 그럴 리가요! ……아, 알겠습니다! 리디아 님께 경의 뜻을 전하고 오겠습니다!"

분노를 드러내자 일리아는 황급히 신기루처럼 모습을 감추었다.

그런 그녀를 흘겨본 이그나이트 경은 곧 낮고 음산하게 웃기 시작했다.

"훗…… 드디어…… 드디어."

『붉은 열쇠』를 손에 쥔 채 뜨거운 야심을 드러낸 표정으로 처절하게 웃었다.

"이 몸이 정점에 설 때가 온 거다. ……오히려 너무 늦었을 정도군. 크크크…… 흐하하하하…… 으하하하하하하하하!"

그런 이그나이트 경의 환희로 물든 웃음소리를 들은 자는 아무도 없었다.

덜컹, 덜텅, 덜컹…….

자유도시 밀라노 중앙구 3번가 메인스트리트에서는 호화로운 사두마차들이 돌로 포장된 도로 위를 일렬로 달리고 있었다.

이번 정상회담에 출석한 제국 정부측 요인들이 탄 마차였고, 그중 가운데에 있는 것은 알자노 제국 여왕 알리시아 7세의 왕실 마차였다.

그리고 말에 탄 직속 친위대가 그 마차 주위를 빈틈없이 호위하고 있었다.

조금 전 회의를 마친 여왕이 이 밀라노에서의 활동거점인 제국영사관으로 돌아가는 중이었다.

덜컹, 덜컹, 덜컹…….

다양한 종교 건축물과 아름다운 수로 및 다리로 꾸며진 도시 밀라노.

바로 얼마 전까지만 해도 몇 십 년 만에 개최된 마술제전을 축하하는 사람으로 붐볐던 거리는 몰라볼 정도로 한산했다. 이 중앙 구역이 《뿌리》의 발생지와 가까웠던 탓에 제국군이 시민들을 우선적으로 긴급 피난시켰기 때문이다.

물론 밀라노 같은 대도시의 시민 전원이 벌써 탈출한 것은 아니었다.

시 전역에 넓게 흩어진 제국군이 지금도 삼엄한 경계태세를 취하고 있었다.

이 중앙구의 고요함은 한시적인 것에 불과했다.

"저기…… 정말 괜찮을까요? 저 같은 게 폐하와 같은 마차를 타고 가도……."

"괜찮아요."

그런 한적한 시내를 이동하는 왕실 마차 안에는 글렌과 알리시아 7세가 나란히 앉아 있었다.

아무래도 여왕의 옆자리이다 보니 제 아무리 글렌이라도 긴장해서 등줄기를 꼿꼿이 세우고 있었지만, 알리시아는 평소처럼 기품이 넘치는 모습으로 자연스럽게 앉아 있었다.

이것은 회의가 끝난 후 글렌 일행이 일단 알자노 제국 대표 선수단이 기다리는 공영 호텔로 돌아가려 할 때, 놀랍게도 여왕이 함께 가지 않겠냐고 제안한 결과였다.

'아무리 아는 사이라도, 상대는 폐하인 데다…… 심지어 지금은 세계의 미래를 좌지우지하는 VVIP님이시잖아? ……으으, 긴장돼.'

어디까지나 소시민다운 사고회로였다.

참고로 이브는 포젤과 함께 후속 마차에 타고 오는 중이다.

포젤과 합석하기로 정해졌을 때 진심으로 질색하는 표정이 참 인상적이었다.

"후우……."

어쨌든 글렌이 긴장을 감추지 못하고 한숨을 내쉰 순간—.

"후후, 너무 그렇게 긴장하지 말아주세요."

갑자기 알리시아가 말을 걸어왔다.

"실은 당신과 잠시 대화를 하고 싶었답니다, 글렌."

"저랑, 말씀입니까?"

"예."

글렌이 눈을 깜빡이자 알리시아는 고개를 끄덕였다.

"음~ 저야 뭐 영광이지만…… 전 이미 군을 그만둔 데다 폐하께서 이렇게 따로 대화할 자리를 마련하실 만큼 대단한 놈도 아닌데 말입죠. ……하하."

의외의 대답에 글렌은 자조적으로 겸양했다.

"……아뇨, 당신이기 때문이에요."

"폐하?"

글렌이 고개를 갸웃거리며 알리시아의 옆얼굴을 바라본 그때였다.

"……정말…… 엄청난 일이 벌어지고 말았네요."

알리시아는 마치 스위치가 꺼진 것처럼 세계를 상대로 당당했던 수완가 여왕이 아닌, 불안과 당혹스러움 속에서 흔들리는 지친 여자의 모습으로 바뀌었다.

"⋯⋯폐하?"

"미안해요, 글렌. 각국 정상들 앞에서는 그렇게 큰소리를 쳐놨지만⋯⋯ 실은 저도 불안하답니다. 불안하고, 불안해서 견딜 수가 없어요."

알리시아의 꽃잎처럼 가련한 입술에서 한숨이 새어나왔다.

조금 전의 회의에서 본 위풍당당한 모습에서는 상상조차할 수 없었던 약한 모습이었다.

"아무리 생각해도 나쁜 미래밖에 떠오르지 않아요. 하늘의 지혜 연구회⋯⋯ 대도사⋯⋯ 마도대전⋯⋯ 사신의 권속⋯⋯ 밝은 미래가 전혀 그려지질 않아요. 어쩌면 세계는 이대로 혼돈과 재앙에 집어삼켜져서 영원한 어둠 속에 갇혀버리는 게 아닐지⋯⋯"

"⋯⋯?!"

"저는 알자노 제국 여왕. 백성을, 나라를, 그리고 세계를 지켜야 할 의무가 있어요. ⋯⋯하지만 동시에 마음속 한켠에선 눈과 귀를 틀어막은 채 딸들과 함께 세상 끝까지 도망치고 싶다는 생각이 드는 나약한 저 자신이 싫어져요."

이 순간, 글렌은 자신의 무지함과 어리석음을 뼈저리게 깨달았다.

초인이라고 여겼던 여왕도 인간이자, 한 명의 여성이자,

한 명의 어머니였을 뿐.

이분만 있으면 문제없다. 전부 이분에게 맡기면 된다고?

고작 한 여자에게 그토록 무거운 짐을 멋대로 떠넘기고 안심해버리다니…… 이 얼마나 한심하기 짝이 없는 행동인가.

"이런 이야기를 할 수 있는 건…… 글렌, 당신밖에 없답니다. 이제는 제 가신이 아니게 된 당신밖에……."

그렇다. 말할 수 없었다. 가신과 부하들에게는 절대로…….

알리시아는 여왕이다. 이런 한탄과 푸념은 전체의 사기와 구심력에 영향을 줄 터.

국가를 짊어진 여왕은 결코 남들 앞에서 약한 모습을 보일 수 없었다.

"……제 푸념을 들어줘서 고마워요, 글렌."

이윽고 알리시아는 다시 사고회로를 전환한 건지 밝은 표정으로 돌아왔다.

"조금이지만 편해졌네요. 이걸로 전 다시 싸울 수 있어요."

"……."

"당신은 엘미아나를…… 제국의 미래를 짊어질 알자노 학원의 아이들을 부탁해요. 당신이 그들을 지켜준다면…… 전 아무 걱정 없이 미래를 위해 싸울 수 있을 테니까요. ……이 목숨을 마지막 한 방울까지 쥐어짜내서."

그 순간―.

"폐하."

글렌은 알리시아의 눈을 똑바로 바라보고 선언했다.

"제국군을 관둔 제가 이제 와서 이런 말씀을 드리는 건 이상하겠지만…… 전 당신 편입니다."

"글렌……?"

"군 시절 폐하께선 이런 구제불능 애송이의 얼굴과 이름을 기억해주시고, 다정한 말씀을 건네주시고, 그리고…… 여러모로 후의를 베풀어 주셨죠."

어느새 그답지 않은 정중한 말투가 글렌의 입에서 계속해서 흘러나왔다.

이 기회에 말해야 한다고 생각했다.

전해야만 한다고 생각했다.

"지금은 일개 교사에 불과한 저도…… 그 은혜는 결코 잊지 않았습니다. 지금의 제가 뭘 할 수 있을지는 모르겠지만…… 반드시 저 나름대로의 방식으로 폐하와 폐하께서 사랑하는 제국에 반드시 공헌하겠다고 맹세하죠. 그러니……."

'……그러니 뭐?'

글렌은 불현듯 제정신으로 돌아왔다.

이런 아무런 힘도 없는 일개 교사가 대체 뭘 할 수 있다는 거지?

지금 폐하께 특별 취급을 받았다고 우쭐대는 거야?

착각하지 마라, 글렌.

"……아뇨, 죄송합니다. 감히 저 따위가 주제넘게……."

글렌은 바로 자기혐오에 빠졌다.

"고마워요, 글렌."

하지만 알리시아 7세는 밝게 미소 지었다.

"당신 같은 백성이 있는 나라의 지도자라는 사실이 자랑스러워요."

"폐, 폐하……."

그리고 그런 글렌의 속마음을 꿰뚫어본 것처럼 쿡쿡 웃음을 터트렸다.

"그리고 너무 스스로를 비하하지 말아주세요."

"예?"

"눈치채지 못한 걸지도 모르지만…… 글렌, 당신은 본인이 생각하는 것 이상으로 주변 사람들에게 큰 영향을 주고, 움직일 수 있는 사람이니까요."

글렌이 그게 무슨 뜻이냐고 되물으려 했을 때―.

터엉!

마치 큰 지진이라도 일어난 것처럼 마차가 심하게 흔들렸다.

"꺄악?!"

"뭐, 뭐지?!"

위아래로 수십 센티 간격으로 흔들리며 격렬한 진동이 두 사람을 엄습했다.

"뭐야! 대체 무슨 일이 일어난 거냐고!"

뭔가 사달이 났다는 것을 깨달은 글렌이 마차 문을 발로 차 날려버리고 밖으로 나오니 그곳에는 믿을 수 없는 광경이 펼쳐져 있었다.

"……뭐, 뭐야 이게……."

건물들이 무너지고 불에 타는 그 광경은 마치 지옥도를 방불케 했다.

아마 마차를 노린 군용 어설트 스펠의 일제사격이었으리라.

주위의 왕실 친위대가 반사적으로 전개한 마력 장벽 결계의 표면에 공격성(性) 마력이 파직거리며 튀고 있었다.

그리고 친위대원들은 완전 방어태세로 마차를 에워싸고 있었다.

"마, 말도 안 돼……. 설마 방금 그건?!"

틀림없는 공격이었다.

그것도 이동 중인 알리시아 7세를 노린 것임이 분명한.

'미, 믿을 수가 없어. ……하필 이 타이밍에?! 대체 누가!'

글렌은 너무나도 돌발적인 상황에 아연실색할 수밖에 없었다.

"글렌! 적이야!"

그러자 후속 마차에 타고 있던 이브가 달려왔다.

"정신 차려! 여왕 폐하를 지켜야 해!"

"이런 빌어먹을!"

이브의 절박한 표정에서 상황이 쉽지 않음을 깨달은 글렌은 허리춤에서 권총을 뽑아들더니 이브와 서로 등을 마주대고 주위를 경계했다.

"이브, 적은 어디 소속이야! 하늘의 지혜 연구회? 레자리아 왕국의 잔당? 아니면 제국과 적대 중인 다른 나라?"

글렌이 묻자 이브는 한순간 말문이 막힌 듯 했지만, 곧 대답했다.

"적은―."

"……뭐라고?"

말 자체는 분명하게 들렸고 익숙한 단어의 조합이었다.

하지만 도무지 이해할 수가 없었다.

아니, 뇌가 이해하기를 거부했다.

왜? 어째서? 라는 의문이 머릿속을 가득 채우며 이해하는 것을 허락하지 않았다.

그렇게 글렌이 당황하는 사이에 누군가가 다가오는 인기척이 느껴졌다.

여왕과 친위대원들을 포위하는 형태로 나타난 그들은 놀랍게도 제국군 군복을 입고 있었다.

"……어?"

완전히 상상을 초월한 그 광경에 글렌은 넋을 잃을 수밖에 없었다.

"……못 들었어? 글렌?"

그러자 등 뒤에 선 이브가 긴장한 목소리로 낮고 선명하게 다시 한 번 말했다.

"적은…… 알자노 제국군이야!"

그리고 다음 순간—.

우오오오오오오오오오오오오오오오오오오오오오!

주위를 에워싼 제국군 장병들은 크게 함성을 내지른 후 마도병들의 주문 영창을 기점으로 돌격을 개시했다.

~~~~

르바포스 성력 1853년, 그람의 달 10일.

이날 알자노 제국군의 약 5천에 달하는 일개사단 병력은 사신의 권속 소환 의식으로 인해 발생한 《뿌리》의 대처와 밀라노 시민의 피난 유도, 시내 경비를 위해 밀라노 전역에 분산되어 있었다.

하지만 이것은 전부 알자노 제국군의 주도로 이루어진 일이라, 이대로는 각국의 체면이 서지 않았다. 그래서 시외에서 대기 중인 각국의 파견군은 알자노 제국군과 경비 범위를 분담하기로 했다.

하지만 그들과 교대하려 할 때 알자노 제국군이 갑자기

무력을 행사했고 허를 찔린 각국의 군은 속수무책으로 패퇴. 동시에 알자노 제국군은 시외에 있는 각국 영사관을 습격해서 각국 정상들의 신병을 구속했다.

이렇듯 요인들을 인질로 잡혀서 완전히 기능 정지 상태가 된 각국 군은 밀라노 시 외곽을 경계로 전개된 알자노 제국군과 교착 상태에 빠질 수밖에 없었다.

더욱이 밀라노 시를 포위한 알자노 제국군은 자신들의 주군인 여왕 알리시아 7세에게까지 이를 드러내고 있었다.

~~~~~

"대체 뭐가 어떻게 된 거야?! 제국군이 왜 알리시아를……?!"

"모르겠습니다! 하지만……!"

완전히 혼란에 빠진 밀라노 시내를 버나드, 크리스토프, 알베르트는 《질풍각》으로 건물 지붕과 벽을 박차고 마치 하늘을 나는 것처럼 종횡무진 뛰어다니고 있었다.

"각국 파견군과 교대하는 타이밍을 노린 전격작전, 각국 정상들의 신병을 신속하게 제압한 수완…… 이 세련된 군사 행동은 그야말로 신기에 가깝습니다!"

"허어……!"

"어지간히 전부터 착실히 준비했던 거겠죠……. 제길! 설마 제가 군 내부에서 이런 대규모 계획이 진행되는 걸 눈치채지 못할 줄은……!"

평소에 온화하기로 유명한 크리스토프도 험한 말이 튀어나오는 것을 참지 못했다. 특무분실에서 정보를 담당하는 그에게는 더없이 굴욕적인 상황이었기 때문이리라.

"폐하께서…… 저 때문에 폐하가……!"

"자책할 필요 없다."

그러자 맨 뒤에서 달리는 알베르트가 담담하게 말했다.

"네가 파악하지 못한 건 당연해. 아무튼 이건 전부터 계획된 일이 아닐 테니까. 아마 이번 반란의 주모자가 어떤 피치 못할 사정으로 벌인 일일 거다."

"예?!"

"원견(遠見) 마술로 확인해봤다만, 현재 폐하를 노리고 공격을 감행한 반란군은…… 『이상할 정도로 감정이 결여되어』 있더군."

"……그게 뭐가 어쨌다는 거지?"

"언뜻 대의를 위해 망설임 없이 싸우는 것처럼 보이기도 해. 하지만 실상은 폐하에 대한 반역 행위를 저질렀음에도 전원이 한 치의 동요도 없이 마치 정밀 기계 같은 조직 행동 양상을 보이고 있더군. 그건 밀라노 각지에 전개된 제국군도 동일했다."

"즉, 『무슨 짓을 당했다』……『조종당하고 있다』는 건가요?!"

"그 점을 감안해도 반란군 지휘관의 지휘는 지나칠 정도로 탁월하지만 말이지."

크리스토프의 물음에 알베르트는 조용히 고개를 끄덕였다.

"하지만 저만한 인원수를 조종하다니, 대체 누가 어떻게……."

"그건 확인하지 못했다. 하지만 이번에 폐하의 호위를 맡은 전력 대부분이 주로 누구 밑에 있는 사단인지를 고려하면 아마 주모자는……."

"자, 잠깐만! 설마……!"

알베르트의 분석에 버나드가 기겁하면서 끼어들었다.

"아니, 아니, 그럴 리가! 아무리 **그놈**이라도 설마…… 이런 상황에서 이런 엄청난 짓을 저지를 리는……!"

"그래, 그럴 리 없다고…… 누구나 생각했겠지. 폐하께서도…… 아마 반란 주모자 본인도. ……하지만 거기서 허를 찔린 거다."

"지금은 주모자와 그 동기를 따지고 있을 때가 아니잖아요. ……서두르죠, 두 분. 지금은 한 시라도 빨리 폐하의 곁으로……."

크리스토프가 그렇게 재촉한 순간—.

"멈춰! 아홉 시 방향이다! 피해!"

갑자기 알베르트가 날카롭게 경고했고 셋은 재빨리 주위로 흩어졌다.

다음 순간, **그 주변 일대가 붕괴했다.**

대기가 뒤흔들리고 귀를 찌를 듯한 굉음과 동시에 중력

마술이 작렬한 것이다.

그 안의 모든 것이 뭉개지고, 부서지고, 가라앉았다.

아직 달아나는 게 늦은 사람들도 있었건만 모든 것이 납작하게 찌부러진 채 땅 밑으로 가라앉고 만 것이다.

그렇게 완성된 거대한 크레이터 한복판에는 뒤틀린 소처럼 생긴 괴물이 푸른 불꽃으로 이루어진 콧김을 내뿜으며 서서히 사라지고 있었다.

"저것은 솔롬의 36악마장 중 하나인 《지레》의 하게네……?!"

"악마 소환술이라고?!"

간신히 목숨을 건진 크리스토프와 버나드가 찰나에 처참한 대량 파괴 현장을 일궈낸 악마의 정체를 파악하고 전율한 그때―

"《뇌광의 전신이여·그대는 거친 분노를 휘둘러·모든 것에 평등한 멸망을 내릴지어다》!"

알베르트가 주문을 완성했다.

그의 왼손에서 방출된 극대 집속 뇌격포가 대기를 가르며 어느 건물 지붕 위에 나타난 한 인영을 직격했다.

하지만 그 성벽조차 무너트릴 수 있는 위력의 마술은 허무할 정도로 간단히 주위로 흩어지고 말았다.

"허허, 이렇게 만나는 게 대체 몇 년 만인가요. 아벨."

그런 위업을 아무렇지 않게 저지른 인물은 인자하게 웃고 있었다.

"……파웰!"

그 순간, 알베르트는 극심한 분노와 증오에 사로잡혔다.

하지만 노인, 성 엘리사레스 교회의 전 교황이자 하늘의 지혜 연구회의 헤븐스 오더 【신전의 수령】 파웰 퓌네는 자신을 향한 그 감정들을 가볍게 흘려버리며 더더욱 인자하게 웃었다.

"윽……?!"

"이거 진짜냐……."

그 순간, 크리스토프와 버나드는 굳어버릴 수밖에 없었다.

그저 대치한 것만으로도 저 파웰이라는 남자가 얼마나 규격외의 존재인지 깨달았기 때문이다.

덕망 높은 사제의 가면을 벗어버린 파웰은 더 이상 본성을 숨기려 하지 않았다.

그 끔찍한 본성을 마주하고 공포에 사로잡힌 둘의 영혼이 그와 대적하는 것을 거부하고 있었다.

압력, 마력, 존재감, 위엄 그 전부가 이제껏 경험해본 적 없는 고차원적인 영역에 닿은, 그야말로 마인(魔人). 최흉최악의 벽이 자신들의 앞을 가로막은 것이다.

"흠…… 그러고 보면 이래저래 8년만이로군요. 건강해 보여서 다행입니다, 아벨."

"닥쳐! 날 그 이름으로 부르지 마! 네놈이 빼앗아간 내 가족과 누나를 잊었다고는 하지 않겠지!"

알베르트는 격노에 사로잡혀서 외쳤다.

"예, 물론 기억하고 있지요. 마치 봄날의 따스한 햇살처럼."

하지만 파웰은 여전히 표료한 태도였다.

"아아, 그 시절에는 아이들이 있었고…… 그리고 당신의 누이인 아리아가…… 모두가 행복하게…… 예, 참으로 좋은 시절이었지요. 이렇게 말하는 저도 가족이란 참 좋은 것이란 생각이 들 정도였습니다."

"그것을 저열하고 사악한 욕망을 위해 빼앗고 파괴한 건 다름 아닌 너였을 터!"

"어쩔 수 없었던 겁니다, 아벨. 모든 것은 대도사님을 위해. 모든 것은 위대한 진리…… 하늘이신 지혜를 위해 필요한 희생이었던 겁니다."

"날 그 이름으로 부르지 말라고 했을 텐데! 내 이름은 알베르트 프레이저! 네놈을 지옥으로 떨어뜨리기 위해, 지옥에서 돌아온 전귀(戰鬼)다!"

마침내 그 증오와 분노는 자신조차 불사를 정도로 한없이 강해지고 있었다.

"훗, 아주 좋군요. 그 강한 정념…… 격정…… 아벨, 역시 당신은……."

그 모습을 본 파웰이 만족스럽게 턱을 쓰다듬은 순간, 뭔가에 씐 것처럼 이성을 잃었던 알베르트는 갑자기 냉정함을 되찾았다.

"허어? 갑자기 어떻게 된 겁니까, 아벨."

"……지금 네놈을 상대할 여유는 없다."

파웰이 의아해하자 알베르트는 차갑게 말을 내뱉었다.

"비켜. 아니면 뚫고 지나갈 뿐."

"호오? 이건 의외로군요."

파웰은 고개를 갸웃했다.

"생각보다 냉정하군요. 당신이라면 좀 더 화를 낼 줄 알았건만. 혹시…… 벌써 그 날의 분노와 증오를 잊은 겁니까?"

"……."

그 순간, 알베르트의 머릿속에 불현듯 그리운 기억이 되살아났다.

자신이 아직 아벨이라 불렸던, 무지한 소년이었던 그 시절.

사랑하는 누이 아리아가 늘 곁에 있었던 그 시절.

고아원의 아이들이 늘 즐겁게 웃고 있었던 그 시절.

선명하게 떠오른 그 이미지들은 이윽고 유리처럼 깨져서 산산이 흩어지고 말았다.

그 시절의 자신은 이 얼마나 어리석고, 맹목적이고, 행복했던가.

"물론 한시도 잊은 적은 없다. 실제로 방금 네놈을 본 순간, 난 꼴사납게 이성을 잃고 말았지."

그렇다. 평소에는 그토록 냉정침착하고 날카로운 판단력을 가졌던 자신이 한순간 감정을 제어할 수 없었다.

"하지만…… 난 어떤 남자로부터 배웠다."

　변함없이 분노에 타오르는 눈으로 파웰을 노려보면서 말했다.

"어떤 남자……?"

"분명 그 남자였다면 지금 자신이 해야 할 일을 했겠지. ……망설이면서도."

"……."

"……버나드 옹. 크리스토프."

　알베르트는 한 걸음 앞으로 나서며 말했다.

"준비해. 폐하의 위기다. 우리는 한시라도 빨리 돌아가야만 해."

　그 조용하지만 강렬한 질타 덕분에 겨우 파웰의 압력에서 벗어난 크리스토프와 버나드는 고개를 끄덕이며 전투태세를 취했다.

　역전의 마도사들답게 이미 공포도 망설임도 보이지 않고…….

"후우…… 아벨. 당신은 예상보다 시시한 남자로 자란 것 같군요."

　하지만 파웰은 낙담한 듯 중얼거렸다.

"설마 이렇게 나약하게 자랐다니. 아욕과 갈망을 관철하는 것이야말로 마술사일진대. 아, 그래서 그『푸른 열쇠』에 두려움을 품고 거절했던 거군요. 이대로 저에 대한 분노와 어두운 복수심에 몸을 맡기고 덤벼들었다면 그나마 아직 『가망』이 있었을 텐데……."

"맘대로 지껄여. 네놈의 평가 따윈 들을 가치조차 없다. 구역질이 치미는군."

"으음…… 그래도 역시 당신만한 재능을 이쪽으로 끌어들이지 못하는 건 참으로 아깝군요. ……후우, 이걸 어찌해야 좋을지."

파웰은 반지를 낀 손을 들어보였다.

"사실 제 역할은 당신 셋을 붙잡아두는 것이었습니다."

"……?"

"아무튼 당신 셋은『영웅』이라 불리는 인재니까요. ……여왕과 일찍 합류해버리면 모처럼 조성된 이 혼란을 조기에 해결해버릴 가능성이 있습니다. 그래서 적당히 혼을 내고 이 무대에서 쫓아내는 것으로 그칠 생각이었습니다만……."

그리고 그 불길한 형태의 반지가 검은 빛을 내뿜자 주변 일대에 거대하고 사악한 악마 소환법진이 전개되었다.

"좋은 기회군요, 아벨. 당신을 재교육시켜드리지요. ……당신이 절 스승이라 불렀던 그리운 그 시절처럼."

이어서 알베르트 일행의 주위로 수많은 악마들이 소환되었다.

말로 표현하기조차 끔찍한 모습의 악마들이 대열을 짜고 파도처럼 달려든 순간—.

"《금색의 뇌제여·대지를 전부 정화하고·하늘에 울부짖으며 꿰뚫어라》!"

알베르트는 목에 건 은십자 성인을 촉매로 삼아 주문을 영창했다.

흑마 개량형 【퍼니시먼트 호라이즌】.

B급 군용 마술 【플라스마 필드】를 알베르트가 독자적으로 개량해서 최근에 겨우 완성한 그만의 마술식.

사악한 존재를 멸하는 성스러운 심판을 형상화한 전격 마술이었다.

"우오오오오오오오오오오오오오오오오오!"

수십 가닥을 넘는 성스러운 번개가 하늘에서 일제히 쏟아지며 악마들을 후려치고 꿰뚫었다.

이어서 폭음이 울려 퍼지고 극광이 시야를 새하얗게 물들였다.

~~~~

"우린 대체…… 뭘 하고 있는 거냐고!"

글렌은 울부짖으며 허리춤에 찬 권총을 연속으로 발사했다.

포효하는 총구. 배출된 죽음의 가시들이 전방에서 밀려오는 제국 마도병들을 관통했다.

"《백은의 빙랑이여·눈보라를 두르고·질주하라》!"

피를 흩뿌리며 쓰러지는 마도병들을 무시하고 흑마 【아이스 블리자드】를 영창, 왼손에서 해방된 강렬한 냉기와 고드름 폭풍이 전방에서 【라이트닝 피어스】를 준비하는 마도병 부대를 모조리 날려버렸다.

"빌어먹을…… 제길, 제길, 제기라아아아아아아아알!"

"우오오오오오오오오오!"

하지만 곧 그런 글렌을 향해 마력이 담긴 레이피어를 낮게 세워든 세 명의 마도병이 가차 없이 달려들었다.

"큭?!"

마나 바이오리듬이 카오스 상태가 돼서 대항할 수단이 없는 글렌이 이를 악문 그때—

"《날카롭게·울부짖어라 불꽃 사자여》!《울부짖고》《또 울부짖어라》!"

퍼엉!

세 개의 화염구가 호선을 그리며 날아오더니 글렌의 주위에 폭염과 열량의 소용돌이를 일으키며 마도병들을 날려버렸다.

"지금은 한탄하고 있을 때가 아니잖아! 정신 차려!"

이브였다.

왼손에 마술 불꽃을 피운 그녀가 자신의 뒤를 지키듯 서 있었다.

"알아! 나도 안다고! 하지만…… 하지만!"

이를 악물며 주위를 살핀 글렌은 다시 한 번 외쳤다.

"이건, 이건…… 너무 불합리하잖아!"

그곳은 대지에 피로 못을 이루고 불꽃이 하늘을 태우는 지옥 같은 전장이었다.

투쟁. 소음. 단말마. 목숨과 목숨의 격돌. 시시각각 꺼져 가는 생명의 등불들.

여왕을 지키듯 퍼진 제국 왕실 친위대, 여왕 직속 관군과 누군가에게 통제권을 장악당한 제국군 출신의 반란군.

같은 나라에 속한 그들이 정면에서 격돌해 처절한 살육전을 벌이고 있었다. 몇 백을 넘는 병사들이 어지럽게 검을 주고받고, 마술을 비롯한 살육기술을 총동원해 서로를 도살하고 있었다.

같은 제국민, 바로 조금 전까지만 해도 아군이었던 자들이…….

"어째서야! 왜 이런 바보 같은 일이 일어난 거지……?!"

살인이 싫다거나, 마술을 살인도구로 쓰기 싫다거나 같은 어리광이 끼어들 여지조차 없는 잔혹한 현실.

지키기 위해, 살아남기 위해 싸울 수밖에 없었다.

지금은 죽이지 않으면 살아남을 수 없었다.

"으아아아아아! 《사나운 뇌제여·극광의 섬창으로·꿰뚫어라》!"

글렌이 주문을 외칠 때마다 생명이 하나 사라지고, 누군가가 주문을 쓸 때마다 또 한 사람이 목숨을 잃었다.

"여왕을 죽여! 죽이는 거다아아아아아아!"

"지켜라! 사수해! 이 한 목숨을 전부 불사를 때까지이이이!"

"""""우오오오오오오오오오오오오오오오오오오오!"""""

집단과 집단이 충돌하고 공격을 주고받을 때마다—

"우욱?!"

"커……헉!"

인간이 속절없이 죽어가고 있었다. 생명이 스러져가고 있었다.

사신이 전장을 휩쓸며 적과 아군에게 평등하게 죽음의 낫을 휘두르고 있었다.

무참하고, 무의미하고, 잔혹할 정도로 덧없이…….

콰아아아아앙!

별안간 글렌의 바로 옆에 적의 폭염 마술이 작렬했다.

"끄아아아아아아아아아악!"

"아아아아아악!"

그 폭발에 휩쓸린 아군 친위대원들이 산산이 부서진 채 하늘로 날아올랐다.

"이봐! 정신 차려! 야!"

글렌은 이름도 모르는 한 친위대원을 안아 일으켰다.

"폐, 폐하…… 폐, 하를…… 부탁……."

하지만 피투성이가 된 그는 공허한 눈으로 그 말만을 남긴 채 숨이 끊어졌다.

"빌어먹을!"

그 순간—.

"우오오오오오오오오오오오오오!"

포젤이 적병 몇 명을 가벼운 몸놀림으로 때려눕히며 글렌 옆에 착지했다.

"글렌 선생. 죽은 자를 애도하는 건 살아있는 자의 특권이다. 지금은 살아남는 것만 생각해."

어째선지 예상 외로 잘 싸우고 있는 그에게 태클을 걸 여유도 없었다.

"하지만 이제 어쩌면 좋냐고! 이대로면 밀리는 건 시간문제잖아!"

"……응, 맞아."

"그래, 위험하군."

그 점에 관해선 이브와 포젤도 같은 의견인 모양인지 초조한 얼굴로 긍정했다.

"……!"

그리고 중앙으로 시선을 돌리자, 그곳에서는 친위대의 보호를 받는 알리시아가 비장한 얼굴로 전황을 지켜보고 있었다.

여왕의 이름으로 몇 번이나 반란군에게 대화를 요구했지만 아무도 귀를 기울이지 않았다.

그것만 봐도 적으로 돌아선 제국군이 세뇌계열 마술의 영향 하에 있는 건 명백했다.

그리고 고작 그딴 세뇌 때문에 아무런 죄도 없는 자신의 백성들이 서로를 죽이고 있었다.

여왕을 지키기 위해. 혹은 여왕을 죽이기 위해.

지금 이 순간, 그녀가 어떤 심정일지는 글렌이라도 충분히 예상할 수 있었다.

'빌어먹을! 제길, 제길, 제기라아아아아아아아아알!'

하지만 그 문제를 해결할 방법이 없었다.

그리고 적군의 기세는 압도적이었다.

죽이고 또 죽여도 끊임없이 덤벼들었다.

현재 여왕을 지키고 있는 것은 제국군 중에서도 최정예, 검과 마술을 극한까지 연마한 왕실 친위대다.

대등한 조건이었다면 어지간한 마도병들은 상대도 되지 않았겠지만 이번에는 병력에서 압도적인 차이가 났다. 일방적으로 계속 밀릴 수밖에 없었다.

시가전이라 지형상 반란군이 수적 우위를 살려서 단숨에 밀고 들어오는 전술을 쓸 수 없다 보니 간신히 균형을 유지하고 있을 뿐, 아군이 전멸하는 건 시간문제였다.

"젠장…… 어쩌지? 어쩌면 좋냐고!"

암담한 상황에 글렌이 이를 악문 순간—.

"……글렌 님. 이브 님. 이제 여기까지입니다."

현 왕실 친위대의 총대장인 듯한 젊은 남자가 글렌 앞으로 다가왔다.

"이제 곧 반란군의 포위망이 저희의 방어선을 돌파하겠지요."

이브는 그렇다 쳐도 자신의 이름을 알고 있다는 것에 위화감을 느꼈으나 지금은 그런 걸 따질 때가 아니었다.

"대장?! 어떻게 좋은 방법이 없는 거야?"

글렌이 척수반사적으로 묻자 총대장은 뭔가를 각오한 표정으로 말했다.

"도시의 구조와 배치 관계상 남쪽 포위망이 유독 약합니다. 제가 선두에 서서 우리 왕실 친위대가 총력을 기울여 그곳을 일점돌파한다면, 어쩌면……."

"……?!"

"그 앞에 밀라노를 탈출할 수 있는 활로가 있을지는 모르겠습니다만…… 지금은 그 방법밖에 없습니다!"

"잠깐만요. 당신…… 죽을 생각인가요?!"

총대장의 의도를 꿰뚫어 본 이브가 비통한 목소리로 물었다.

아무리 활로를 열기 위해서라도 그런 최전선에 돌격한다면, 특히 선두에 선 자들은 대부분 살아서 돌아올 수 없을 터.

하지만 총대장은 이 방법뿐이라며 시원스럽게 웃어넘겼다.

"현 상황에서 전선의 지휘를 맡을 수 있는 장병은 이미 대부분 전사했습니다. 그렇다면 제가 직접 선두에 서서 활로를 열 수밖에 없겠지요."

"기다려요! 총대장인 당신이 전사한다면 부대의 지휘는…… 폐하는 어쩔 거죠?!"

그러자 총대장은 글렌과 이브를 번갈아 쳐다본 후 입을 열었다.

"이브 님, 부대의 지휘는 당신에게…… 그리고 글렌 님. 당신은 여왕 폐하의 호위를."

"……?!"

"뒷일은 두 분께 맡기겠습니다. 당신들 두 분이라면 남은 병사들도 납득하겠지요."

"자, 자, 잠깐 기다려봐!"

글렌은 총대장에게 달려가 어깨를 붙잡았다.

"특무분실의 전 실장이자 백기장인 이브라면 모를까 왜 난데?! 나 같은 건……."

"당신이기, 때문입니다."

총대장은 한없이 상쾌한 미소로 대답했다.

"실은 전…… 늘 당신을 동경하고 있었습니다. 전 집행관 넘버 0《광대》글렌 레이더스 정기사."

"아……! 너, 당시의 날 알고……!"

"그뿐만이 아닙니다. 사실 반 년 전…… 마술학원의 마술

경기제 때도 당신의 활약을 이 두 눈으로 직접 봤었지요."

"……?!"

"군에 있을 때나, 군을 그만둔 후에나…… 당신이 세운 수많은 『무용담』을 들을 때마다 늘 마음이 설레더군요. 당신은 제 우상이자, 희망이었습니다. **영웅**이시여. ……당신에게는 달갑지 않을지도 모르겠습니다만."

총대장은 쓴웃음을 지었다.

하지만 그것은 글렌이 세워온 전설들을 마음의 버팀목으로 삼아 지금까지 수많은 고난을 극복할 수 있었던 것에 대한 감사가 담긴 그런 미소이기도 했다.

그 표정을 본 글렌이 넋을 잃자 총대장은 검을 뽑아들고 드높이 선언했다.

"긍지 높은 왕실 친위대여! 지금이야말로 우리 여왕 폐하의 은혜에 보답할 때! 마지막까지 폐하를 지킬 각오가 된 용사는 내 뒤를 따르라!"

"""우오오오오오오오오오오오오오오오오오오오오오!"""

"""여왕 폐하! 만세에에에에에에에에에에에!"""

그리고 한층 더 큰 함성을 내지른 왕실 친위대는 대열을 짜고 돌격을 감행했다.

당연히 반란군의 어설트 스펠이 일제히 쏟아졌지만 그들은 멈추지 않았다.

팔다리가 날아가고 상처투성이가 되면서도 적군의 최전선

을 돌파했다.

이름 없는 영웅들이 말 그대로 『혈로』를 연 것이다.

"대장……."

저 각오를, 결의를, 그리고 맡긴 것을 결코 물거품으로 만들 수는 없었다.

"이브, 잔존병력의 지휘를 부탁할게. 난…… 폐하를 지키겠어."

"그래…… 알았어."

이렇게 해서 여왕을 지키면서 적 포위망을 돌파해야 하는 절망적인 싸움이 시작되었다.

왕실친위대의 건곤일척의 한 수가 흐름을 바꾸었다.

남쪽 반란군 전선을 무너트리고 빈틈을 만든 것이다.

이 전투로 인해 왕실친위대 총대장 및 대장 클래스 몇 명이 장렬한 최후를 맞이했지만 그들의 희생은 틀림없이 길을 열었다.

그리고 엉겁결에 지휘를 맡게 된 이브의 지휘도 훌륭했다.

"1번대, 2번대, 잔존병력을 보고! 3번대와 5번대는 동쪽 통로를 제압해! 7번대 전투 준비! 아홉 시 적군 전선에 범위 제압형 어설트 스펠 일제 사격! 발사!"

이미 그녀 외에는 지휘를 맡을 인물이 아무도 없는 상황 속에서 이브는 마술로 전 부대와 전장 전체의 상황을 파악하며 정확한 지시를 내렸다.

일반적인 장교라면 이미 정보량 과다로 두 손 두 발 들 수밖에 없는 전황을 혼자서 감당해냈다.

서서히 포위망을 좁혀오는 반란군을 밀어내며 탈출 루트를 개척했다.

"우오오오오오오오오오"!

그리고 글렌도 평소보다 날카로운 움직임으로 고군분투했다.

이브가 깐 방어선을 돌파한 적군 마도병들로부터 여왕을 지키면서 싸웠다.

"……여긴 못 지나간다!"

마술, 권총, 제국식 군대 격투술, 온갖 잡다한 마도구.

자신이 가진 모든 것을 총동원해서 적들의 홍수로부터 끊임없이 여왕을 지켰다.

"글렌?! 괜찮은 건가요?! 아아, 이런 심한 부상을……!"

"전 괜찮습니다, 폐하! 자, 어서! 이쪽으로! 달리세요!"

그리고 아군은 여왕을 지키며 포위망을 아슬아슬하게 피해가고 있었다.

하지만 그런 분투에도 불구하고 여왕측 우군은 점점 궁지에 몰려가고 있었다.

'제길…… 이대로는……!'

글렌이 격전 속에서 불리한 전황에 이를 악물 수밖에 없었던 그때—

'……응?'

주머니에서 위화감이 느껴졌다.

여기엔 분명 **그것**이 들어 있을 터. 그것이 자신에게 뭔가를 전하려 하고 있었다.

'하필 이럴 때……? 설마…….'

솔직히 어렴풋한 예감은 있었다. 아마 **그런 것이리라**.

하지만 약간 망설여졌다.

이것을 사용한다는 건 다시 말해…….

'……나는…….'

글렌은 잠시 고민했지만 이윽고 결심을 내린 듯 주머니에서 **그것**을 꺼내 귀에 가져다댔다.

'……틀렸어!'

적확하게 지시를 내리는 동시에 본인도 전선에서 어설트 스펠을 쓰던 이브는 이를 악물었다.

'원래 전력 차는 있었지만, 그 이상으로 적군 사령관의 기량이 너무 뛰어나!'

그렇다.

이브도 갑작스럽게 떠맡은 것치고는 아군을 훌륭히 잘 지휘하고 있었으나 적군 사령관은 그 이상이었다.

항상 그녀의 지휘를 한두 수 앞서 읽으며 여유 있는 상황을 유지하고 있었다.

이브도 최선을 다해 치명타를 피하고 있지만 이젠 시간문제였다.

'상대가 이 사령관이 아니었다면 밀라노에서 탈출할 수 있었을지도 모르는데!'

또한 이 지휘 방식과 호흡에는 왠지 낯이 익었다.

몇 번이나 병기(兵棋) 대련을 하며 본 적이 있는 수였다.

그리고 이 상황이 자신의 위화감과 예상을 증명하고 있었다.

이런 상황에서 이토록 완벽한 군사행동을 성공시킬 수 있는 건 **그 사람**밖에 없을 터.

'설마…… **그런** 거야? 정말 **그런** 거였어? 이 반란군의 정체는……!'

하지만 깊이 생각할 여유는 없었다.

이브는 재빨리 불꽃 주문을 영창하며 군을 지휘했다.

여왕을 지키는 아군은 밀라노 탈출을 위해 필사적으로 싸웠다.

서쪽으로, 남쪽으로, 다시 서쪽으로 시내를 이동하면서 필사적으로 활로를 찾았다.

하지만 적군은 마치 그런 아군을 비웃는 것처럼 먼저 병력을 배치해서 조금씩 전력을 소모시켰다.

이윽고—.

"사면초가냐…… 빌어먹을."

글렌은 멍하니 하늘을 우러르며 푸념했다.

이곳은 밀라노 서쪽 지역에 있는 성 포리스 성당 앞 광장.

여왕과 글렌과 이브를 비롯한 아군의 생존자들이 비좁게 모여 있는 한편, 반란군은 이 지역 일대를 완전히 포위하고 있었다.

여왕을 지키는 아군의 잔존병력은 고작 150명 남짓. 처음의 약 반수가 줄어든 상태였다.

그리고 시내에 분산된 적군의 총병력은 약 4,500. 더는 희망조차 느껴지지 않는 심각한 전력 차였다.

"드릴 말씀이…… 없습니다. 폐하……."

"아뇨. 이제 더는 절 지킬 이유가 없을 텐데…… 당신은 충분히 잘 해줬어요, 이브."

알리시아는 원통한 얼굴로 고개를 떨군 이브를 위로했다.

"참 나…… 그러고 보니 너도 뭐 하러 이때까지 남은 거냐?"

글렌이 옆에 당당히 서 있는 포젤을 흘겨보고 어이 없는 목소리로 말했다.

"너야말로 전혀 관계없는 외부인이잖아. 후딱 도망치면 좋았을 텐데."

"바보 같은 소리. 내 유적 탐사를 도와준다고 했지 않나. 설마 넌 약속을 안 지킬 셈이었나? 그건 절대로 용서 못 해!"

글렌은 의리가 있는 건지, 그냥 분위기 파악을 못 하는 건지 모를 포젤에게 어깨를 으쓱인 후 이브에게 말을 걸었다.

"야…… 뭐 좋은 방법 없어?"

"없어."

이브는 분한 목소리로 중얼거렸다.

"……『외통수』야. 이제 내가 둘 수 있는 수는…… 없어."

그렇다면 남은 건 마지막 한 명까지 남아서 싸우거나, 슬슬 저쪽에서 보낼 항복 권고를 받아들이느냐 뿐.

어느 쪽이든 글렌이 할 수 있는 건 이제 아무것도 없었다.

"빌어먹을……."

글렌은 지친 목소리로 힘없이 욕설을 내뱉었다.

그렇게 마지막 격돌을 대비해 서로의 긴장감이 고조된 순간, 여러 호위를 거느린 두 인물이 광장에 나타났다.

"이그나이트 경……!"

"아버지…… 언니……!"

아젤 르 이그나이트 경과 그의 적자 리디아 이그나이트였다.

이브는 아연실색한 표정으로 그 둘을 바라보았다.

예상은 하고 있었다.

이 상황에서 이런 대규모 쿠데타를 실행에 옮길 수 있는 힘과 능력을 가진 이는 소거법으로 따져 봐도 극히 소수에 불과했다. 그래서 거의 확신하고 있었다.

하지만 그럼에도 이브는 이 현실을 믿을 수가 없었다.

"아, 아버지……."

"어? 야…… 이브……?"

이브는 뭔가에 씐 것처럼 비틀비틀 앞으로 나섰다.

"어째서…… 왜!"

이 말을 하면 이그나이트 가문이 끝장나리란 것을 알고 있으면서도 묻지 않고는 견딜 수 없었다.

"왜 **제국을 배신하신 거죠?!** 왜 쿠데타 따윌 일으키신 거냐구요! 이런 짓을 하면 이그나이트가는…… 대체 왜!"

"닥쳐라."

애원하듯 외친 이브의 말을 이그나이트 경은 단칼에 잘랐다.

"네놈은 언제까지 그렇게 구질구질하게 살 거지? 역시 더럽고 비천한 피를 이은 계집답군. 한두 번 절연당한 것 정도로는 아직 정신을 못 차리는 건가?"

"아, 아니, 전……."

"아직도 모르겠나? 아직도 파악하지 못한 건가? 이 격동의 시대가 누구의 손을 들어준 것인지."

이그나이트 경은 당황하는 이브를 차갑게 노려보며 입을 열었다.

"드디어 내가 우려하던 일이 벌어진 거다. 이 세계에 미증유의 위기가 닥쳤다. 이 고난과 역경과 혼란이 가득한 시대에 우리 알자노 제국을…… 그리고 세계를 좋은 방향으로 이끌려면 강력한 지도자가 필요해. 자신의 손을 피로 더럽혀서라도 의연히 앞으로 나아가는 결단을 내릴 수 있는 진정으로 강한 지도자가, 지금 이 세계에는 필요한 거다. 그리고…… 우리 이그나이트 가문이야말로 그 정점에 선 지배자가 될 만한 존재지."

"아, 아버지…… 지금 무슨……?"

"이제 알겠느냐? 내 이번 거병은 큰일을 앞에 둔 사소한 일. 진정한 대의를 추구하기 위한 필요악의 희생에 불과한 거다. 알았으면 그만 닥치도록."

그저 일방적으로 지껄이기만 뿐 대화가 성립하지 않았다.

이브는 마지막 희망에 매달리듯 리디아에게 호소했다.

"언니! 정말 괜찮은 거예요?! 지금 언니가 무슨 짓을 하려는지 이해하고 있는 거냐구요!"

"야, 이브! 진정해!"

글렌은 당장에라도 리디아에게 달려들 듯한 이브의 팔을 움켜잡았다.

하지만 이브의 호소와 절규는 멈추지 않았다.

"이그나이트는, 제국 마도무문의 동량이자 힘을 가진 자의 의무를 짊어진 자! 가진 것 없는 약한 백성을 수호하는 진정한 귀족이 아니었어요?! 그 숭고한 마도의 등불로 어둠을 헤치고 사람들이 나아갈 길을 밝히고 인도하는 자……그것이 《로드 스칼렛》 이그나이트의 이름이 가리키는 자랑스러운 뜻 아니었냐구요!"

"……."

"언니는…… 지금 언니가 하는 짓이 정말로 옳은 일이라고 생각하는 거예요?!"

이브는 정말 필사적으로 호소했다.

"저기…… 당신은 누구죠?"

하지만 리디아는 부드러운 미소를 지은 채 그리 대답했다.

"전부터 언니, 언니. 참 기분 나쁘기 짝이 없네요. 제 동생은 아리에스뿐인데."

"……예? ……어, 언니?"

"절 『언니』라고 부르는 당신이 누군지는 모르겠는데 아버지…… 이그나이트 경의 말씀은 절대적으로 옳아요. 그리고 전 아버지의 딸. 딸이라면 아버지에게 충성을 맹세하고 절대적으로 복종하는 게 당연하잖아요? 그리고 그것이야말로 제 최고의 기쁨이랍니다."

리디아는 정말로 기쁜 얼굴로, 행복한 표정으로 그런 허무맹랑한 말을 지껄였다.

이브는 그제야 비로소 깨달았다. 뭔가 달랐다. 뭔가 어긋나 있었다.

예전의 언니는 저런 사람이 아니었다.

온화하면서도 장난기가 넘치고 다정하면서도 정의감이 넘쳤던 언니.

이브의 눈에는 예전의 언니와 지금의 언니가 전혀 동일인물로 보이지 않았다.

모습과 목소리는 틀림없는 리디아였지만 저것은 사랑하는 언니와 닮은 **다른 무언가**였다.

대체 무슨 일이 있었던 건지는, 대체 뭐가 언니를 저렇게 만든 건지는 상상조차 할 수 없었지만 지금 바로 이 순간―.

"…………."

이브는 자신의 안에서 소중한 뭔가가 무너지는 소리를 들었다.

힘없이 무릎을 꿇고 공허한 눈으로 바닥을 내려다볼 수밖에 없었다.

"이그나이트 경……."

그리고 알리시아 7세가 엄숙하게 입을 열었다.

"저로는…… 부족한 건가요? 저에겐 제국을 맡길 수 없을 정도로…… 전 미덥지 못하고, 왕의 그릇에 어울리지 않는 존재였던 건가요?"

"결론부터 말하면 그렇소."

이그나이트 경은 오만한 말투로 말했다.

"당신이 지금까지 그나마 국정을 제대로 운영할 수 있었던 건 시대가 잠시나마 평화로웠기 때문이오. 평화로운 시대였기에 당신 같은 여자도 왕위를 맡을 수 있었던 거지."

'……그 평화를 지금까지 필사적으로 지켜온 게 대체 누군데?!'

글렌은 속이 뒤집힐 것 같았지만 그 속내를 알 리 없는 이그나이트 경은 담담하게 말을 계속했다.

"하지만 앞으로는 당신의 힘으로는 무리일 터. 이 격동의 시대에 제국은 당신이 그 자리에 있는 한 끝까지 버틸 수 없겠지. 나라의 미래가 걱정된다면…… 이만 퇴장해주시오. 나 또한 괴롭소, 경애하는 여왕 폐하. 하지만 이것이 대의를 위한 일이오."

"아무리 그래도 방식이 너무 거친 것 아닐까요? 이그나이트 경."

알리시아는 이런 상황에서도 오히려 의연한 태도로 대답했다.

"이런 비상사태를 노린 듯한 강압적인 방식은…… 반드시 더 큰 파란과 혼란을 불러올 거예요. 의미 없는 희생도 대체 얼마나 발생할지……. 그리고 제국의 백성들과 각국 정상들이 과연 이런 방식의 찬탈에 납득할 것 같나요?"

"납득하고 말고가 아니라 그렇게 만들 것이오. 그러기 위한 방법은 이미 몇 가지나 준비해뒀지."

"당신 휘하의 장병들을…… 『조종』한 것처럼 말인가요?"

"……."

알리시아의 지적에 이그나이트 경은 입을 다물었다.

"이그나이트 경…… 전부터 우려하곤 있었지만…… 당신은 늘 자기 생각만 옳고 남의 생각 따위 들을 가치조차 없다고 부정하는군요. 시야가 좁아요. 본인 외의 모든 존재를 항상 깔보고 경멸하고 있죠. 본인 외에는 전부 이용하기 좋은 장기말이나 도구로만 보고 있어요. 그들의 심정을 헤아리릴 생각조차 하지 않아요. 확실히 당신은 능력적으로 탁월한 인물이긴 해요. 그야말로 수십 년에 한 번 나올 만한 걸물이라고 할 수 있겠죠. 하지만 인간을 도구로만 보는 당신 같은 사람을 대체 누가 따를까요? 결국, 당신은 인간이 어떤 존재인지 전혀 이해하지 못한 거예요."

"훗…… 그래서 당신은 거기까지인 거요. 애당초 내가 그 누구보다 뛰어난 인간인 것은 그저 엄연한 사실일 뿐. 그리고 그 불가능을 가능으로 바꾸는 것이 이그나이트이자, 바로 이 아젤 르 이그나이트인 것이오."

"……이그나이트 경……!"

"이미 시나리오는 완성되어 있소. 여왕. 어리석게도 당신은 이번에 세계정복을 노리고 각국 정상들을 구속하는 폭거를 저질렀지. 그리고 이 몸에게 토벌당하는 것이오. 그렇게 암군의 오명을 뒤집어쓰고 시대의 초석이 되는 것이 당신에게 주어진 역할이라오. 무지몽매한 여왕이여."

이그나이트 경은 이제 할 말은 끝났다는 듯 손을 들어올렸다.

"자, 그럼…… 최후의 명령을 내리기 전에 너에게 마지막으로 기회를 주마, 이브."

"……?!"

그리고 갑자기 이야기의 대상으로 지목되자 이브가 퍼뜩

고개를 들었다.

"조금 전 여왕군의 지휘는…… 네놈이었지? 리디아의 지휘를 그만큼 피한 수완은 훌륭했다고 칭찬해주지. 아무래도 네놈에겐 아직 이용가치가 있는 것 같군. 여기서 죽게 내버려두기엔 조금 아까워."

"……아, 아버지? 그게 무슨……."

"좋다, 이브. 내 밑으로 돌아오는 것을 허락하마."

"예……?"

이그나이트 경의 말에 이브는 무심코 얼빠진 목소리를 흘렸다.

"못 들은 거냐? 다시 이그나이트의 말석에 넣어주겠다는 거다."

"……."

"돌아와라, 이브. 이건 명령이다."

"……."

"아니면 명령을…… **이 몸을 거역하겠다는 거냐**? 이브."

이브는 멍하니 말도 안 된다고 생각했다.

아무리 목숨이 아까워도 이 상황에서 아버지에게 굴복하는 건 말도 안 된다고.

만약 모든 것이 이그나이트 경의 계획대로 이루어진다 해도 그게 어쨌다는 것인가.

제국이 완전히 엉망이 되는 꼴이 눈에 선했다.

아무튼 이그나이트 경의 추악한 야심은 끝을 알 수 없었다. 정상에 서면 반드시 혼란과 전쟁이 일어날 터. 그것도 세계를 둘러싼 대전쟁이다.

현재 이브의 유일한 안식처인 알자노 제국 마술학원의 학생들도 가차 없이 군에 징발되고, 타국과의 전쟁에 동원되어 대부분 살아 돌아올 수 없게 되리라.

그 순간, 제자들의 얼굴이 마치 주마등처럼 이브의 머릿속을 스쳐 지나갔다.

이런 자신을 선생님이라고, 교관님이라고 따르는 아이들의 얼굴이……

'내가 그런 짓에 가담한다고……? 말도 안 돼! 아무리 그래도…… 그런 건 죽어도 있을 수 없어!'

그렇다. 있을 수 없었다. 있을 수 없을 터.

'그런데 왜…… 왜 난……!'

이브는 휘청거리며 일어나더니 한 걸음 또 한 걸음 이그나이트 경을 향해 가려고 했다.

'아아, 틀렸어. 난…… 역시, 완전히 글러먹었어!'

몸이 말을 듣지 않았다.

거역할 수 없었다. 아무리 애를 써도 아버지의 말을 거스를 수 없는 것이다.

'왜……! 왜……!'

이그나이트 경의 저 차가운 시선을 받으면, 저 목소리를 들으면—.

이브는 마치 저주에 걸린 것처럼 그의 말을 따를 수밖에 없었다.

두려웠다. 따르지 않겠다는 생각만 해도 이상한 땀이 흐르고 호흡이 가빠졌다.

심장의 동요가, 온 몸의 떨림이 멎지 않았다.

"자, 오너라. 이브. 명령이다. 넌 얌전히 내 명령을 따르기만 하면 돼."

"……아……아아……아아아아……."

이미 결판은 났다. 상하관계가 확정되었다.

이 순간, 이브의 마음은 이그나이트 경에게 완벽히 굴복해 있었다.

……하지만 이브가 더는 돌이킬 수 없는 위치까지 이동한 바로 그때였다.

뒤에서 억센 손길이 어깨를 낚아챘다.

"……어?"

그리고 그 누군가의 손은 그대로 이브의 몸을 뒤로 끌어당기더니 그녀의 어깨를 단단히 품에 안았다.

등에 느껴지는 누군가의 따스한 체온.

이브는 조심스럽게 자신을 멈춰 세운 이의 얼굴을 올려다보았다.

"……그, 글렌……?"

"저딴 자식의 말은, 듣지 마."

글렌은 고요한 분노로 타오르는 눈으로 이그나이트 경을 노려보면서 이브를 질타했다.

그저 절대로 보내지 않겠다는 듯 자신의 어깨를 강하게 끌어안은 채…….

'……아…….'

그 순간, 이브를 지배하고 있던 공포가 어디론가 사라졌다.

몸의 떨림이 멎었다. 호흡도 가라앉았다.

'거짓말……. 그토록 심했던 떨림이 왜……?'

"이봐, 거기 반역자 형씨."

이브가 당황하는 한편, 글렌은 권총을 겨누고 외쳤다.

"엿이나 처먹어. **내 동료**를 함부로 꼬셔대지 마. 그래도 데려가겠다면 나부터 쓰러트리고 데려가든지."

그 순간―

"아……."

이브의 머릿속에서 언젠가, 누군가의 그리운 목소리가 섬광처럼 되살아났다.

―엿 먹어.

―내 동생에게 손대는 놈은 용서 안 해.

―만약 싸우고 싶거든 내가 대신 상대해주겠어.

"네놈은…… 누군가 했더니 글렌 레이더스였나."

그리고 이그나이트 경은 그런 글렌을 마치 지긋지긋한 날벌레를 보는 듯한 눈으로 흘겨보았다.

"며칠만이군. 인생의 패배자, 여자 하나 때문에 모든 것을 버린 어리석은 낙오자여."

"하하하! 이거 영광이구만? 설마 제국군의 정점인 통합참모 본부장님까지 내 이름을 알고 있었을 줄이야. 나도 아직 죽지 않은 모양인걸~?"

글렌은 최대한 허세를 부리며 대답했다.

"흥, 그건 그렇고 네놈도 참 잔혹한 사내로군."

이그나이트 경은 코웃음을 쳤다.

"왜 이브를 그런 가라앉는 배에 태우려는 거지? 내 동료…… 라고 했나? 동료를 생각한다면 오히려 보내줘야 하는 것 아닌가?"

"하하, 가라앉는 배라? 그건 내가 할 소리다, 짜샤."

글렌도 한쪽 입가를 끌어올리며 빈정거리듯 웃었다.

"말해두지만…… 우린 아직 안 졌어."

"시시한 정신론이군. 현실을 전혀 직시하지 못하고 있어."

"애당초 그 이전에 누가 너 따위에게 이브를 맡길 것 같아?"

"호오?"

"그야 뭐 이브가 원해서 댁 밑으로 가겠다면 말리진 않아. 본인이 어느 쪽에 붙을지는…… 선택할 자유가 있으니까 말이지."

"그럼 더더욱 이해할 수가 없군. 지금 이브는 본인의 의지
로……."

"아앙?!"

이그나이트 경이 뻔뻔하게 지껄이자 글렌은 참지 못하고
강하게 위협했다.

"이래서 너 따위한텐 못 맡기겠다는 거라고! 본인의 의지?!
웃기지 마! 그런 말은 이 녀석의 얼굴을 한 번이라도 보고 지
껄여!"

"……?!"

"이렇게…… 울면서 떨고 있는 여자를 잠자코 보내줄 남자
가 세상천지에 어디 있겠냐고!"

"글, 렌……."

이브는 격렬하게 감정을 토해내는 글렌의 옆얼굴을 넋을
잃고 바라보았다.

"크크, 하하하, 으하하하하하하하하하! 글렌 레이더스, 네
놈. 아무래도 어지간히 내 딸에게 빠진 모양이군?"

하지만 이그나이트 경은 그런 글렌을 비웃을 뿐이었다.

"이브, 대체 어떻게 이 사내를 홀린 거냐! 설마 네 어미에
게서 물려받은 미모와 몸으로 농락한 건가? 역시 네놈은 비
천한 네 어미를 똑 닮았군!"

"이, 이 자식이……?!"

'이 자식은 대체 뭐야?! ……이런 불쾌하기 짝이 없는 역겨운 놈이 정말 이 세상에 존재해도 되는 거야?'

글렌은 극심한 혐오감에 사로잡혔다.

"내 딸의 몸은 어땠지? 글렌? 그 반응을 봐선 어지간히 좋았나 보군."

"닥쳐! 더 이상 입 열지 마! 이 녀석을 모욕하지 말라고……!"

"훗, 내가 무슨 틀린 말을 한 건가? 아무튼 네놈에게 그 계집은 증오스러운 원수였을 터. 네놈은 과거에 그 여자의 지휘 때문에 사랑하는 여인을 잃었으니 말이다!"

"……?!"

그 순간, 세라의 얼굴이 글렌의 머릿속을 스쳐 지나갔다.

"그런데도 네놈은 왜 그토록 이브의 편을 드는 거지?! 하하하하! 그럼 당연히 **그런 쪽**으로 생각할 수밖에 없지 않나!"

이그나이트 경은 모든 것을 비웃었다.

"큭~!"

이브는 그 추악한 모욕에 그저 이를 악문 채 눈물을 글썽거릴 수밖에 없었다.

"……너, 너어…… 네가 그러고도 부모야?!"

틀렸다. 저 자식에게는 인간의 말이 통하지 않았다.

저 입을 다물게 하지 않으면 이대로 미쳐버릴 것만 같았다.

새빨갛게 물든 시야.

글렌의 분노가 임계점을 넘으려 했을 때 다시 한 번 자신을 지켜보는 듯한 세라의 다정한 미소가 머릿속을 스쳐지나 갔다.

그 덕분에 불현듯 **어떤 사실**을 깨달을 수 있었다.

"잠깐만…… 어떻게? **어떻게 네가 그걸 알고 있는 거지?**"

"음?"

"어떻게 네가, 당시 이브의 지휘 때문에 세라가 죽었다는 걸 알고 있는 거야?"

이그나이트 경이 입을 다물어버리자 글렌은 멈추지 않고 추측을 쏟아냈다.

"아무리 생각해도 이상해. 그 사실을 알고 있는 건 당시의 현장에서 싸웠던 특무분실 멤버들 정도야. 서류상 당시 이브의 지휘는 다소 거칠긴 해도 지극히 합리적이었다는 평으로 기록이 남았으니…… 이브의 지휘 때문에 세라가 죽었다는 발상에는 어지간해선 도달할 수 없을 터……."

그렇다. 그래서 제국군에서는 글렌을 『이해할 수 없는 이유로 군을 그만둔 배신자』라거나 『동료가 죽어서 겁을 먹고 달아난 비겁자』로 알고 있는 이들이 많았다.

"그런데…… 어떻게 넌 이브의 지휘 때문에 세라가 죽었다는 걸 알고 있는 거지?"

"흥, 그야 당연하지. 전부 내 지시였기 때문이다."

글렌의 의문에 이그나이트 경은 딱히 숨기려는 기색도 없이 솔직하게 털어놓았다.

"뭐……?!"

"저티스 사변의 최종국면에서…… 그 어리석은 계집은 네 놈과 세라 실바스를 도우려고, 가당찮게도 전선의 전력을 나누려 했다. 불합리한 이유로 얻을 수 있는 전과를 줄이려 했지. 그래서 내가 바로잡은 것뿐이다. 합리적으로."

"……"

"뭐, 세라 실바스 자체는 나도 전부터 눈독을 들이고 있었고…… 가능하면 내 밑으로 들이고 싶었다만…… 이제 와선 좀 아까운 짓을 한 것 같긴 하군."

글렌은 넋을 잃고 품속의 이브를 내려다보았다.

그녀는 그 시선을 피하려는 듯 고개를 숙인 채 말없이 몸을 웅크렸다.

후회하는 것처럼, 부끄러워하는 것처럼 가냘프게 떨면서 말없이…….

글렌과 최대한 시선을 마주치지 않으려는 것처럼, 참회하는 것처럼…….

그래서 글렌은 저 말이 전부 사실이라는 것을 깨달을 수밖에 없었다.

그리고 망설임 없이 결심했다.

사납게 이그나이트 경을 노려보면서 선언했다.

"이그나이트 경. ……넌 내가 죽인다."

말한 본인도 소름이 돋을 정도로 서늘한 목소리였다.

"흥. 잔챙이 주제에 잘도 짖어대는군. 지금 상황이 어떤지 알고는 있는 거냐?"

이그나이트 경은 더는 대화를 나눌 가치도 없다는 듯 손을 세워들었다.

그러자 옆에 있던 리디아가 반란군에 지시를 내렸고 다시 적 마도병들이 임전태세에 돌입했다.

"아직도 모르겠나? 이미 결판이 난 거다. 이제 네놈이 할 수 있는 건 아무것도 없거늘."

남은 친위대원들은 최후의 싸움을 각오하고 여왕을 지키기 위해 움직이기 시작했다.

"애당초 네놈이 할 수 있는 건 처음부터 아무것도 없었다, 글렌 레이더스. 이 세상에는 항거할 수 없는 흐름이라는 것이 있지. 그것을 거스르고 흐름을 바꿀 수 있는 것은 나와 같은 극히 일부의 선택받은 인간뿐이다."

"……."

"네놈 같은 일개 범인은 그 거대한 흐름 속에 무력하게 삼켜질 뿐. 네놈 혼자 힘으론 아무것도 할 수 없다."

이그나이트 경이 그렇게 비웃자—.

"그래, 맞아. ……한심하지만, 난 혼자선 아무것도 못 해. 지금도 예전에도."

뜻밖에도 솔직하게 인정한 글렌은 주머니에 손을 넣고 뭔가를 꺼냈다.

그리고 그것을 엄지로 튕겨서 머리 위로 날렸다.

반으로 갈라진 보석, 통신 마도기였다.

대체 어느 틈에, 누구와 통화한 건지 지금도 켜져 있는 상태였다.

"그래서 모두의 힘을 합친 거다. 지금도 예전처럼."

글렌이 자신만만하게 선언한 그때—.

"《나를 따르라·바람의 백성이여·나는 바람을 다스리는 공주일지니》!"

어디선가 소녀의 늠름한 소리가 울려 퍼졌다.

다음 순간, 마치 국지적인 직하형 폭풍이 동시에 몇 십 개나 발생한 듯한 현상이 포위망 일부를 날려버리며 완벽하게 무너트렸다.

"이게……무슨?!"

이그나이트 경과 리디아처럼 반사적으로 마술장벽을 펼친 일부 실력자 외에는 그 거센 돌풍에 저항할 수 없었다.

"선생님~! 오래 기다리셨죠!"

"……준비가 끝났어요! 이제 그쪽으로 갈게요!"

그리고 시스티나와 루미아가 질풍을 두른 채 하늘에서 내려왔다.

둘은 손을 잡고 루미아가 시스티나에게 《왕의 법^{아르스 마그나}》을 건 상태였다.

"그래, 고맙다! 너희가 힘을 빌려준다면 백 명의 지원군이 부럽지 않지!"

"그래도 서두르세요! 선생님! 이런 대출력 광범위 마술을 유지하는 건…… 아무리 루미아의 도움을 받아도 1분이 한계예요!"

"오케이!"

글렌은 땅을 박차고 질주했다.

그리고 루미아와 하이파이브를 하더니 그대로 이그나이트 경을 향해 일직선으로 달려갔다.

"여긴 못 지나갑니다."

그러자 당연히 리디아가 움직였다.

불꽃 마술로 글렌을 요격하려 했다.

"이이이이이이야아아아아아아아아아아아아압!"

하지만 곧 푸른 섬광으로 변한 소녀가 탄환처럼 그 사이에 끼어들었다.

리엘이었다.

"……?!"

리엘이 휘두른 대검이 리디아를 향해 날아들었다.

물론 불꽃 마술을 두른 팔로 막았지만 이런 거친 바람 속에서는 아무래도 중심을 잡기가 어려웠다.

"하아아아아아아아아아아아아아아앗!"

"큭?!"

그래서 리엘의 괴력을 버티지 못하고 뒤로 날아간 리디아의 몸은 시스티나가 발동 중인【스톰 그래스퍼】의 영향을 받아 속수무책으로 후퇴했다.

"……제법이군요!"

그럼에도 놀랍게도 바로 균형을 되찾고 리엘에게 불꽃 마술로 반격까지 시도했다.

"우오오오오오오오오오오오오오오오오오오!"

하지만 그 틈 덕분에 글렌은 이그나이트 경에게 육박할 수 있었다.

조금 전 루미아와 하이파이브를 했을 때 주먹에 깃든《아르스 마그나》가, 온 힘을 담아서 날린 펀치가 장벽을 때려 부수고—.

"으라차아아아아아아아아아아아아!"

"꾸어어어어어어어어억?!"

이그나이트 경의 안면 정중앙에 틀어박혔다.

"이, 이…… 네 이노오오오오옴!"

뒤로 날아간 이그나이트 경은 역시 리디아처럼【스톰 그래스퍼】의 영향을 받을 수밖에 없었다.

"일단 한 방! 홋…… 지금까지 너만 실컷 반칙을 저질렀으니 이쪽도 치트를 좀 써야 공평하잖아?"

"글렌 레이더스으으으으으으으으으!"

글렌은 새빨개진 얼굴로 악을 쓰며 날아가는 이그나이트 경에게 여봐란 듯 중지를 세워들었다.

"폐하! 이쪽이에요!"

그리고 상황을 이해하지 못해 어안이 벙벙한 알리시아와 친위대원들 앞에 나타난 것은 엘자를 비롯한 제국 대표 선수단의 학생들이었다.

"이쪽에 당분간 안전하게 숨을 수 있는 장소를 준비해뒀습니다!"

"자, 어서요! 시간이 없다구요!"

"지금은 저희를 믿어주세요! 폐하!"

하지만 그것도 잠시, 알리시아는 즉시 결단을 내렸다.

"알겠습니다. 고마워요. 그곳으로 안내해주시길."

"예!"

"그리고 아직 움직일 수 있는 분들은 부상자들을 도와주세요! 최대한 다 같이 이곳에서 철수하는 겁니다! 어서요!"

"""예!"""

조금 전까지만 해도 죽을상이었던 장병들은 여왕이 지시를 내리자 거친 폭풍 속에서도 물 만난 물고기처럼 활발하게 움직이기 시작했다.

반란군의 포위망은 당연히 그것을 막으려 했지만, 시스티나의 【스톰 그래스퍼】에 가로막혀 접근조차 할 수 없었다.

이제야 비로소 활로가 열린 것이다.

"네 덕분이야, 이브. 네가 지금까지 버텨준 덕분에 늦지 않았어."

"……글렌."

멍한 얼굴로 바닥에 주저앉은 이브에게 글렌이 손을 내밀었다.

"자, 가자. 우린 아직 끝난 게 아니잖아?"

그리 말하며 힘차게 웃는 그의 얼굴을 잠시 넋을 잃고 올려다본 이브는…… 이윽고 힘없이 손을 내밀었다.

막간 II 어느 과거의 기억

갑작스럽겠지만 나, 이브는 아홉 살 때 이그나이트 가문에 들어왔다.

그때까지만 해도 평민인 어머니 품에서 자란 내가 귀족인 이그나이트의 피를 이었다는 사실은 그야말로 마른하늘의 날벼락이었고 당연히 배다른 언니 리디아 이그나이트를 만난 것도 그날이 처음이었다.

"왔느냐. 리디아."

그날 아버지 아젤 르 이그나이트는 리디아를 불러 나를 만나게 했다.

당시 리디아의 나이는 열네다섯 살 정도. 타오르는 불꽃 같은 긴 적발과 보라색 눈동자는 첫눈에 그녀가 내 혈연임을 미루어 짐작케 했다.

처음으로 나를 본 리디아는 눈을 휘둥그레 떴다. 아무래도 자신의 배다른 동생이 있었다는 사실을 그때 처음 안 모양이었다.

"……아버지, 이 아이는……?"

"오늘부터 본가의 말석에 들이기로 했다."

아버지는 리디아의 질문에는 직접적으로 대답하지 않고 일방적으로 용건을 늘어놓았다.

"장난삼아 만든 잡종이긴 해도 반이나마 내 피를 이은 녀석이다. 이 계집의 교육은 너에게 맡기겠다. 최대한 쓸 만하게 만들어두도록."

아버지는 그 말을 끝으로 집무실을 나갔다.

단 한 번도 날 돌아보지 않고…….

"…………."

"…………."

남겨진 우리는 한동안 침묵했다.

"일단…… 처음 뵙겠습니다, 라고 해야 할까?"

이윽고 그 침묵을 견디다 못한 리디아가 먼저 입을 열었다.

"으음…… 아버지의 딸이라면, 넌 내 배다른 동생이라는 거지?"

"……."

"아하하, 깜짝 놀랐어. ……이런 이야기는 나도 처음 들었거든."

"……."

"그래도 앞으로 잘 부탁해. 난……."

리디아는 바로 마음을 터놓으려는 듯 밝게 말하며 손을 내밀었다.

"아무래도 상관없어요."

하지만 난 그 손을 탁 치고 가시 돋친 목소리로 거절했다.

"당신 따윈 아무래도 좋다구요. 저에겐 선택지 따윈 없었어요. 어머니가 돌아가셔서…… 이 집으로 오는 것 외에는……"

내 차가운 태도에 리디아는 숨을 삼켰지만 이윽고 연민 어린 얼굴이 되었다.

"당신이 리디아라는 사람이죠?"

하지만 난 개의치 않고 그녀를 올려다보며 마음속에 끈적하게 고인 말을 저주처럼 내뱉었다.

"전 당신의 『예비』가 돼야만 하나 봐요. 지난달에 병사했다면서요? 당신의 친동생…… 아리에스? 걔 대신으로요."

그렇다. 나는 그 아리에스를 대신하기 위해 여기로 끌려온 것뿐이었다. 며칠 전에 사고로 돌아가신 어머니를 애도할 틈도 없이.

"……!"

내가 아리에스라는 이름을 언급한 순간, 어째선지 리디아의 표정이 슬픔과 후회와 고뇌로 일그러졌다.

하지만 난 개의치 않고 담담하게 말을 계속했다.

"흥…… 죽이든 살리든 마음대로 하세요. 그야…… 나한텐…… 이제 아무것도…… 아무것도 없으니…… 나……는……"

갑자기 코가 먹먹해졌다.

몸이 학질이라도 걸린 것처럼 떨리며 눈시울이 뜨거워졌다.

"흑…… 히끅…… 어, 엄마아……"

조금도 정리되지 않은 마음에 몸을 맡긴 채 나는 불안과 슬픔을 눈물로 바꿔서 울 수밖에 없었다.

"괜찮아."

하지만 리디아는 그런 나를 다정하게 꼬옥 안아주었다.

"……아."

"아무것도 없어도 돼. 오늘부터는 내가 있으니까. 내가 네 언니니까."

"……."

"앞으로는 내가 널 지켜줄게…… **이번에야말로 반드시.** 그러니 안심하렴. ……지금은 슬픔이 가실 때까지 쉬어도 돼."

"……으……아……."

나는 눈물이 글썽거리는 얼굴로 리디아의 품을 벗어날 수 없었다.

"네 이름을…… 가르쳐줄래?"

그리고 리디아는 그런 품속의 소녀에게 살며시 속삭였다.

"……이브…… 난 이브……."

"그래…… 잘 부탁해, 이브. ……내 새 동생."

리디아는 훌쩍거리는 날 안아주었다.

내가 진정될 때까지 계속 다정하게 안아주었다.

그것이 나와 리디아의 첫 만남이었다.

지금 돌이켜보면 그녀의 존재는 나에게 있어 마지막 희망이자, 마음의 버팀목이나 다름없었다.

　아무튼 이그나이트가에서의 새로운 생활은 그야말로 괴롭기 짝이 없었으므로…….

　평민의 피가 섞인 나를 냉대하는 일족.

　나를 그저 예비, 도구로밖에 보지 않는 아버지.

　이그나이트의 이름에 실린 무거운 책임과 중압감. 주위의 과도한 기대.

　하지만 언니가, 리디아가 곁에 있기에 견딜 수 있었다. 구원받을 수 있었다.

　―이브, 난 이그나이트를 믿어. 지금은 모두가 잊어버린 이그나이트의 정의와 이상을 언젠가 꼭 부활시킬 거야.

　기품이 넘치고 긍지 높은 사람이었던 언니.

　―넌 정말 굉장해. 어쩌면 장래엔 날 뛰어넘는 마도사가 될지도 모르겠어.

　―너와 함께라면…… 난 언젠가 이그나이트를 바꿀 수 있을 거라고 믿어. 그러니 나에게 힘을 빌려주지 않겠니?

　언제나 날 인정해줬던 언니.

―엿 먹어. 내 동생에게 손대는 놈은 용서 안 해.
　―만약 싸우고 싶거든 내가 대신 상대해주겠어.

　―걱정 마렴…… 이브…….
　―넌…… 내가 지켜줄 테니까…… 난…… 이그나이트……
니까…….

　언제나 내 편에 서서 날 지켜주었던 언니.

　―이브. 다정한 아이. ……넌 내 자랑이야.

　그리고 한없이 다정했던 언니.

　―이그나이트가 가리키는 진정한 마도의 길은…… 자신이
옳다고 믿는 길을 걷는 것…….
　―사실은 있지, 가문 따윈 상관없어.
　―본인이 어떤 식으로 살아갈지가…… 중요한 거니까.
　―그걸 부디 잊지 말아줘…….

　언니는 정말로 많은 것을, 소중한 것을 나에게 잔뜩 가르
쳐주었다.
　나는 늘 그런 언니의 등을 보고 자랐다.

언니는 훌륭한 마도사였다. 긍지 높은 진정한 귀족이었다. 자랑스러운 언니였다.

난 언니를 동경했고 언젠가는 그녀처럼 되고 싶었기에 **당시의 난 당연히 이렇게 대답했다.**

―제가 언니가 맡겨준 걸 이을 테니……!

―제가 언니랑 비슷할 정도로 훌륭한 마도사가 돼서…… 진정한 이그나이트가 될 게요! 그러니……!

그런데도 난 어느새 그런 소중한 기억마저 잊고 있었다.

"…………."

그리고 지금은 무릎을 끌어안고 어두운 방 한켠에 무기력하게 틀어박혀 있었다.

그저 아무것도 하지 않고 과거의 잔재를 주마등처럼 하염없이 떠올리고 있었다.

아아, 그때의 결심도, 동경했던 마음도 전부 이제 와서는 왜 이토록…… 멀고 먼 옛날이야기처럼 느껴지는 것일까.

제3장 마술사의 재연

"흠······ 아무래도 무대 조정은 끝난 것 같군요."

갑자기 하늘을 올려다보고 혼잣말을 한 파웰은 전신에 흘러넘치던 마력을 거두었다.

"그건 그렇고 아벨. 역시 당신에게는 조금 실망했습니다. ······그 후로 8년이라는 세월이 지났는데도······ **아직도 그것밖에 안 되는 겁니까?**"

"······큭!"

파웰의 시선 앞에는 알베르트가 있었다.

처참한 몰골이었다. 말 그대로 만신창이.

온 몸에 깊은 자상과 화상이 가득했고 왼팔이 부러진 데다 오른쪽 안구도 완전히 뭉개진 상태였다. 설령 힐러 스펠로 치료한다 해도 그 눈은 이제 두 번 다시 빛을 되찾지 못하리라.

한 손과 한쪽 무릎을 써서 간신히 쓰러지지 않고 버텼지만 누가 봐도 전투불능 상태임은 명백했다.

남은 왼쪽 눈만은 아직도 흔들림 없는 투지로 타오르고 있었으나 이런 상태로는 더 저항할 방법이 없었다.

조금 떨어진 곳에는 크리스토프와 버나드도 역시 빈사 상태로 쓰러져 있었다.

하지만 파웰은 멀쩡했다.

몸에 그을음은커녕 숨소리조차 지극히 차분했다.

세 명. 특무분실의 정예 셋이 수단을 가리지 않고 전력으로 싸웠는데도 이런 결과였다.

너무나도 강했다. 모든 면에서 격이 달랐고 압도적이었다. 그저 본인 자체가 강했다.

그야말로 마인이라는 단어 외에는 표현할 길이 없는 존재였다.

"왜 그러시지요? 분합니까? 원통합니까? 결국 제게는 상대도 되지 않았으니 지난 8년간의 노력이 물거품으로 돌아간 건 과연 어떤 기분일까요."

"……."

"당신은 약합니다, 아벨. 그런 꼬락서니로는 당신의 칼날은 절대로 제 목에 닿을 수 없습니다. 예, 『인간』인 당신으로서는."

파웰은 자신을 물어죽일 듯한 눈으로 노려보는 알베르트를 설득하듯 말했다.

"하지만 제가 몇 번이나 말씀드렸다시피 당신의 재능은 훌륭합니다. 인간의 몸으로 용케도 그 경지까지 단련했군요. 역시 당신에게는 『자격』이 있습니다."

"……!"

"현명한 당신이라면 이해했을 테지요? 절 뛰어넘으려면 그『열쇠』를 손에 쥘 수밖에 없다는 것을. 부끄러워할 필요는 없습니다. 그걸로 된 겁니다. 예, 스스로의 갈망에 좀 더 솔직해지십시오. 저를 뛰어넘고, 저를 죽이고, 사랑했던 이들의 원수를 갚는 것에 더욱 진지해지십시오. 그렇게 하면 당신 앞에『진리』의 길이 열릴 테니……."

그리고 파웰의 몸이 천천히 떠올랐다.

"……어디로 가는 거냐! 파웰……!"

"허허, 전 다음으로 예정된 무대 씬의 준비로 바쁜 몸입니다. 여러분을 여태껏 잡아뒀으니 나머지는 이그나이트 경이 알아서 잘 하겠지요. 그러니 오늘은 여기까지입니다. 제가 이 이상 이 무대에 관여하는 일은 없을 테지요. 그리고 다시 당신과 만날 그때까지……."

파웰은 마치 사랑하는 자식을 대하듯 진심 어린 자애로운 미소를 지었다.

"당신의 좋은 대답을, 당신이 이쪽으로 오기를…… 기대하고 있겠습니다."

그리고 그 말을 끝으로 허공에 녹아드는 것처럼 사라졌다.

"…………."

남겨진 것은 무거운 침묵과 정적뿐.

"……제길!"

이윽고 파웰의 기척이 완전히 사라진 것을 확인한 알베르트는 왼 주먹으로 불에 탄 지면을 내리쳤다.

"콜록! 쿨럭! ……뭐, 너무 그렇게 비관하지 말게. 알 도령……."

그러자 버나드가 간신히 몸을 일으키며 말했다.

"저건 진짜 괴물일세. ……저런 놈과 싸워서…… 목숨을 건진 것만으로도…… 천만다행이니까. ……콜록! 콜록! 우웩! 이거 죽겠구만……."

"……."

하지만 알베르트는 험악한 표정으로 입을 다물 뿐이었다.

버나드는 뭐 어쩔 수 없다는 듯 크리스토프에게 말을 걸었다.

"……이보게~ 크리 도령…… 살아 있나~?"

"……예…… 간신……히……."

아무래도 지금까지 의식을 잃고 있었던 모양이다.

간신히 대답한 크리스토프도 부들거리며 몸을 일으켰다.

"윽…… 알베르트 씨. 죄송……합니다. 제가 발목을…… 잡은 탓에."

"괜히 마음에 담아둘 것 없다. 네 방어 결계가 없었다면 우린 놈의 첫 일격에 먼지조차 남지 않았을 테니까."

"하, 하지만……! 알베르트 씨는…… 절 감싸다가 눈을……!"

"이 정도쯤은 문제없어. 난 아직 싸울 수 있으니까."

그렇게 말한 알베르트는 아직도 몸에 힘이 들어가지 않는 듯한 크리스토프를 부축하고 일으켰다.

"잠깐, 무리하지 말게. 알 도령. 우린 이미 치유 한계를 넘어서…… 힐러 스펠이 통하지 않는 상태이지 않나. 이건 자연회복을 기다리는 수밖에 없어."

"……나도 알아. 하지만 폐하께선 아직도 위기를 벗어나지 못하셨을 터. ……가자. 우리는, 지금 우리가 해야 할 일을 하는 수밖에 없어."

"……그래, 그래야겠지."

"예……."

패배의 굴욕과 상처 입은 자존심. 세 사람은 만신창이가 된 몸과 마음을 채찍질해가며 행동을 개시했다.

——.

르바포스 성력 1853년, 그람의 달 10일.

사신의 권속 소환이라는 세계멸망의 위기 앞에서 알자노 제국 여왕 알리시아 7세의 이름하에 세계 각국이 일치단결하기로 한 순간, 알자노 제국 국군청 통합 참모본부장 아젤 르이그나이트 경이 왕위 찬탈을 노리고 쿠데타를 강행했다.

이그나이트 경 휘하의 지장 리디아의 교묘한 지휘로 쿠데타군은 각국 파견군을 패퇴시켰을 뿐만 아니라 각국 정상들까지 사로잡아 밀라노 일대를 완전히 지배하에 두었다.

요인들이 인질로 잡힌 각국은 섣불리 무력을 동원할 수 없이 적의 성명과 요구를 기다리느라 대처가 늦어지고 있었다.

　한편, 쿠데타 주모자인 이그나이트 경은 이 무력봉기와 각국 정상들의 구금 사건을 알자노 제국 여왕 알리시아 7세의 폭주와 음모로 날조하기 위해 여왕의 신병을 노렸지만 아슬아슬하게 실패. 여왕은 밀라노에서 홀연히 모습을 감추었다.

　그녀가 아직 밀라노 어딘가에 숨어 있으리라 확신한 이그나이트 경은 밀라노시의 완전 봉쇄를 유지하며 귀중한 시간만 낭비하고 있었다.

　날마다 서서히, 그리고 확실하게 새어나오고 있는 《뿌리》.

　도시가 봉쇄되는 통에 아직도 탈출하지 못한 채 《뿌리》의 공포에 시달리고 있는 밀라노 시민들.

　혈안이 돼서 여왕의 행방을 찾는 제국 반란군.

　그리고 그들의 눈을 피해 완전히 종적을 감춘 여왕.

　현재 밀라노시는 그야말로 혼돈의 암흑이 지배하는 동란의 전시장으로 변모해 있었다.

　틸리카 파리아 대성당.

　현재 이그나이트 경이 이끄는 쿠데타군의 군사거점이 된 이곳의 지하 감옥에는, 쿠데타군이 신병을 구속한 각국 정상들이 약으로 재워진 채 유폐되어 있었다.

그런 지하 감옥의 어느 방.

"끈질기군요. 몇 번을 제안해도 전 당신을 따를 생각이 없습니다."

차가운 돌 벽에 쇠사슬로 묶인 파이스 카디스 추기경은 철창 너머의 이그나이트 경을 노려보며 말했다.

"경도 참 완고한 사람이로군."

이그나이트 경은 그런 파이스를 내려다보고 말했다.

"아직도 상황을 이해하지 못한 건가? 이미 추세는 정해졌다. 종적을 감춘 여왕도 곧 사로잡히겠지. 시간문제다. 전부 내 손바닥 위라는 거다."

"……!"

"여왕은 이 세계의 위기에 편승해 세계정복이라는 허황된 야심을 위해 세상을 혼란에 빠트린, 역사상 비할 바가 없는 『악』으로서 후세에 이름을 남길 거다. 그리고 난 그런 여왕에게 천벌을 내리고 세계 각국의 정상들을 구한 영웅. 그 절대적인 공로로 알자노=레자리아 통일제국의 초대 황제로 군림한 이 몸은 더 나아가 세계를 주도하는 일인자가 될 거다. 여왕과 나…… 어느 쪽에 붙는 게 이득일지는 총명한 귀공이라면 잘 알 텐데?"

"말도 안 돼! 상황이 그렇게 당신에게만 유리하게 돌아갈 리 없습니다!"

"아니. 유감스럽게도 그렇게 될 거다. 나에게는 『쐐기』가 있으니."

"『쐐기』……?"

파이스는 믿을 수 없었지만 이그나이트 경의 저 자신만만한 표정 아래에는 불가능을 가능으로 바꾸는 뭔가가 있는 모양이었다.

"그리고 이제 곧 소환될 사신도 걱정할 것 없다. 나에게는 『Project : Revive Life』의 최종 진화형…… 【영령재림의 의식】이 있으니. 사신의 권속 따위 문제도 되지 않아."

"무슨……! 2백 년 전의 마도대전에서 얼마나 많은 피해가……!"

"상상력이 부족하군. 잘 들도록. 사신의 상대는 과거에 사신을 쓰러트린 자들에게 맡기면 돼. 세계가 굳이 힘을 합칠 필요 따위 없는 거다."

"헛, 소리……!"

그저 계속 압도당할 수밖에 없는 파이스 추기경에게 이그나이트 경은 최후통첩을 전했다.

"파이스 추기경. 난 경의 능력을 높이 사고 있다. 수많은 정적의 눈을 속이고 여왕과 협력해 정상 회담까지 이끌어 낸…… 그런 탁월한 수완을 가진 네놈의 힘을 여기서 잃기는 아깝지. 어떤가. 얌전히 내 밑에……."

"거절하겠소!"

하지만 파이스의 대답은 바뀌지 않았다.

"당신이 왜 그토록 자신만만한지는 알 수 없고, 확실히 당신의 능력은 뛰어납니다! 하지만 이것만은 알겠군요! 당신을 따르면 이 세계는 틀림없이 끝장날 거라는 걸⋯⋯!"

"흥, 완고함도 이 정도면 병이군. 그렇다면 당초의 예정대로 네놈은 전 세계의 인간이 지켜보는 앞에서 여왕과 함께 공개 처형해주지. 제국과 공모해 전 세계를 혼란과 멸망의 위기에 빠트린 죄로."

"그래도 난 당신만은 따르지 않을 겁니다."

하지만 파이스의 태도는 어디까지나 의연했다.

"한 말씀 드리지요. 당신은 인간을, 세계를 너무나도 과소평가하고 있습니다."

"과소평가? 그럴 리가. 내 능력은 세계를 지배하기에 충분⋯⋯."

"이건 예언입니다. 당신은, 스스로가 마치 신처럼 만능하다고 여기는 것 같지만, 그건 착각입니다. 틀림없이 당신은 그동안 얕보고 무시했던 것에 발목이 잡혀 추락하고 땅 바닥을 기는 최후를 맞이하게 될 겁니다."

"흥. 헛소리."

파이스가 초탈한 미소를 짓자 이그나이트 경은 말이 안 통한다는 듯 등을 돌리고 떠났다.

"⋯⋯그래서? 상황은?"

대성당 복도를 걷고 있던 이그나이트 경은 소리 없이 다가온 두 소녀, 리디아와 일리아에게 물었다.

"여왕의 행방은 여전히 오리무중이에요."

먼저 오른쪽에서 리디아가 조용히 대답했다.

"마술로 조사한 결과 밀라노의 레이라인에 국소적인 차원 단층이 계측되었습니다. 아마 여왕과 그 일파는 모종의 수단으로 레이라인을 이용한 『이계』를 구축해, 그 안에 몸을 숨긴 것으로 추정됩니다."

"그렇다면 어서 그걸 부수고 여왕을 끄집어내도록."

"근대의 마술로는 불가능해요. 아마 마술을 초월한 『마법』으로 구축된 『이계』가 아닐까 싶습니다."

"칫…… 성가시게 하는군."

이그나이트 경은 짜증스럽게 혀를 찼다.

"『이계』는 공간 전이와 달리 거기서 다른 곳으로 이동하는 건 불가능해. 『이계』 안에 있는 한 여왕은 밀라노에서 탈출할 수 없을 터."

"예, 말씀대로입니다. 아버지. 거기다 레이라인의 조사 결과 『이계』 형성으로 발생한 차원 단층의 뒤틀림은 시간이 지남에 따라 서서히 복구되고 있습니다. 즉, 영원히 『이계』 안에서 농성할 수 있는 건 아니에요."

"그러니 언젠가는 나올 거다. ……나올 수밖에 없다는 거군."

"예, 그렇습니다."

리디아는 방긋 웃었다.

"흠…… 각국의 동향은?"

"본국을 포함해 완전히 혼란에 빠진 상태입니다. 제국을 향한 규탄 성명이 몇 차례 있었으나 그건 전부 알리시아 7세를 지목한 것. 저희의 정보 조작은 완벽해요."

그리고 옆에 있는 일리아에게 동의를 구했다.

"그렇죠? 일리아 양."

"아, 예…… 그럼요."

하지만 그녀는 어째선지 쩔쩔매며 대답했다.

"흠, 훌륭한 솜씨로군. 둘 다 칭찬해주마."

이그나이트 경은 계획이 순조로운 것에 만족하고 고개를 끄덕였다.

"하, 하지만 마이 로드…… 저, 정말 괜찮을까요?"

그러자 일리아가 당혹스러움을 감추지 못하고 물었다.

"아무리 저희에게 【영령재림의 의식】이 있다지만, 아직 그 수가 부족…… 게다가 부활시킨 영령들도 마무리 조정을 위해 이그나이트 령에 두고 왔잖아요? 확실히 아직까지는 명령 계통의 혼란과 정보 통제가 먹히고 있지만, 이런 대규모 사건의 진상을 끝까지 숨길 수 있을 만큼 각국의 첩보 기관은 무능하지 않아요. 전 역시 아무래도 시기상조라고……."

"뭐라고? 네놈, 지금 내가 내린 결정에 트집을 잡는 거냐?"

"아, 아뇨! 저, 전 단지……."

짜악!

황급히 변명하려 했지만 뭔가를 후려치는 듯한 소리가 복도에 울려 퍼지는 동시에 일리아는 벽에 등을 부딪히며 그 자리에 스르륵 주저앉고 말았다.

"……리, 리디아 씨?"

그리고 새빨갛게 부은 뺨에 손을 대고 조심스럽게 고개를 들자, 그곳에는 마치 성모 같은 자애로운 미소를 지은 리디아가 자신의 뺨을 때린 자세로 서 있었다.

"일리아 양. 당신…… 지금 제 아버지를 감히 훈계하려는 건가요?"

"아, 아니…… 그런 게 아니라……!"

리디아는 웃는 얼굴 그대로 일리아의 손을 짓밟았다.

"아……아악!"

뼈가 부러질 듯한 고통에 비명이 터졌다.

"아버지의 말씀은 전부 옳아요. 아버지 말씀대로만 하면 모든 게 잘 풀릴 거예요. 즉, 제 아버지야말로 지고의 존재 이자 세상 전부를 지배하실 분이세요. 그런데 어디서 감히 그딴 소릴 지껄이는 거죠?"

"아……아파! 죄, 죄송……죄송해요! 아아아아악!"

"용서 못 해요. 이건 벌이랍니다, 일리아 양. 뼈에 새기도록 하세요."

우드득, 콰득!

리디아는 발에 힘을 더해 일리아의 손을 망가트렸다.

"~~~~?!"

극심한 고통에 비명조차 지르지 못한 일리아는 눈물을 흘리며 몸부림칠 수밖에 없었다.

"흥, 그 정도만 해둬라. 리디아."

그러자 이그나이트 경이 차갑게 웃으며 끼어들었다.

"그 여자는 아직 이용가치가 있는 장기말이다. 벌을 주다 망가트리진 말도록."

"아앗! 그랬군요! 제가 아버지의 소중한 장기말에게 이 무슨 짓을!"

그 순간, 리디아는 우스꽝스러울 정도로 죄송해하며 눈물로 용서를 구했다.

"죄송합니다, 각하! 제발 용서를! 용서를!"

"……큭!"

일리아는 그런 리디아를 비굴한 눈으로 올려다보았다.

역시 뭔가가 이상했다. 아름다울 뿐만 아니라 성모처럼 자애롭고 친화력까지 있는 인물인데 어딘가 근본적인 부분이 이상했다. 부자연스럽기 짝이 없었다.

"……리디아…… 씨…… 당신은…… 역시 이미……."

결국 뭔가를 깨닫고 절망한 눈빛으로 고개를 떨구었지만 리디아는 그녀에게 시선조차 주지 않고 이그나이트 경 앞에서 머리를 조아린 채 들지 못했다.

"그만 됐다. 그보다 기대하고 있겠다, 리디아."

"예! 아버지! 제 모든 것을 걸고 반드시 당신께 승리와 영광을!"

이그나이트 경의 용서가 떨어지자 리디아는 한 떨기 꽃 같은 미소를 지으며 충성을 맹세했는데도 곧 그 표정에 불안이 깃들었다.

"그런데 저기…… 아버지. 외람되지만, 하나만 여쭤도 괜찮을까요?"

"뭐지?"

"전 방금 맹세한 것처럼 제 모든 것을 걸고 아버지께 헌신하고 있어요."

"음, 그래. 그래서? 그게 뭐 어쨌다는 거지?"

"그러니까…… 저기…… 전…… 분명 아버지의 딸……인 거겠죠?"

그 이상한 질문에 이그나이트 경은 한순간 입을 다물었다.

"전 이토록 아버지를 위해, 아버지께 헌신하고 있으니…… 전 아버지의 딸인 거겠죠? 그쵸? 예?"

"……당연하지 않느냐, 내 딸아. 참으로 이상한 걸 묻는군."

"그, 그렇죠? 아니, 그게…… 아무것도 아니에요."

이그나이트 경의 대답에 만족한 건지―

"그럼 전 이만."

리디아는 경례한 후 의기양양하게 그 자리를 떠났다.

"······."

일리아는 어딘가 부자연스럽고 뒤틀린 그녀의 뒷모습을 그저 멍하니 지켜볼 수밖에 없었다.

같은 시각.

알자노 제국 대표 선수단이 숙박했던 공영 호텔의 이미지를 투사해, 현실 세계의 이면에 구축한 『이계』의 홀에 해당하는 장소.

"······역시 상황이 좋지 않군요."

그곳에서는 긴 책상 앞에 앉은 알리시아 7세가 무거운 표정으로 한숨을 내쉬고 있었다.

책상 위에는 밀라노의 전술 상황도가 있었고 주위에는 아직 상처가 다 낫지 않은 장병들이 논의를 되풀이하고 있었지만 건설적인 의견은 아직 전무했다.

"······폐하."

글렌은 그런 알리시아를 가만히 지켜볼 수밖에 없었다.

이틀 전.

쿠데타군에 의해 궁지에 몰렸을 때 갑자기 나타난 시스티나를 비롯한 학생들과 연계를 해 가까스로 그 자리를 벗어난 아군은 루미아의 『열쇠』에 의한 공간조작 능력으로 구축한 이 『이계』에 긴급 피난했다.

하지만 그것은 한시적인 조치에 불과했고 루미아의 말에 따르면 이 『이계의 은신처』는 일주일밖에 유지할 수 없다고 한다.

그 이상은 세계가 차원의 뒤틀림을 강제적으로 수복해서 전원이 현실 세계로 배출될 수밖에 없다는 모양이다.

그때까지 어떻게든 밀라노를 탈출할 계획을 수립해야 하지만…….

"병력 복귀 상황은 어떤가요?"

알리시아 7세의 질문에 주위에서 목발을 짚고 있던 장병들이 무거운 목소리로 대답했다.

"알자노 제국 마술학원의 학생들이 밤낮을 가리지 않고 열심히 법의 치료를 해주고는 있습니다만…… 아무튼 부상자의 수가 워낙 많다 보니 진척이 없습니다. 잔존병력 156명 중 만전의 상태로 싸울 수 있는 자는 3분의 2 정도입니다."

"……이그나이트 경의…… 쿠데타군의 상황은?"

"밀라노 시내의 경계 태세를 풀 기색이 전혀 보이지 않습니다. 게다가 이계 주변에 중점적으로 병력을 전개한 것으로 봐선 아마 리디아 이그나이트 천기장의 판단이겠지만…… 저희의 상황은 저쪽에 거의 들켰다고 봐도 무방할 겁니다."

"본국과의 연락은 어떻게 됐죠?"

"실패했습니다. 통신 마술이 완전히 차단된 상태였습니다."

"……특무분실의 별동대…… 《별》, 《법황》, 《은둔자》의 행방은?"

"연락이 없습니다. 아마 모종의 사건에 휘말렸거나 혹은……."

"……."

병력 부족, 전선 지휘관 부족, 정보 부족, 지형적인 이점의 부족…… 뭐 하나 만족스러운 것이 없었다.

"한심스럽군요. 상황이 어쩔 수 없었다지만, 아이들까지 말려들게 하다니……."

알리시아는 고개를 숙여 깍지 낀 손에 이마를 가져다댔다.

그녀의 무거운 한숨을 들은 글렌은 조용히 자리를 떴다.

이 『이계』는 호텔의 내부 구조를 완전히 투영하고 있었다.

용량은 큰 차이가 났지만 내부 상태는 완전히 고급 호텔 그 자체였다.

그러나 창밖에는 마치 우주처럼 무한한 어둠과 별들이 보이는 신비한 공간이 펼쳐져 있었다.

"……앗! 선생님!"

그런 호텔 복도로 나온 글렌이 잠시 걷고 있자, 세 명의 소녀가 이쪽으로 달려왔다.

시스티나, 루미아, 리엘이었다.

"으음…… 어떤가요? 회의 상황은."

"좋지 않아. 아무리 폐하라도 이번만큼은 방법이 없어 보이시더군."

글렌은 어깨를 으쓱였다.

"애초에 그분은 정치가지 군인이 아니시니까."

"그런……가요."

"어……머니."

시스티나가 불안한 얼굴로 시선을 내리깔았고 루미아는 걱정스러운 목소리로 중얼거렸다.

하지만 리엘은 어리둥절한 눈으로 그런 둘을 힐끔힐끔 쳐다보았다.

"……미안하다. 너희까지 말려들게 해서."

글렌은 겸연쩍은 얼굴로 사과했다.

"사과하시지 않아도 괜찮다고 했잖아요."

하지만 시스티나는 위로하듯 밝게 말했다.

"저희는 다른 누군가의 명령이 아닌 스스로의 의지로 참전한 거니까요."

글렌은 격전 중에 통신 마도기를 통해 들었던 학생들의 용기 있는 제안을 떠올렸다.

"저희도 싸우겠다고 말씀드렸을 때…… 선생님은 이렇게 말씀하셨죠? 「너희 중에 단 한 명이라도 싸우고 싶지 않다는 사람이 있다면 움직이지 않아도 된다」고요."

"예. 그래도 저희는 움직이는 걸 선택했어요. 폐하를 위해."

"응. 다들…… 알리시아를 위해 싸우고 싶다고 했었어."

소녀들이 저마다 말했다.

"저흰 어린애가 아니에요. 지금 이 상황에서 폐하께서 돌아가신다면…… 우리나라에 돌이킬 수 없는 사태가 벌어지리란 것쯤은 알고 있다구요."

"운명의 장난인지, 그때 뭔가를 할 수 있었던 게 저희밖에 없었던 것뿐이에요."

"응. 아마 우리가 움직이지 않았으면 큰일났을 거야. 난 잘 모르겠지만."

"……너희들."

"그리고……"

시스티나는 글렌의 손을 잡고 객실이 있는 계층을 천천히 걸었다.

"좋았어! 마력이 회복됐군! 나도 법의 치료를 도와야지!"

"흥, 조심해. 네 조잡한 마력 운용으로 병사들이 또 회복통에 시달리게 하지나 마."

"시꺼! 말하지 않아도 알아!"

활발하게 치료를 돕고 있는 카슈와 기블.

"흥, 이 침대는 저쪽 방에 옮기면 되는 거겠지?"

"굉장해……. 혼자서 아무렇지 않게…… 고, 고맙……습니다."

"응, 힘쓰는 일이라면 맡겨둬!"

묵묵히 보조에 전념하는 자일과 린과 콜레트.

"그, 그건 그렇고 지니 양…… 당신, 정말 대단하네요. ……직접 피부를 절개해서 이물질을 제거하거나 상처를 봉합하다니……"

"……엄청 많이 해보신 것 같네요."

"아~ 까놓고 말해 전 힐러 스펠보다 이쪽이 더 특기라서요."

병사들의 부상을 척척 치료하고 다니는 웬디와 테레사와 지니.

"204호실에 계신 분의 용태가 급변했습니다. 긴급 법의 수술에 들어가겠어요. 레빈 씨, 프랑신 양, 엘렌 양, 하인켈 씨. ……부디 협력을."

"훗. 뭐, 절 지명한 건 현명한 선택입니다. 가죠."

"아, 아, 예! 괜, 괜찮아! 차분하게 하면 나도……!"

"바로 수술 준비에 들어가겠습니다. 리제 씨, 집도를 잘 부탁합니다."

"……예."

리제, 레빈, 프랑신, 엘렌, 하인켈도.

그저 말려들었을 뿐인 학생 모두가 아무런 불평불만도 없이 열심히 일하고 있었다.

포기하거나 절망한 이는 단 한 명도 없었다.

"여기에는 없지만…… 엘자 양도 특무분실의 일원으로서 현재 밖에서 비밀리에 필사적으로 정보를 수집 중이에요."

"응. 엘자는 대단해. 나보다 엄청 잘 숨어."

"다들 최선을 다하고 있어요. 누가 강요한 게 아닌 본인의 의지로."

"확실히 불안한 일들도 많아요. 마리아의 일이라든가…… 사신이라든가…… 그리고 그 하늘의 지혜 연구회의 대도 사…… 대도사……."

"……하얀 고양이?"

시스티나가 갑자기 입을 다물자 글렌은 의아한 눈으로 그 녀를 바라보았다.

"으응, 기분 탓…… 기분 탓이겠지? 그야 말도 안 되는 일 인걸……"

"……대도사가 왜?"

"예?! 아, 아무것도 아니에요! 아무것도!"

잡념을 떨쳐내듯 머리를 붕붕 내저은 시스티나는 글렌을 똑바로 응시했다.

"아, 아무튼! 저희는 스스로의 의지로 싸우고 있는 거예 요! 그러니 선생님이 마음에 두실 필요는 전혀 없다구요!"

"……."

글렌은 학생들 모두가 필사적으로 뛰어다니는 광경을 눈 부시게 바라보았다.

'그래, 그랬었지. 이제 와서 염치없게 보호자인 양 애 취급 할 수는 없어. ……참 나, 뭐야. 이 녀석들이 나보다 훨씬 더

어른이었잖아.'

……적어도 감정에 휘둘려서 모든 것을 버리고 도망쳤던 자신보다는.

그렇다. 스스로 공포와 불안을 이성으로 다스리고 지혜와 수단을 총동원해서 활로를 개척할 수 있는 그들은, 이미 한 사람 몫의 마술사라 볼 수 있으리라.

'……내가 교사로서 가르쳐줄 수 있는 건 이제 아무것도 없을지도 모르겠군. 난 이제 이 녀석들에게 필요 없는 걸지도……'

감동과 기쁨, 그리고 왠지 모를 허전함.

글렌은 마치 동경했던 것을 보는 듯한 눈으로 학생들을 한 명씩 돌아보았다.

'그래도 아직 내가 할 수 있는 일은 남아 있을 터. 이 녀석들의 미래를 위해……'

짜악!

그리고 갑자기 양손으로 자신의 뺨을 치며 기합을 넣자 학생들이 놀란 눈으로 돌아보았다.

"서, 선생님?"

"뭐해? 글렌."

그건 시스티나와 루미아와 리엘도 마찬가지였는지 하나같이 눈을 깜빡이고 있었다.

"아니, 뭐. 좀 버거운 상대와 싸우고 와볼까 해서."

자신만만하게 웃은 글렌은 소녀들을 남기고 걷기 시작했다.

"그냥 다 때려치고 싶어지는 막다른 상황에서도 너희가 이를 악물고 애쓰고 있으니⋯⋯ 거기에 보답해주는 게 **우리**의 역할일 테니 말이다."

그리고 윗층에 있는 어느 방으로 가기 위해 계단을 올랐다.

똑, 똑, 똑, 철컥.

"들어갈게, 이브."

노크는 했지만 대답을 기다리지 않고 입실했다.

섬세함이라고는 눈곱만큼도 느껴지지 않는 태도로 방 안에 들어가자 안쪽은 조명이 켜지지 않아 새카맸다.

"⋯⋯참 나."

글렌은 작게 주문을 외워서 왼손 검지에 마술광(魔術光)을 띄웠다.

"⋯⋯⋯⋯⋯."

그러자 방 한켠에 주저앉아 양손으로 무릎을 감싸고 고개를 떨군 이브의 모습이 눈에 들어왔다.

"⋯⋯뭐 하냐, 너? 답지 않게."

"⋯⋯⋯⋯⋯."

글렌이 어이없는 목소리로 물었지만 이브는 대답하지 않았다.

"우리가 여기 틀어박히게 된 뒤로 계속 이러고 있더라? 왜 그래?"

"…………."

"뭐, 영리한 너라면 지금 상황이 어떤지는 잘 알고 있겠지?"

"…………."

"반란군의 물량은 압도적이야. 반면에 아군 병력은 초기 단계에서부터 압도적으로 열세였는 데다 그 절반가량이 만족스럽게 싸울 수도 없는 상태지. 유일한 구명줄이었던 알베르트 쪽도 연락이 되질 않아."

"…………."

"게다가 이쪽은 지휘관과 대장급 인물이 대부분 전사했어. 폐하께선 전공 외 분야인 것치곤 군략과 전술에 꽤 능통하시지만, 그렇다고 해서 이 절망적인 상황을 뒤집을 수 있을 정도는 아니고."

"…………."

"그리고 이 이계도 영원히 유지할 수 있는 건 아니야. 곧 한계가 오겠지. 심지어 농성 중에 운 좋게 지원군이 와줄 가능성은 절망적일 정도로 적어."

"…………."

"야, 어쩌면 좋을까? 이 상황을 타개하려면. ……답은 알고 있지? 우리에겐 독보적으로 뛰어난 지휘관이 필요해."

"…………."

"그래, 너야. 제국 궁정 마도사단 특무분실 실장인 집행관 넘버 1《마술사》이브 이그나이트. 이 상황을 어떻게든 타개

할 수 있는 건 이제 너밖에 없어."

"…………."

"그런데 뭐야? 왜 넌 방 안에 틀어박혀 있기만 하는 거지? 왜 아무것도 안 하는 건데?"

"…………."

"……아니, 나도 알아. 적은 네 아버지와 언니야. 그야 싸우고 싶지 않겠지. 나도 강요하고 싶진 않아. 하지만 괜찮겠어? 원래 이런 정치 싸움과는 아무런 관계도 없는 학생들조차 나라를 위해, 폐하를 위해 뭔가 해보려고 애쓰고 있다고? 넌 그걸 보고도 아무렇지도 않아? ……우리가 싸울 수밖에 없는 거잖아. 응? 네가 안 하면 대체 누가 하겠다는 건데?! 넌……."

그 순간—.

"……**전**이야."

대체 무엇이 방아쇠가 된 건지 지금까지 아무런 반응도 없었던 이브가 그제서야 입을 열었다.

"지금의 난…… 실장도 집행관도 아니야. 그리고…… 이그나이트도 아니고."

"……이브?"

"지금의 난…… 이브 디스트레……인걸."

그런 힘없는 대답에 글렌은 머리를 벅벅 헤집었다.

"……뭐? 지금 문제는 그게 아니잖아? 난 네가 이그나이트건 디스트레건 상관없다만? 내가 말하고 싶은 건……."

"……상관없지 않아."

이브는 어째선지 울컥해서 반박했다.

"……뭐가?"

자신이 방금 이브가 번민하고 있는 갈등의 핵심을 찔렀다는 것을 느낀 글렌은 조용히 되물었다.

"……기억났거든."

짧은 침묵 후, 이브가 다시 입을 열었다.

"응, 생각났어. 내가 왜 마술사로 존재하고 있는지를……."

"……?"

"대체 왜 지금까지 잊고 있었던 걸까? ……맞아. 난, 리디아 언니처럼 되고 싶었어. 진정한 의미에서 이그나이트의 이름을 짊어질 수 있는 자가 되고 싶었어."

이브는 생각했다.

이제 와서 왜 그것이 생각났는지를…….

'뭐…… 대충 짐작은 가지만.'

살짝 시선을 올려서 글렌을 흘겨보았다.

정작 본인은 상황을 파악하지 못해 얼빠진 얼굴로 눈을 깜빡이고 있었다.

'……결국 이 녀석뿐이었어. ……진정한 의미에서 내 편이 되어준 사람은…… 언니 말고는…….'

너무나도 탁월한 능력을 지닌 인재인 이브는 늘 고독했다.

누군가의 힘이 되어줄 때는 있어도 도움을 받은 적은 거의 없었다.

게다가 이브 본인도 타인에게 항상 벽을 세우고 한 발짝 물러나 있었다. 행여나 도움을 받았다 해도 그건 어디까지나 상사와 부하라는 공적인 관계에서 이루어진 일이었다.

그렇다. 결국 글렌뿐이었다.

건방지게도 상하관계를 완전히 무시하고 자신과 대등하게 부딪혀준 것은…….

자신이 세운 벽을 멋대로 뛰어넘고, 거침없이 싸움을 걸어 준 것은…….

그리고, 진정한 의미에서 자신의 편이 되어준 것은…….

'그래, 맞아. ……분하지만, 닮았어. 이 녀석과…… 언니는…….'

약간 무신경한 부분도. 분위기를 읽지 못하는 부분도. 억지스러운 부분도―.

언제나 타산 없이 내 편이 되어준 부분도―.

그리고 자신이 옳다고 믿는 것을 위해 싸우는 올곧은 면도―.

곰곰이 생각해보면 모든 면에서 글렌은 예전의 리디아와 판박이었다.

"……글렌, 들어줄래? 내 언니…… 리디아의 이야기를……

그리고 이그나이트의 이야기를……."

"리디아? 아, 그……?"

당황하는 글렌 앞에서 이브는 조심스럽게 털어놓았다.

자신의 반평생을…….

언니 리디아에 관한 것을…….

이그나이트 가문에 관한 것을…….

자신의 어머니는 평민 출신이었던 셰라 디스트레. 이그나이트 경의 첩.

평민의 피를 이은 탓에 가문 안에서 냉대를 받았다는 것.

배다른 언니 리디아가 그런 자신을 늘 지켜주었다는 것.

"언니는 정말 대단한 사람이었어. 나 같은 건 발끝에도 미치지 못할 정도로……."

늘 다정하고 올곧은 성격의 리디아야말로 자신의 이상적인 언니였다는 것.

그런 언니가 가르쳐준, 이그나이트의 가명이 가진 진정한 의미.

약자를 수호하고 정의를 숭상하는 그 이름. 그 숭고한 마도의 등불로 어둠을 헤치고 인류의 앞길을 비추어 인도하는 《로드 스칼렛》 이그나이트.

언니는 늘 그런 《로드 스칼렛》으로서 존재하려 했고, 자신은 그런 언니를 동경해서 언니 같은 마도사가 되려 했다는 것.

그리고 어느 날 자신 때문에 마술 능력을 상실하고만 언니가 가문에서 추방당했다는 것.

그래서 하다못해 언니 대신 진정한 《로드 스칼렛》이 되려고, 언니의 이상을 계승하려고 했지만…….

"……그러다 결국, 좌절했지."

이브는 자조하듯 코웃음을 쳤다.

"진정한 로드 스칼렛이 되기 위해 가문의 인정을 받으려고, 어느새 난 공적과 명예에만 집착하는 정반대의 인간이 되고 말았지 뭐야? 참 바보 같은 이야기지. 이런 중요한 걸 완전히 잊고 있었다니……."

"이브……."

글렌은 한숨을 내쉬고 입을 열었다.

"그건 그렇고 믿기지가 않네. 그 리디아라는 여자는…… 네가 말하는 과거의 언니와는 완전 딴판이었잖아? 오히려 뭔가 이상하달까…… 엄청 부자연스러운 느낌이……."

"그건 나도 몰라."

글렌이 의문을 제기하자 이브는 힘없이 고개를 내저으며 한숨을 내쉬었다.

"두 번 다시 되찾을 수 없는 마술 능력을 어떻게 부활시킨 건지도. 왜 성격이 완전히 뒤바뀌어버린 건지도. 애당초……."

왜 나를 기억하지 못하는 건지도…….

"저래서야 마치……."

별개의 인물. 가짜.

그 단어를 입에 담을 뻔한 이브는 반사적으로 입술을 짓씹었다.

과거에 언니는 나 때문에 마술 능력을 상실했었다. 그래서 날 원망해서 일부러 무시하고 있을 가능성도 충분히 있을 터. ……어느 쪽이든 지금 고민해봤자 답은 나오지 않으리라.

"뭐, 사정은 대충 알겠어."

이브가 입을 다물고 있자 글렌은 어깨를 으쓱이며 뒷말을 재촉했다.

"그래서? 네가 이렇게 방 안에 틀어박혀 있는 거랑 그게 어떤 식으로 연결되는 건데?"

"……아직도 모르겠어? 난 자격이 없어."

이브는 분한 목소리로 말을 내뱉었다.

"기억 안 나? 며칠 전에 아버지를 만났을 때…… 내가 어땠는지."

"…………."

"그때 당신이 막지 않았다면…… 난 틀림없이 아버지 쪽에 붙었을 거야. 지금쯤 아버지의 명령을 받아 폐하와 학생들을 이 손으로 처단하기 위해…… 움직이고 있었겠지."

"…………."

"알아. 나도 안다구. 그게 잘못된 일이라는 건……. 하지만 거스를 수가 없는걸! 난 아버지가 무서워! 너무 무서워서 어쩔 수가 없단 말야!"

"…………."

"그 눈으로 노려보기만 해도, 목소리를 듣기만 해도 어째선지 떨림과 동요가 멈추지 않아. ……머릿속이 새하얘져서 아무 생각도 나질 않는다구!"

"…………."

"난…… 이그나이트로서 실격이야."

이브는 분하고 슬픈 목소리로 말했다.

"아니, 지금까지도 실격이었지만…… 이제, 이번에야말로 진짜 틀렸어. 난 그저 무능할 뿐이었어. ……그러니 나한테 기대하지 마. 어차피 난 아무것도 해결 못 해. 뭘 하려고 해 봤자 이런 무능한 인간이 이길 수 있을 리 없어. ……그러니 그만 좀 내버려둬."

이브는 대화는 이걸로 끝이라는 듯 다시 무릎 사이로 얼굴을 파묻었다.

"흐응~? 뭐, 요컨대 이런 건가? 이그나이트의 자격이니 뭐니 하는 건 제쳐두고…… 결국 아버지가 무섭고, 언니한테 못 이길 거 같으니까 싫다는 거네?"

하지만 돌아온 것은 예상치 못한 폭언이었다.

"……뭐?"

이브가 기가 막혀서 고개를 들자, 글렌은 부들부들 떨기 시작했다.

"푸핫! 잠깐, 너…… 꺄하하하하하하하! 그건 좀 아니지! 으하하하하하하! 아빠가 무서워! 언니가 너무 대단해서 싫다니! 너 대체 몇 살이야?"

"이익?!"

뭐 이런 남자가 다 있지? 지금 여기서 웃어?

"시끄러워! 당신이 대체 뭘 안다고!"

이브가 격노하자 글렌은 눈물을 글썽거리며 대답했다.

"아니, 그치만…… 틀린 말 아니잖아? 이걸 도대체 어떻게 해석하라는 건데?"

"아니야! 난 이그나이트가 될 자격이 없어! 남들 위에 설 자격이 없다고 말하는 거라구! 그러니……!"

그녀가 사납게 반박한 순간―.

"이 바보야. 이그나이트나 디스트레이기 이전에 넌 『이브』잖아."

"……뭐?"

글렌의 지적에 말문이 턱 막혔다.

"머리 좋은 녀석들은 이래서 귀찮다니까. 괜히 쓸데없이 고민만 하느라 뭘 못 해. ……조금 전에도 말했잖아? 난 네가 이그나이트건 디스트레건 상관없다고."

"……"

"너 자신의…… 이브의 『본심』은 대체 어디 있는 건데?"

글렌이 그렇게 말하자 이브는 당황할 수밖에 없었다.

"그치만…… 하지만 난…… 폐하를 배신하려고 한…… 나 따위가……!"

"잡음이야. 신경 쓰지 마."

"나, 난 아버지가 두려워서…… 아무것도 할 수 없는데……!"

"잡음이야. 신경 쓰지 마."

"하, 하지만 나 따위가 언니를 상대로 뭘 할 수 있다는 생각이 도저히 안 드는걸! 난……!"

"전부 잡음이야. 무시해."

"……?!"

글렌은 바닥에 한쪽 무릎을 꿇어서 이브와 눈높이를 맞추었다.

그리고 두 어깨에 손을 얹고 그녀의 눈을 정면에서 진지하게 바라보았다.

"야, 이브. 넌 어떻게 하고 싶은 거야? 거기에 가문이나 자격 같은 게 필요해? 정말로 중요한 건 네가 무엇을 할지, 어떤 식으로 살아가야 할지가 아닐까?"

"~~윽!"

―이그나이트가 가리키는 진정한 마도의 길은…… 자신이 옳다고 믿는 길을 걷는 것…….

―사실은 있지, 가문 따윈 상관없어.

―본인이 어떤 식으로 살아갈지가…… 중요한 거니까.

―그걸 부디 잊지 말아줘…….

이브는 잠시 넋을 잃고 글렌의 눈을 바라보았다.

"흥, 짜증 나."

하지만 곧 토라진 표정으로 시선을 피했다.

"그런 부분까지 똑같다니. ……진짜 짜증 나."

"이브?"

"……당신은 정말 지독한 남자야. 여자가 우울해하고 있는
데 오히려 친아버지와 언니랑 싸우라고 등을 떠밀다니…….
이럴 땐 좀 더 다정하게 대해줘야 하는 거 아냐?"

"뭐야. 그래줬으면 좋겠어?"

"농담하지 마. 당신에게 그딴 짓을 당할 바에야 차라리 죽
고 말지."

"……."

"잠시…… 생각할 시간을 줘."

그 말을 끝으로 이브는 다시 고개를 깊이 떨구고 입을 다
물었다.

"……그래."

이제 할 말은 다 했다고 느낀 글렌은 이브를 남기고 퇴실
했다.

"……."

이브는 어둠 속에서 멍하니 생각했다.

지금 자신이 해야 할 일이 무엇인지, 어떻게 해야 할지를…….

아버지는…… 역시 두려웠다.

그리고 사랑하는 언니와 이제 곧 목숨을 걸고 싸워야 한다고 생각하니 절로 몸이 떨려왔다.

그런 걸 납득할 수 있을 리 없었다. 당장 여기서 달아나고 싶었다.

이 또한 부정할 수 없는 이브의 본심 중 하나.

하지만…….

지금 자신이 나아가야 할 올바른 길은 무엇일까. 자신만이 할 수 있는 일은 무엇일까.

대체 어떻게 살고 싶은 것일까. 무엇을 지키고 싶은 것일까. 무엇을 위해 싸우고 싶은 것일까.

자신은 대체 그 학교에서 무엇을 보고, 무엇을 배워온 것일까…….

"……."

이그나이트가 가리키는 진정한 마도의 길은 자신이 옳다고 믿는 길을 걷는 것.

가문 따위 상관없다. 중요한 건 나 자신이 어떤 식으로 사는지 뿐.

그렇다면 이렇게 현실에서 눈을 돌리고 도피하는 건 옳은 일일까?

자신이 진정한 이그나이트로 존재하려면 과연 무엇을 해야 할까.

지금 자신이 해야만 하는 일은…….

긴 회의 끝에 결국 타개책이 없다는 것을 재확인한 장병들이 말없이 고개를 떨궜다.

"슬슬 결단을 내려야겠군요."

알리시아는 한숨을 내쉬며 그리 결론을 지었다.

그렇다. 상황은 이미 사면초가. 이제 와서 아무리 발버둥쳐도 승산은 없었다.

장병들은 전멸을 각오하고서라도 끝까지 싸울 생각인 모양이었지만, 지금 여기엔 알자노 제국 마술학원의 학생들이 있었다.

그렇다면 투항하는 것도 선택지 중 하나이리라. 아이들까지 말려들게 할 수는 없었다.

'결국 전 제국을…… 백성들을 지키지 못했어요. ……그렇다면 적어도 아이들만이라도 구해야겠죠. 이 한 목숨을 걸고서라도…….'

마침내 여왕이 결단을 내리려 한 바로 그 순간—.

타앙!

회의실 문이 큰 소리를 내며 열렸다.

"실례하겠습니다."

"이브 이그나이트?!"

그리고 그 너머에 서 있는 여성을 보고 장병들이 긴장했다.

"네가 대체 뭐 하러 여기 온 거지?!"

"잘도 뻔뻔하게 폐하 앞에 그 낯짝을 들이미는군! 부끄러운 줄 알아!"

이브가 반역자 이그나이트 경의 친딸이라는 것과 며칠 전에 여왕에게 등을 돌리려 했던 것을 알고 있는 그들은 입을 모아 그녀를 비난했다.

"……"

하지만 이브는 개의치 않고 곧장 알리시아를 향해 다가왔다.

"자, 잠깐! 멈춰!"

"폐하! 아무쪼록 뒤로……!"

그러자 바로 장병들이 알리시아를 지키기 위해 앞으로 나섰다.

"아뇨, 괜찮습니다."

하지만 알리시아는 손을 저어서 길을 터고 이브의 앞으로 나섰다.

"……이브."

알리시아는 자신 앞에 의연히 서 있는 이브를 똑바로 바라보았다.

그러자 이브는 모두가 지켜보는 앞에서 정중하게 한쪽 무릎을 꿇더니 고개를 숙이고 진언했다.

"먼저 폐하께 진심으로 감사하다는 말씀부터 올리겠습니다. 저희 이그나이트 가문이 폐하께 저지른 반역과 여러 만행, 그리고 저 또한 잠시나마 마음이 흔들렸던 것…… 이 모든 것은 제 목을 바쳐서라도 속죄해야 할 중죄입니다."

장병들이 서로 얼굴을 마주보고 웅성거렸지만, 이브는 개의치 않고 말을 계속했다.

"죽음으로써도 다 갚지 못할 이 죄와 가문의 수치…… 제 가족이 저지른 과오는 훗날 반드시 처벌받을 심산입니다. 하오나…… 지금은 잠시 유여를 주옵소서."

"……."

"폐하. 부디 저를 써 주십시오."

그 순간, 장병들의 술렁임이 한층 더 커졌다.

"저는 폐하께 닥친 사악한 악의를 물리칠 기회를 얻고자 여기에 진언을 올립니다. 어리석기 짝이 없게도 폐하께 불경과 반역이라는 용서받지 못할 대죄를 저지른 교만한 악귀들…… 제 아버지 아젤 르 이그나이트, 제 언니 리디아 이그나이트. 이 자들의 주살을, 부디 저에게 맡겨주시옵소서."

"……."

주위에서 당혹스러움을 감추지 못하는 가운데, 알리시아만은 그런 이브에게 시선을 고정하고 있었다.

"주제넘은 말씀이오나, 이 자리에서 이그나이트와 싸울 수 있는 것은 저밖에 없습니다. 폐하와 제국의 미래를 위해

서라도, 그 미래를 짊어질 용기 있는 젊은이들을 위해서라도! 부디……."

"……고개를 드세요, 이브."

이브가 필사적으로 호소하자 알리시아는 조용한 목소리로 고했다.

그 부드러운 목소리에 반응한 이브는 천천히 고개를 들었고 그녀의 눈에는 단호한 결의와 의지의 불꽃이 조용히 타오르고 있었다.

"당신은…… 그걸로 괜찮은 건가요?"

알리시아는 그 눈을 똑바로 바라보며 물었다.

"아무리 소원해졌다지만, 적은 당신의 친아버지와 언니입니다. 그들과 연을 끊으시겠다는 건가요?"

"예."

"괴롭지 않았나요? 갈등하진 않았나요?"

"아무렇지 않았다면…… 당연히 거짓말일 겁니다."

"유감스럽게도 설령 당신이 저에게 승리를 가져다준다 해도…… 전 당신의 그 공적에 아무것도 돌려줄 수 없을 겁니다. 이그나이트가는 폐문을 면치 못하겠죠."

"……!"

그때 처음으로 이브의 눈동자가 흔들렸다.

이그나이트가는 여왕에게, 알자노 제국에 반역을 저지른 것이다.

영지 몰수, 폐문은 당연한 조치였다. 일족 전원이 몰살당해도 뭐라 할 수 있는 처지가 아니었다.

물론 각오는 되어 있었지만 실제로 여왕의 입으로 들으니 이브는 새삼 어깨가 무거워지는 것을 느꼈다.

"이브. 당신에게 이그나이트의 가명이 그 무엇보다 소중하다는 건…… 저도 잘 알고 있답니다."

"……."

"그럼에도 당신은 싸우겠다는 건가요? 저에게 힘을 빌려주겠다는 건가요? 당신의 소중한 이그나이트를, 당신의 손으로 지워버리는 결과가 된다고 해도……?"

"예."

여왕의 시험하는 듯한 말에 이브는 결의에 찬 엄숙한 목소리로 답했다.

"이것은 제가 해야만 하는 일입니다. 왜냐하면…… 저는 이그나이트이기에."

"……."

알리시아는 잠시 이브의 말을 천천히 곱씹은 후 다시 입을 열었다.

"……참으로 아이러니하군요. 그 이름의 본분을 잊고, 오만에 사로잡혀서 타락을 거듭해온 이그나이트가…… 그 가문이 결국 더 떨어질 곳이 없을 정도로 떨어진 후에야 진정한 의미에서 그 이름을 짊어질 자가 나타나다니……."

"페, 페하……?"

이브는 당황할 수밖에 없었다.

놀랍게도 여왕이 직접 눈앞에서 한쪽 무릎을 꿇고 자신과 눈높이를 맞춰주었기 때문이다.

여왕은 그런 이브에게 따스한 목소리로 말했다.

"용케도 그런 괴로운 결단을 내려주셨군요. 당신의 그 결의와 각오, 숭고한 황금의 의지에…… 무한한 감사를."

"……?!"

"아무쪼록 저에게 힘을 빌려주세요, 이브. 제국의 미래를 위해…… 세계를 위해."

무한한 신뢰가 넘치는 여왕의 말을 듣고―

"예. 이 목숨 마지막 한 자락까지 전부 불타 없어질 때까지."

이브는 다시 다짐하며 깊이 고개를 숙였다.

"미안, 이브."

회의실 바깥쪽 벽에 등을 기대고 안쪽의 대화를 듣고 있던 글렌은 작은 목소리로 사과했다.

"하지만…… 덕분에 나도 결심이 섰어."

그리고 어깨에 걸친 강사용 로브를 펄럭이며 그 자리를 뒤로했다.

"지금 이순간만은『정의의 마법사』든 뭐든 되어주겠어……."

글렌도 조용히 투지와 결의를 불태우면서 나가올 결전을

대비해 움직이기 시작했다.

제 4 장 불꽃의 세 시간

'정말 빈틈이 없네요. 과연 리디아 천기장⋯⋯.'

작은 체구의 소녀가 밀라노 시내를 조용히 걷고 있었다.

부드럽게 물결치는 황갈색 숏컷에 안경을 쓴 이 소녀의 정체는 제국 궁정 마도사단 특무분실의 집행관 넘버 10《운명의 수레바퀴》엘자 빌리프.

하지만 지금은 시내 정찰 임무 중이라 마도사 예복이 아닌 성 릴리 마술여학원의 교복을 입고 있었다.

'그건 그렇고 착임하자마자 그녀와 적대하게 되다니⋯⋯ 참 아이러니하네요. 좋은 관계를 구축하려고 생각했었는데⋯⋯.'

엘자는 주위를 주의 깊게 관찰하며 생각에 잠겼다.

현재 밀라노시는 쿠데타군에 완전히 점령된 상태다.

시 전역에 전개된 쿠데타군은 도시를 완전 봉쇄했다. 여기저기에 검문 병력을 파견한 상시 경계 태세. 쥐새끼 한 마리조차 빠져나갈 틈이 없었다.

따라서 당연히 피난 작업도 중지되어 아직도 탈출하지 못한 상당수의 시민이 집 안에서 몰래 숨죽이고 있는 상태였다.

시민들 사이에서는 물과 식량 같은 한정된 생활 물자를

두고 분쟁이 일어나고 있는지 가끔 여기저기에서 누군가가 싸우는 소리가 들리기도 했다.

'불안에 노출된 시민들이 한계에 도달하는 것도 머지않은 것 같네요. 이러다 심각한 폭동이 일어나기 전에 빨리 상황을 수습해야⋯⋯.'

엘자가 그런 생각을 한 순간—.

"⋯⋯."

시민들 틈바구니에 껴서 이동하고 있던 그녀는 갑자기 멈춰 서고 조용히 안경을 벗었다.

"⋯⋯응? 어라?"

같은 시각, 어느 뒷골목에서 원견 마술로 거리를 관찰하고 있던 일리아 일루주는 눈을 깜빡이며 당황했다.

현재 그녀는 성 릴리 마술여학원 교복을 입은 한 소녀를 감시 중이었다.

자신의 목적을 위해 그녀와 접촉하기 위해서.

하지만 어떤 식으로 접촉해야 할지 고민한 순간, 아주 잠시 긴장을 풀었는데⋯⋯.

갑자기 그 소녀의 모습이 시야에서 사라진 것이다.

'말도 안 돼⋯⋯. 내가 놓쳤다구?'

그리고 결코 많지는 않은 인파 속에서 다시 그 소녀의 모습을 찾으려 했을 때—.

"움직이지 마."

뒤에서 차가운 경고와 함께 목덜미에 날카로운 금속이 닿는 것을 느꼈다.

"두 손을 머리 위로 들어주세요. 천천히."

"……?!"

엘자였다.

안경을 벗은 그녀가 어느새 자신의 뒤에 나타난 것이다.

조금 전까지만 해도 없었던 무기, 동방의 도(刀)라고 불리는 검을 들고 자신의 목덜미에 대고 있었다.

"저를 감시하다니…… 쿠데타군 쪽 분이신가요? 죄송하지만, 제 포로가 되어주셔야겠습니다. 조금이라도 묘한 움직임을 보이면 목을 날려버릴지도 모릅니다."

차분한 태도였으나 그 목소리는 단호했다.

결코 거짓이 아니라는 각오가 느껴졌다.

"……너, 굉장하네."

항복이라는 듯 양손을 든 일리아는 건조하게 웃으며 말했다.

"너, 특무분실의 신입이지? 방심했어. ……방금 네가 『그럴 마음』만 먹었다면 난 이미 죽었을까?"

"……"

"아하, 하하, 하…… 나 요즘…… 진짜 꼴사나운 모습만 보이는 것…… 같아."

엘자는 대답하지 않고 빈틈없이 일리아의 거동을 주시했다.

"저기, 신입 아가씨. 내가 널 감시한 이유 말인데…… 실은 널 어떻게 할 생각은 전혀 없었어. ……그저 전언을 부탁하고 싶었던 것뿐이야."

"……?"

"이대로도 상관없으니까 들어줘. 실은……."

일리아는 의아해하는 엘자에게 몇 가지 정보를 전했다.

"예? ……뭐라구요?"

그 내용은 얼음처럼 냉정했던 엘자의 표정을 한순간이나마 무너트리기에 충분했다.

"그게 대체 무슨……?"

다음 순간, 엘자는 가차 없이 도를 휘둘렀다.

공기를 가르고 일리아의 머리와 몸통을 분리시키려 했다.

『……아깝네. 아슬아슬했어.』

하지만 일리아의 모습은 바로 신기루처럼 일렁이며 사라졌고 도는 허무하게 허공을 갈랐을 뿐이었다.

『난 아직 할 일이 있어서…… 이만 퇴장할게.』

"큭! 환술사였나요?!"

엘자는 재빨리 뒤로 물러나는 동시에 도를 검집에 꽂고 자세를 낮추었다.

환술을 경계해 눈을 감고 심안(心眼)을 열었다. 언제든지 발도술을 펼칠 수 있는 자세로 빈틈없이 주위를 경계했다.

『……어이가 없네. 너, 그 나이에 벌써 그런 영역까지 도달하다니…… 대체 얼마나 수련을 쌓은 거니? ……질린다 진짜.』

발신처를 알 수 없는 일리아의 목소리가 주위로 울려 퍼졌다.

『하지만 난…… 정말 너랑 싸울 생각이 없어.』

"……?!"

『그럼 이만, 기대의 신입 아가씨. 전언도…… 잘 부탁해.』

　마치 사람을 놀리는 것 같으면서도 왠지 지친 듯한 목소리로 마지막 말을 남긴 일리아의 기척이 자신의 『영역』 안에서 완전히 사라지자, 엘자는 어딘지 분한 표정으로 안경을 다시 썼다.

　…………

　"""반란군과 정면 대결?!"""

　이브가 여왕군의 최종 작전회의에서 당당하게 그런 제안을 하자, 장병들은 놀라 뒤집어질 수밖에 없었다.

　아무튼 그녀가 작전회의에 참가하기 전까지만 해도 그들이 내놓았던 작전안은 하나 같이 보수적인 것들뿐이었기 때문이다.

　즉, 어떻게 해야 이 열세 속에서 폐하를 끝까지 지켜낼 수 있을 것인가.

　즉, 어떻게 해야 폐하를 이 밀라노에서 무사히 탈출시킬 수 있을 것인가.

모두가 그런 식으로 머리를 쥐어짜며 고민하고 있는 와중에 갑자기 이런 파격적인 작전을 제시했으니 기겁하는 게 당연했다.

　"넌 대체 무슨 생각을 하고 있는 거지?!"

　"장난해?! 지금 폐하를 사지에 몰아넣겠다는 거야?!"

　"역시 우릴 배신할 생각이었군!"

　"그래, 폐하를 이그나이트 경에게 팔아치울 속셈이렷다?!"

　"……진정하세요, 여러분."

　상황이 전혀 수습될 기미가 보이지 않자 알리시아가 냉정한 태도로 나섰다.

　"일단 이야기를 들어보죠. 이브, 우리의 전력이 반란군에 압도적으로 열세인 이 상황에서 이그나이트 경과 교전하겠다고…… 그렇게 말씀하신 건가요?"

　"예, 그렇습니다."

　알리시아의 질문에 이브는 태연히 대답했다.

　"어째서죠? 그 이유는?"

　"저희는 이미 완전히 외통수에 몰렸기 때문입니다."

　이브는 테이블 위에 펼친 전술 상황도를 내리치며 말했다.

　밀라노 전역의 지형과 거리의 모습이 그려진 이 지도 위에는 적과 아군의 병력이 장기말 형태로 배치되어 있었다.

　"애당초 피아에 전력 차가 압도적일 뿐만 아니라 적 사령관의 지휘 능력과 병력 배치도 훌륭해 도저히 파고 들 틈이 없습니다. 이 상황에서 폐하, 당신을 밀라노 시외로 무사히 탈출시키는 건 그 어떤 천재적인 군사가 지휘를 맡아도 불가능합니다."

"……."

이브의 냉정한 발언에 알리시아는 담담히 귀를 기울였고, 장병들은 서로 얼굴을 마주보며 술렁였다.

사실 그들도 내심 부정할 수 없는 지적이었다. 그들 또한 그동안 이 전술 상황도 위에서 바쁘게 장기말을 움직여가며 의논을 거듭한 끝에 도달한 결과였기 때문이다.

그리고 글렌은 팔짱을 끼고 자리에 앉아서 그런 이브의 모습을 가만히 지켜보고 있었다.

"예, 불가능합니다. 그러니 활로를 열려면 승리 조건을 바꿀 수밖에 없는 거죠. 발상의 역전. 지금 저희가 의논해야 할 작전은 『폐하를 어떻게 지키느냐』도 『폐하를 어떻게 시외로 탈출시키느냐』도 아닌…… 그 반대입니다."

이브는 다시 이 자리에 있는 전원을 돌아본 후 충격적인 선언을 했다.

"쿠데타 주모자 아젤 르 이그나이트 경, 그리고 반란군 총사령관 리디아 이그나이트…… 이 둘을 어떻게 해치우느냐. 저희가 이 상황에서 벗어날 길은 오직 그것뿐이라고 말씀드리겠습니다."

"그건 궤변이다!"

그 순간, 장내가 뒤집어졌다.

"그런 건 불가능해!"

"지금 적과 아군의 병력 차가 얼마나 되는지 알고는 있는 거요?!"

"승부조차 성립되질 않는다고!"

"이그나이트 경 휘하의 병력은 약 5천! 반면에 우리는……!"

"진정하시죠. 이 상황을 단순한 머릿수로 봐선 의미가 없어요."

하지만 이브는 여전히 담담한 말투로 설명했다.

"확실히 언뜻 보면 쿠데타군은 소규모로 소대를 나눠서 밀라노 전역에 배치된 것처럼 보입니다. 빈틈이 없죠."

그리고 전술 상황도 위에 있는 적의 장기말들을 손가락으로 휘저어가며 가리켰다.

"그럼……."

"하지만 시점을 바꾸면 이 상황 자체가 유일한 빈틈이기도 해요. 병력을 나누는 건 악수…… 이건 마도전술이 발달한 지금도 옛날과 다름없죠. 그렇다면 적은 왜 이렇게 병력을 나눈 걸까요? 이유는 간단해요. 현재 이그나이트 경이 경계해야 하는 적의 세력은 우리만이 아니니까. 예. 밀라노 시민의 폭동 감시, 시외에서 대기 중인 각국의 파견군…… 그들을 경계하기 위해 병력을 나눌 수밖에 없는 겁니다. 요컨대, 사실 눈에 보이는 수치만큼 큰 전력 차가 있는 건 아닌 셈이죠."

이브는 호텔의 중심에서 멀리 떨어진 적군의 장기말, 여왕군을 포위한 것이 아닌 외부 세력을 경계하기 위한 장기말을 도상에서 하나씩 제거했다.

"물론 이건 외부를 경계하기 위해 배치한 병력이니 우리가 밖으로 탈출하려는 움직임을 보이면 당연히 무시할 수 없는 존재가 되겠죠. 하지만 우리가 안쪽에서 싸우는 한은……어지간해선 움직일 수 없는, 절대로 움직여선 안 되는 병력이기도 해요."

이브가 그렇게 장기말을 전부 제외하고 나니 확실히 아직 병력 차가 크게 나긴 해도 조금 전처럼 아예 절망적일 정도까진 아니었다.

"그건 탁상공론이오!"

그러자 장병 중 하나가 이의를 제기했다.

"반란군이 외부를 경계하는 병력을 움직일 수 없다고? 웃기지 마십시오! 이그나이트 경은 각국의 요인들을 인질로 잡고 있지 않소!"

"그, 그렇군! 이 상황에서 각국의 병력이 움직일 리가 없어!"

"그러면 이그나이트 경은 우리가 안쪽에서 움직임을 보이면 외부 경계로 돌린 병력을 다시 우리 쪽으로 돌릴 게 당연……."

"절대로 그럴 리 없어요."

하지만 이브는 장병들의 의견을 단호히 일축했다.

"좀 더 유연하게 생각해보시죠. 그런 식으로 본인들만의 상식에 사로잡혀 있으니 발상의 역전이 일어나지 않는 거라구요."

"그, 그게 무슨……."

"상식적으로 우리 알자노 제국인이 주군을, 폐하를 배신하는 발상을 떠올리는 건 있을 수 없는 일이죠. 이그나이트 경이 예외 중의 예외였을 뿐, 우리는 자연스럽게 왕실과 여왕 폐하께 경의를 표하고 충성을 다하는…… 그런 정치 형태와 문화권에 속한 사람들이에요. 하지만 그렇다고 다른 나라에서도 자국의 지도자에게 우리 제국인과 같은 충성심을 보일 거라고 단언할 수는 없어요. 세계에는 그만큼 다양한 문화와, 다양한 정치 형태가 있으니까요."

"""……?!"""

이브의 그 지적에 장병들은 입을 떡 벌릴 수밖에 없었다.

"한 번 생각해보세요. 실제로 이그나이트 경은 주군을 배신했죠. 심지어 이번 쿠데타는 치밀하게 계획된 것이 아니라…… 아마 개인적인 감정이나 피치 못할 사정으로 일으킨 돌발적인 사태일 거예요. 그러니 실제로 주군을 배신한 인간이 어떻게 이런 상황에서, 다른 나라에서는 자국의 지도자들을 살리기 위해 절대로 병력을 움직이지 않을 거라고 맹신할 수 있을까요. 차라리 이 기회에 자신처럼 하극상을 노릴 거라고⋯⋯ 이그나이트 경이라면 분명 다른 나라에서도 자신과 같은 생각을 하는 자가 있을지도 모른다는 결론에 도달하지 않을 리 없어요. 아무튼 그런 일이 일어날 수도 있다는 건 이그나이트 경 본인이 이미 이번 폭거를 통해 증명했으니까요. 그 가능성이 한없이 낮다고 해도 만에 하나 어딘가의 군대가 움직일 가능성을⋯⋯ 이그나이트 경은 절대로 무시할 수 없는 거죠. 이그나이트 경은 이 쿠데타가 실패하는 즉시 파멸이에요. 그러니 절대로 실패할 수는 없겠죠. 그렇다면 이 『만에 하나의 가능성』이 존재하는 한⋯⋯ 외부에 대한 경계는 마지막까지 절대로 풀지 않을 거예요."

"⋯⋯?!"

"그, 그럼⋯⋯ 정말로⋯⋯?"

장병들은 다시 적의 수가 많이 줄어든 전술 상황도로 시선을 돌렸다.

"예. 언뜻 병력 차가 압도적인 것처럼 보이지만, 실제로는 그렇지 않다는 거죠."

이브는 팔짱을 낀 채 자신만만한 얼굴로 장병들을 응시했다.

덩달아 그들이 이브를 보는 눈도 바뀌기 시작했다.

그렇다. 이 짧은 사이에 그녀는 벌써 그들을 장악하기 시작한 것이다.

'역시 대단하군.'

그리고 구석 자리에 앉은 글렌은 속으로 박수를 보냈다.

'넌 진짜 대단한 여자야. 하지만 뭐. 문제는 이다음부터겠지만.'

"그렇군요. 이브, 잘 들었습니다. 확실히 당신의 주장에도 일리는 있군요."

그런 생각에 호응하듯 알리시아가 진지한 얼굴로 고개를 끄덕이며 나섰다.

"하지만…… 아군과 반란군의 전력 차는 여전히 큽니다."

그리고 상황도 위의 적과 아군을 비교했다.

"지금 상태로는 역시 정면으로 붙으면 승산이 있을 거란 생각은 도저히 들지 않는군요. ……그건 어쩌실 거죠?"

"물론 이미 생각해둔 수가 있습니다. 이 계책을 실행에 옮기면 폐하의 승률은 비약적으로 상승하겠지요."

하지만 이브는 당당하게 대답했다.

"설마…… 농담이겠지?"

"아니, 저 여자라면 혹시……."

장병들이 다시 놀라움과 당혹스러움으로 술렁이는 가운데, 이브는 담담하게 작전 내용을 설명하기 시작했다.

─이계.

현실과 환상의 경계, 그것을 나누는 《의식의 장막》을 일시적으로 모호하게 만듦으로써 생겨난, 그 어디에도 없는^{네버 웨어} 장소.

현실을 투영해서 이계 안에 만든 그 호텔은 무한히 넓은 우주 한복판에 덩그러니 놓여 있었다.

마치 별의 바다 위를 헤매는 성처럼……

지금 그런 호텔 옥상에 있는 첨탑 중 가장 높은 첨탑에서는 발코니를 둘러싼 석조 난간에 뺨을 괴고 별들을 내려다보는 여자가 있었다.

"당신은 정말 지독한 남자야. 글렌."

"뭐가?"

그 여자— 이브가 그렇게 중얼거리자 옆에서 팔짱을 끼고 서 있던 글렌은 시치미를 떼며 물었다.

"방금 그 회의."

이브는 작게 코웃음을 쳤다.

"당신이 나한테 지휘를 맡겨버린 덕분에…… 나만 완전 악당이 됐잖아."

"뭐…… 그건 그런 엉뚱한 작전을 당당하게 제안하신 누구 덕분이겠지."

이브는 토라진 표정을 지었고 글렌은 쓴웃음을 지으며 어깨를 으쓱였다.

"뭐, 어때. 결과적으로 폐하께선 널 믿고 납득해주셨고, 장병들도 널 인정해줬잖아?"

"……"

이브는 새치름한 눈길로 글렌을 흘겨보았다.

그리고 조금 전에 있었던 대화를 떠올렸다.

—우, 웃기지 마!
—대체 무슨 생각을 하는 거냐! 넌!
—서, 설령 그게 가장 합리적이고 승산이 높은 작전이라고 해도…… 우리가 그런 걸 받아들일 수 있을 리 없지 않소! 부끄러운 줄 아시오!

그런 식으로 장병들이 이브의 작전에 부정적인 반응을 보였을 때.

—아니, 난 이 녀석을 믿어.
—이 녀석이라면 반드시 해낼 거라고.
—이 녀석은 음험하고 히스테릭한 노처녀지만…… 지휘관으로서는 내가 아는 한…… **세계에서 가장 뛰어난 여자야**.
—부탁드립니다! 이 녀석을 믿어주세요, 폐하!

글렌만은 그렇게 말하며 자신을 긍정해주었다.

"당신은…… 정말 뭐야?"
이브는 작은 목소리로 말했다.
"당신, 날 싫어하는 거 아니었어?"

"응, 싫어해. 너처럼 귀염성이라곤 없는 여자는."

"그런데도…… 결국 내 옆에서 대등하게 있어주는 건…… 내 편이 되어주는 건…… 항상 당신이었어."

"그럴 생각은 조금도 없었다만."

"난…… 당신에게서 세라를 빼앗았는데……."

"그건 네 판단이 아니었잖아?"

이브가 입을 다물어버리자 글렌은 한숨을 내쉬고 다시 말했다.

"그때는…… 나도 미안했다. ……냉정하지 못했어. 잘 생각해보면 네가 그럴 리 없는데…… 성격이 개판이라 친구도 없는 네가 유일한 친구였던 세라를 죽게 내버려둘 리 없었는데 말이지. 그런 줄도 모르고 나도 참 너한테 이래저래 심한 말을……."

"관계없어. 당신의 분노는 지극히 정당해."

하지만 이브는 힘없이 고개를 저으며 말을 끊었다.

"아무리 아버지의 명령이었다지만, 결국 끝까지 반항하지 못했던 건 나. 내 살의가 세라를 죽인 거야. 그건 절대로 부정할 수 없는 사실이고…… 내가 평생 짊어져야 할 십자가니까."

"……이브."

두 사람은 그렇게 한동안 입을 열지 못했다.

"……그 정도로…… 아버지가 두려워?"

"응, 두려워."

불현듯 떠오른 질문에 이브가 힘없이 대답했다.

"나는 이그나이트. 결심은 섰고, 각오도 됐어. 하지만…… 이제부터 아버지와 싸울 거라고 생각하니…… 아버지를 거역한다고 생각하니…… 겁이 나. 손의 떨림이 멎지를 않아."

이브는 왼손을 내려다보았다. 전에 저티스에게 잘려서 심령수술로 다시 붙였지만 그 후로 마술 능력을 상실한 자신의 왼손을…….

글렌도 그 왼손의 떨림을 보고 입을 열었다.

"이브. 난……."

"말하지 않아도 알아."

하지만 이브는 또 말을 도중에 끊었다.

"어차피 끝까지 나랑 같이 싸워주겠다는 거지? ……바보. 이번 작전은…… 내 역할이 가장 위험한데. 죽을지도 모르는데."

"그래, 맞아. 이번에 네 등을 떠민 건 나야. 그러니 책임지고 지옥 끝까지 따라가 줄게."

그 순간—.

"……훗. 후후……."

이브가 갑자기 작게 웃음을 터트렸다.

언제나 인상을 찌푸리고 있는 그녀가 마치 순수한 어린애처럼.

"뭐, 뭐가 그렇게 웃겨?"

"그치만 당신, 계속 거짓말만 하는걸. 굳이 그런 이유가 없어도…… 당신은 분명 나랑 같이 싸워줄 거잖아?"

"뭐어? 야, 인마. 그게 무슨……."

"아무튼…… 당신은『정의의 마법사』니까."

"……!"

글렌이 말문이 막혀서 굳어버리는 것을 본 이브는 다시 입을 열었다.

"글렌, 명령이야. 잠시 가만히 있어줘."

"……이, 이브? 너……."

"부탁이야."

짧게 말한 이브는 살며시 거리를 좁히더니 글렌의 어깨에 살짝 머리를 기댔다.

그녀의 머리카락에서 느껴지는 향기가 코를 간질이자 글렌은 넋을 잃고 굳어버릴 수밖에 없었다.

"……응. 역시…… 이제 떨리지 않네."

이브는 어딘지 모르게 안심한 듯한, 마치 꿈을 꾸는 듯한 얼굴이었다.

"그때도 이랬어. 내가 아버지에게 굴복할 뻔해서…… 당신이 날 붙잡고 팔로 어깨를 껴안아줬을 때…… 그 순간만큼은 무섭지 않았어."

"이브……."

그렇게 잠시 입을 다물고 있던 이브는 곧 몸을 떼더니 글렌을 돌아보고 말했다.

"글렌, 부탁할게. 나에게 힘을 빌려줘."

"……."

"내가 앞으로 진정한 이그나이트의 사명을 다할 수 있도록. 부디 나에게 힘을 빌려주길 바라. ……당신만 곁에 있어준다면…… 난 분명…… 괜찮을 테니까."

"……그래."

그 말을 끝으로 글렌과 이브는 한없이 먼 별의 바다를 계속 바라보았다.

한편, 그런 둘을 발코니로 올라가는 나선계단의 출입구 옆에서 불안한 눈으로 훔쳐보는 소녀들이 있었다.

루미아, 시스티나, 리엘이었다.

"어, 자……잠깐만? 뭐야 저게. 바, 바, 방금 선생님이랑 이브 씨의 대화……! 저건 마치 여, 여여여, 여, 여, 연인……!"

시스티나는 창백한 얼굴로 당황했고―.

"으…… 왠지 글렌이랑 이브…… 갑자기 엄청 친해졌어. ……왜?"

리엘은 여느 때와 다름없는 졸린 듯한 무표정으로 불만을 표했으며―.

"……결국 우려하던 사태가 일어난 것 같네."

루미아도 어딘지 모르게 지친 얼굴로 쓴웃음을 지었다.

처음에는 딱히 훔쳐볼 생각이 없었다.

마침 볼일이 생겨서 글렌을 찾고 있었던 것뿐.

호텔 안을 샅샅이 뒤지고 다니다 보니 하필 여기서 이 장면과 맞닥뜨렸고…….

반사적으로 음성 차단 결계를 펼치면서까지 두 사람을 몰래 관찰하는 결과가 된 것뿐이었다.

"어, 어어어, 어쩌지? 루미아! 이대로면 선생님이!"

"딱히 지금 당장 어떻게 되는 건 아니겠지만…… 이 레이스에서 이브 씨가 크게 한 걸음 리드한 걸지도……."

"뭐?! 아, 아니! 난 딱히 선생님이 누구랑 골인하든 관계없…… 어라? 관계가 없어? 어째서? 하, 하지만 난 선생님을…… 아니, 갑자기 뭔 소리를 하게 하는 거니?! 루미아!"

"……이브, 왠지 치사해."

절찬 혼란 중인 시스티나와 뺨을 부풀린 리엘.

이 상황을 본 소녀들은 저마다 극심한 조바심을 드러내고 있었다.

"후우…… 후발 주자가 너무 강력해요, 어머니. ……어쩌죠?"

루미아도 슬픈 얼굴로 한숨만 푹푹 내쉴 뿐이었다.

이런 상황인데도. 아니, 오히려 이런 상황이기 때문일까.

소녀들이 그 나이 또래다운 고민에 잠긴 그때ㅡ.

"어? 여러분, 이런 곳에 계셨네요."

"""꺄악?!"""

갑자기 뒤에서 목소리가 들렸고 시스티나와 루미아가 펄쩍 뛰었다.

"엘자 양?!"

"어, 어느 틈에……."

뒤를 돌아보자 그곳에는 어리둥절한 표정의 엘자가 서 있었다.

"조금 전에 척후 임무에서 귀환했어요. 그래서 이브 씨와 선생님을 찾고 있었는데……."

"뭐?! 이브 씨랑 선생님을?!"

"아니, 그게…… 지금은 좀……."

시스티나와 루미아는 쩔쩔맬 수밖에 없었다.

"두 분께 꼭 알려드려야 할 정보를 입수했거든요. 전 잘은 모르겠지만…… 어쩌면 이 상황을 뒤집을 수 있는 중요한 정보일지도 모르겠어요."

"……!"

하지만 엘자가 진지한 눈으로 그렇게 말한 순간, 약간 들떠 있었던 소녀들의 표정이 삽시간에 굳어버렸다.

―정체불명의 적군 마도사가 이브와 글렌을 지명해서 보낸 정보.

"……."

그것을 들은 글렌과 이브는 말을 잇지 못하고 경악했다.

특히 이브는 안색이 새파랗게 질릴 정도로 큰 충격을 받은 모양이었다.

옆에서 듣고 있던 시스티나, 루미아, 리엘까지 표정이 가라앉는 것을 본 엘자는 그저 당혹스러워할 수밖에 없었다.

"죄, 죄송해요. 전 이게 무슨 의미인지 잘 몰라서……."

"아니, 괜찮아. 개인적인 추측을 섞지 않고 잘 보고해줬어. 고마워."

이브는 간신히 동요를 가라앉히고 대답했지만 당장 쓰러져도 이상하지 않을 정도로 다리에 힘이 들어가지 않았다.

"……역시…… 그랬구나. ……어렴풋이 예상은 했지만."

"잠깐, 이브. 어쩌면 이쪽을 혼란시키려는 의도일 수도 있어. 그대로 받아들이는 건……."

"십중팔구 맞을 거야. 전술상으로는 아무런 의미도 없는 정보인걸. 이쪽을 혼란시킬 의도였다면 좀 더 제대로 된 거짓 정보를 보냈겠지. 일부러 날 지명하는 위험을 무릅쓸 만한 정보가 아니야. 즉, 언니의 정체는……."

"……."

이브가 눈을 질끈 감고 주먹을 쥐는 것을 본 글렌은 입을 다물 수밖에 없었다.

뭐라 해줄 말이 도저히 떠오르지 않았기 때문이다.

"그리고 선생님을 지명해서 보낸 것도 중대한 정보예요. 만약 사실이라면……."

"그래, 나도 알아. 하지만 이쪽도 진실이든 거짓이든……
이제 와서 바뀌는 건 아무것도 없어. 작전은 그대로 갈 거
야. ……차라리 그냥 거짓말이면 좋겠구만."

시스티나가 걱정하자 글렌은 어깨를 으쓱였다.

"저, 저기요…… 선생님."

그러자 루미아가 뭔가를 결심한 얼굴로 입을 열었다.

"저도……저도 선생님과 같은 팀에……."

"마, 맞아요! 그럼 차라리 저희도……."

"안 돼."

하지만 글렌은 그 자리에서 딱 잘라 거절했다.

"난 전쟁이라면 딱 질색이야. 마술을 단순한 전쟁의 도구
로 격하시켜버린 전쟁이 말이지. 하지만 난 그런 혐오스러운
일에…… 너희를 말려들게 하고 말았어."

"선생님……."

"시스티나, 루미아. 너희의 힘은 적어도 모두를 지키는 데
써줬으면 해. 지금 여기서 그럴 힘이 있는 건 너희뿐이야. 더
러운 일은 전부 내가 떠맡으마. 그러니……."

"……알겠……습니다."

루미아가 걱정스러운 표정으로 시선을 내리깔자, 글렌은
그런 그녀를 안심시키려는 듯 머리를 쓰다듬어주었다.

"하지만 만약 이 정보가 진짜라면 사전준비가 좀 필요하
겠는걸? 너희들, 잠깐 나 좀 도와주면 안 될까?"

"아…… 예! 물론 도와드릴게요!"

"리엘이랑 엘자도…… 작전 당일은 힘들겠지만, 잘 부탁하마."

"응, 열심히 할게."

"……예, 맡겨주시길."

갑작스럽게 날아든 충격적인 『전언』.

그것은 분명 놀라운 정보였지만 이제 와서 전체의 흐름을 바꿀 수 있는 것은 아니었다.

지금은 그저 결전을 대비해 기다릴 뿐.

그리고―.

――.

르바포스 성력 1853년, 그람의 달 13일.

새벽 4시 17분.

사람들은 아직 잠에서 깨어나지 않았고, 해도 자취를 감추었으며, 어둡고 차가운 공기와 짙은 안개가 마치 장막처럼 밀라노 시내를 감도는…… 그런 시각.

후세에는 『불꽃의 세 시간』이라는 명칭으로 세계 전쟁사에 『이브』의 이름을 선명하게 새기는 계기가 된 약 3시간의 전격 작전이 마침내 막을 올렸다.

이그나이트 경의 군사거점인 틸리카 파리아 대성당.

음향 마술에 의한 경보음이 마치 종말을 고하는 나팔소리처럼 울려 퍼지며 잠든 정적의 여명을 깨트렸다.

"무슨 일이냐!"

잠시 눈을 붙이고 있었던 이그나이트 경은 홀에 부설된 임시사령부 안으로 달려 들어갔다.

그리고 거기서 통신 전령병의 보고를 들은 순간, 그 자리에 있던 전 장병은 커다란 흥분에 사로잡혔다.

"그렇군! 드디어 여왕이 움직인 건가!"

"예! 여왕군이 α경계 포인트에서 『이계』를 해제했습니다!"

"잠복처 판명! 알트라즈 호텔 밀라노! 마술제전 때 제국 대표 선수단이 숙박했던 그 공영 호텔입니다!"

"뭐?! 확실히 그곳은 농성에 적합한 견고한 시설이지만……."

통신 마도병들은 모노리스형 연산기와 플라네타리움형 영상 투사 장치를 비롯한 그 자리에 있는 통신 마술 기재를 재빨리 조작했다.

그러자 홀 천장에 호텔 주변의 영상들이 사각 화면 형태로 투사되었다.

그 영상 중 하나에서는 여왕군으로 추정되는 집단이 밀집 진형을 유지한 채 호텔에서 출진하고 있었다.

『여왕 폐하! 만세에에에에에에에!』

『우오오오오오오오오오오오오오오!』

그리고 새벽의 고요함을 깨트리는 함성을 터트리며 서쪽을 향해 일제히 달려갔다.

　"서구 3번가 레이타크 스트리트를 서진 중인 적 병력의 수는 대략 130!"

　"아마 현재 여왕군에서 전술 행동이 가능한 잔존 병력을 전부 투입한 것으로 추정됩니다!"

　"크크크…… 예상대로군, 여왕."

　이그나이트 경은 입가를 끌어올리고 비웃었다.

　"궁지에 몰린 넌 『이계화』가 강제 캔슬되기 전에 타이밍을 봐서 움직일 것이라 예상했다. ……병력이 희생되는 것을 각오한 일점 돌파, 시외 탈출을 노리고!"

　그리고 팔을 펼치며 지시를 내렸다.

　"어리석은 것! 그곳은 이미 제국군이 배치되어 있다! 당장 총력을 기울여서 적을 포위하고 짓밟도록! 여왕을 사로잡는 거다!"

　"하, 하오나 각하! 그, 그게……."

　그러자 장병 중 하나가 조심스럽게 투사 영상 중 하나를 가리켰다.

　"뭐?! 저, 저게 무슨……!"

　호텔의 모습을 조감(鳥瞰)한 그 영상을 본 순간, 이그나이트 경을 포함한 모든 장병은 눈을 부릅뜨고 경악할 수밖에 없었다.

"여, 여왕……이라고?!"

그야 그럴 만도 했다.

『…….』

호텔의 가장 높은 첨탑의 발코니에서 여왕이 위풍당당한 자태로 거리를 내려다보고 있었기 때문이다.

"말도 안 돼! 뭐냐 저건! 서진 중인 부대는 여왕을 밀라노 밖으로 탈출시키기 위해 일점 돌파를 노리고 결사의 돌격을 감행한 게 아니었나?!"

이해할 수 없는 현실 앞에서 이그나이트 경은 표정을 일그러뜨렸다.

"저 포진과 배치는……."

그리고 쿠데타군 사령관 리디아 이그나이트는 그 영상과 전술 상황도를 비교하며 골똘히 생각에 잠겼다.

~~~~

"여왕 폐하를 미끼로 삼겠다고?!"

"맞아요."

여왕군의 작전회의에서 이브가 제안한 이그나이트 경을 잡기 위한 작전.

그것은 제국인의 상식을 완전히 벗어난 기상천외하기 짝이 없는 작전이었다.

"말도 안 돼! 그딴……!"

당연히 장병들은 격분해서 반발하기 시작했다.

"이브, 계속하세요."

하지만 알리시아 7세는 손을 들어 그들을 제지했다.

"……예. 그럼 먼저 이 전술 상황도를 봐주시길."

이브가 가리킨 위치에는 아군의 장기말과 그것을 에워싼 반란군 장기말이 가지런히 늘어서 있었다.

"제가 앞서 설명한 바와 같이 아군과 적군의 전력 차는 눈에 보이는 수치만큼 크지 않습니다. 그래도 정면에서 격돌하면 승산이 없는 전력 차인 건 사실이고 언…… 리디아 이그나이트의 지휘도 훌륭해요. 저희가 이 부근에 잠복해 있으리라 예상하고, 여길 최우선 경계 지역으로 정해 전력의 밀도를 높여둔 상태입니다. 그리고 아군이 농성을 포기하고 진군을 시작하면 어느 방향에서든 바로 근처의 소대와 연계해 포위 협공이 가능한 상태이기도 하죠."

이브는 적군의 장기말을 손끝으로 건드렸다.

"리디아는 적군 병력의 마술 병장을 내구력과 지속력을 중시한 방어대와 기동력과 공격력을 중시한 공격대로 나눠서 격자 형태로 번갈아 배열했습니다. 만약 우리가 기사회생의 일점 돌파를 노린다면……."

그리고 전술 상황도 위에서 아군과 적군의 말을 번갈아 움직였다.

"적군의 방어대가 먼저 그것을 막고, 아군이 주춤거리는 사이에 기동력이 뛰어난 공격대가 양옆을 찌르고 후방을 제압하는 동안 적의 추가 지원 부대가 집결하면……."

그러자 아군은 즉시 적군에 포위되었고, 이브가 주사위를 굴려서 전황 결과 판정을 몇 번 정도 집계하자 아군은 몇 턴도 버티지 못한 채 전멸했다.

"이렇게 되죠. 적의 이 포진의 장점은 아군이 어딜 노려도 즉각적으로 대응할 수 있다는 것. 포위당한 아군은 그대로 전멸당할 수밖에 없어요."

이어서 몇 가지 진군 패턴을 시험해봤지만 역시 전부 아군의 전멸로 끝났다.

그 결과를 직면한 장병들은 하나같이 풀이 죽은 채 탄식했다.

"그럼 어떻게……?"

누군가가 기운 없는 목소리로 물었다.

"간단해요. 이러면 되죠."

이브는 손을 뻗어서 아군의 장기말을 슥슥 움직였다.

그것은 소수의 병력과 여왕에게 거점의 농성을 맡기고 남은 전군이 적진을 돌파하는 모양새였다.

"거점의 폐하를 본대, 적군에 돌격을 감행하는 아군을 별동대로 부르겠어요. 자, 글렌. 당신이 적군 지휘관이라면 이걸 보고 어떻게 대응할 것 같아?"

영문을 알 수 없는 배치에 장병들이 술렁이는 가운데, 이브는 글렌을 돌아보았다.

　"오랜만에 나랑 연습 병기(兵棋)를 두는 셈치고 해봐."

　"어? 내가? 아니, 전술은 좀 공부하긴 했다만…… 내 전문 분야는 아니거든? 그리고 너한테 이겼던 건 그나마 주사위 운이 따랐을 때뿐인데……."

　"상관없어. 이건 누가 어떻게 두든 결과가 똑같을 테니까."

　"응? 결과가 똑같아? 그게 무슨…… 아아, 과연 그런 거였구만."

　전황도를 본 글렌은 그제야 이브의 의도를 눈치채고 씨익 웃었다.

　"자, 그럼~ 폐하께선 이 거점에 홀로 남아 계신 거지? 심지어 모습까지 당당히 드러내시고. 그럼 상식적으로 이쪽은 가짜겠지. 전군을 투입한 별동대 쪽에 진짜 폐하가 숨어 계실 거라고 생각하는 게 자연스럽잖아? 그렇다면 일단…… 농성 중인 폐하는 내버려두고 이렇게 대응하지 않을까~?"

　글렌은 일부러 속아 넘어간 척을 하고 적군을 움직였다.

　그것은 조금 전과 마찬가지로 방어대가 별동대의 돌격을 막고 공격대가 주위를 포위하는 방식이었다.

　"어머, 그렇게 두겠다고? 그럼 난 이렇게."

　그러자 이브는 거점의 여왕과 본대를 움직였다. 본대는 그렇게 별동대를 포위하느라 생긴 틈을 뚫고 밀라노시를 탈출했다.

"아앗, 이런! 놓~쳐~버~렸~네. 그럼 역시 이래야겠지. 폐하를 버린 박정한 놈들 따윈 내버려두고 빨리 폐하부터 제압해야겠어."

이번에는 글렌이 거점에서 농성 중인 여왕을 향해 적군의 병력을 집결시켰다.

"운명의 주사위 굴림! 제압 판정…… 성공! 해냈어! 폐하를 사로잡았다고!"

"흐응~? 정말 그래도 될까? 확실히 농성 중인 적 거점을 함락시키려면 제법 많은 전력을 투입하는 게 상식이지만……"

이브도 어딘가 즐거운 기색으로 장기말을 움직였다.

농성 중인 여왕의 본대에 병력이 모인 만큼 경계가 약해진 덕분에 돌격을 감행한 별동대는 간신히 적군의 포위망을 돌파해 시외로 탈출할 수 있었다.

"한 데 뭉쳐서 일점 돌파를 노리고 달아나는 상대를 완전히 전멸시키려면 상당수의 병력이 필요해. 그리고 병력이 몇 배나 차이가 나는 상황에서 결사의 각오로 적진을 돌파한 사례는 역사를 돌이켜보면 얼마든지 있어. 물론 알고 있겠지만…… 당신은 절대로 실패해선 안 돼. 만약 거점에서 농성 중인 폐하가 가짜고 사실은 별동대 쪽에 진짜 폐하께서 숨어 계셨다면…… 방금 그걸로 체크메이트야. 그런데도 실전에서도 그렇게 할 수 있을까? 자신의 명운이 걸렸는데도?"

"크으~ 확실히 그렇게 생각하면 위험하구만. ……그럼 역시 이렇게 둘 수밖에 없겠지?"

글렌은 다시 말을 움직였다.

그것은 본대와 별동대에 병력을 반씩 나눠서 보내는 방식이었다.

"맞아. 적은 그렇게 나올 수밖에 없어. 이 상황이라면 상대가 아무리 뛰어난 군략가든 뭐든 관계없어. 그런 식으로 대응할 수밖에 없으니까. 아무튼 이걸로 전력 차가 또 메워졌네? 이 정도라면…… 한 번 싸워볼만 하지 않을까?"

이브는 병력 차와 지형 효과 같은 전황을 좌우하는 보정치를 빼고 주사위를 굴렸다.

판정 결과로 나온 아군과 적군의 승률은 4대 6.

여전히 열세이긴 하지만 결코 절망적인 수준은 아니었다.

그것을 본 장병들이 술렁였다.

이제야 그들에게도 광명이 보이기 시작한 것이리라.

"이상. 아군을 둘로 나누겠어요. 한쪽은 적진에 돌격하는 별동대. 남은 전 병력이 뭉쳐서 적 포위망을 일점돌파, 밀라노 탈출을 노리는 거예요. 당연히 이쪽은 미끼. 장비와 마술은 지속력과 방어력을 중시해서 어중간한 포위로는 섬멸시킬 수 없도록 할 겁니다. 물론 최대한 오래 싸울 수 있도록 자잘한 지휘는 제가 맡을 거고요. 다른 한쪽은 거점에서 농성하는 본대. 이쪽도 미끼. 여기서는 폐하의 모습을 적군에 명확히 과시할 겁니다. 물론 거점이 될 호텔에는 사전에 마술로 강력한 방어 진지 결계를 구축하고 오로지 수비에만 중점을 둔 농성 작전을 진행해서 어중간한 전력으로는 함락시키지 못하도록 할 거예요. 이런 식으로 적이 분산될 수밖에 없는 상황을 조성하고 적이 제 의도대로 움직여야 비로소 우리에게도 승산이 보이게 되는 거겠죠. 이해했나요?"

"세, 세상에……."

장병들은 전원 경악할 수밖에 없었다.

너무나도 대담한 작전이었기 때문이다. 설마 아군의 주력을 미끼로 쓰고 폐하까지 미끼로 삼다니.

하지만 그 내실은 섬세하기 짝이 없었다. 지극히 논리적이고 사리에 맞았다.

설마 이런 굉장한 작전이 튀어나올 줄은 몰랐던 장병들은 그야말로 감탄밖에 나오지 않았다.

이브의 작전은 적 지휘관의 사고를 읽고 그 후의 대응을 추측하는 식의 불안정한 요소에는 전혀 의지하지 않고 있었다. 전부 적이 이렇게 움직일 수밖에 없도록 유도하는 필연성의 산물인 것이다.

"언…… 리디아 혼자만 상대하는 거라면 이렇게 잘 풀리진 않을 거예요. 그녀라면 이 국면이야말로 승패를 가르는 최대의 분수령이라는 걸 꿰뚫어보고 양쪽에 모든 병력을 투입하는 도박에 나서겠죠. 그렇게 되면 제가 이길 가능성은 거의 제로. 리디아라면 분명 이 상황에서 가장 옳은 수를 둘 테니까요. 틀림없이 말이죠. 하지만 지금 그녀는 군을 제 뜻대로 지휘할 수 없는 상태예요. 커다란 족쇄가 달려 있으니까요."

"이그나이트 경인가……."

"예. 그자가 억지로 만든 이 상황 자체가 실은 리디아의 지휘를 방해하고 있거든요. 그리고 이그나이트 경은 저래 보여도 소심한 소인배. 본인이 압도적으로 유리하다고 여기는 이 상황에서는 절대로 도박에 나서지 않을 거예요. 그러니……."

~~~~

"현재 밀라노 시내에 전개 중인 전군을 둘로 나누도록!"

이 영문을 알 수 없는 상황 속에서 이그나이트 경이 지시를 내렸다.

"거점에서 농성하는 여왕! 그리고 일점돌파로 밀라노 탈출을 노리는 적군! 우리 군을 둘로 나눠서 동시에 섬멸하는 거다! 절대로 여왕을 놓치지 마라!"

"""예!"""

각 장병들은 명령을 수행하기 위해 분주히 움직이기 시작했다.

"자, 잠시만요! 아버지!"

하지만 그것을 막아서는 자가 있었다. 리디아였다.

"뭐냐."

"이런 말씀을 드리기 죄송하지만, 여왕군의 이 부자연스러운 병력 분산은…… 아마 블러핑일 거예요."

"그런 건 나도 알아."

"지금 아군을 둘로 나눠서 보내면 저희는 확정적으로 승리를 거둘 수 있는 우위를 잃고 말 거예요. 전황이 고착화될 가능성이 생기는 거죠. 그렇게 되면 저희가 가장 피해야 하는 최악의 시나리오가 전개될지도……."

리디아가 그리 진언한 순간, 이그나이트 경의 표정이 불쾌하게 일그러졌다.

"아버지. 아마 여기가 승패의 분수령일 거예요. 여길 제압해야만 아버지께선 승리와 영광을 얻으실 수 있어요. ……그러니 지금 여기선 승부에 나서야만 해요."

그리고 리디아는 전술 상황도와 영상을 몇 번이나 신중히 비교한 후 최종 결론을 입에 담았다.

"별동대는 블러핑이에요. 아마 거점에 있는 본대야말로……지금 저기서 모습을 드러낸 여왕이야말로 진짜예요. 아버지, 전 별동대를 무시하고 적 거점에 현재 전투가 가능한 전 병력을 보낼 것을 제안……."

짜악!

뺨을 때리는 소리가 작전 회의실에 울려 퍼졌다.

이그나이트 경이 리디아의 뺨을 올려붙인 것이다.

"어디서 주제넘게…… 자식 주제에 감히 부모의 말에 토를 달아?"

그는 새빨개진 얼굴로 격렬하게 분노하고 있었다.

"아, 아뇨…… 그게, 아버지…… 전……."

"제안이라는 건 좀 더 심사숙고한 다음에 해! 만약 별동대에 여왕이 숨어 있으면 어쩔 거지?! 네놈은 겨우 그 정도도 눈치채지 못한 거냐?!"

"죄, 죄송합니다! 아버지!"

그 순간, 리디아는 이그나이트 경 앞에 무릎 꿇고 울면서 용서를 구하기 시작했다.

"아, 아버지를 거스르려는 건 아니었어요! 절대로 그럴 생각은 없었다구요! 용서해주세요, 아버지! 부디 용서를! 용서를! 용서를! 용서를!"

망가진 축음기처럼 하염없이 용서를 구하는 리디아.

"용서를! 용서를! 용서를! 용서를! 용서를! 용서를!"

그런 기이한 광경을 본 장병들은 그저 아연실색할 수밖에 없었다.

"……흥, 알면 된 거다. 알면."

이윽고 개처럼 납작 엎드린 리디아의 모습에 만족한 건지 이그나이트 경은 코웃음을 치고 등을 돌렸다.

"네놈은 내 말만 듣고, 나만을 위해 일하면 돼. 알았느냐? 리디아…… 내 사랑스런 딸아."

"예! 제 모든 것은 아버지를 위해서만 존재하는 걸요! 그야 전…… 아버지의 딸이니까요!"

그러자 리디아는 대체 언제 울었다는 양 기쁘게 웃으며 일어섰다.

"알겠습니다. 그럼 바로 군을 둘로 나눠서 적을 동시에 섬멸하죠."

"음."

"그런 고로 장병 여러분? 아무쪼록 잘 부탁드릴게요. 여러분의 힘을 저에게 빌려주세요."

그리고 평소처럼 성모 같은 미소를 짓고 장병들에게 척척 지시를 내렸다.

이그나이트 경 휘하의 장병들은 리디아의 그런 모습에 왠지 등골이 서늘해지는 인상을 받을 수밖에 없었다.

새벽녘의 밀라노를 뒤흔드는 전투 함성.

"……뭐, 뭐지?"

"지금 대체 무슨 일이……."

《뿌리》와 도시를 점령한 쿠데타군의 눈을 피해 집 안에서 숨죽인 채 연명하고 있던 밀라노 시민들은 잠에서 깨어나 조심스럽게 창밖을 훔쳐보았다.

이때 그들은 짐작조차 하지 못했을 것이다.

지금 자신들이 목도한 제국군의 이 내전.

그것이 훗날 전쟁사에서 찬란하게 빛날 역사적인 순간이었음을─.

"우오오오오오오오오오오오오오오오오오!"

"돌겨어어어어어억!"

별동대, 여왕 휘하의 병력 137명은 현재 통신 마술로 이브의 지휘를 받으며 새벽녘의 밀라노 시내를 질주하고 있었다.

"막아! 여길 사수해! 사수하라고!"

"포위, 포위해!"

이그나이트 경 휘하의 반란군도 그런 별동대를 막아서려 하고 있었다.

이브의 책략 덕분에 겨우 둘로 분산시킬 수 있었지만 병력 차는 여전히 압도적이었다.

별동대는 포위망에 간단히 따라잡히고 말았다.

"2번 지구, 3번 지구 폐쇄 완료!"

"마도 사격병 횡렬 사격 배치 완료!"

"발사!"

실제로 별동대가 질주하는 가도의 전방을 봉쇄한 반란군은 군용 어설트 스펠을 쏠 준비를 갖추고 있었다.

이윽고 주위를 휩쓰는 무시무시한 위력의 마술들, 초고열의 화염구와 전격의 창이 쉴 새 없이 날아들었다.

보통은 여기서 끝났으리라. 맥없이 전멸당하고 끝났을 터.

"이이이이이야아아아아아아아아아아압!"

"흡!"

하지만 별동대의 선두로 나선 두 줄기 열풍과 질풍이 그것들을 막았다.

"야아아아아아아아아아아아아앗!"

열풍이 휘두른 대검이 그 맹렬한 검압만으로 화염구를 날려 버렸고―.

"핫!"

질풍이 펼친 수많은 검격이 뇌격창을 튕겨낸 것이다.

"아, 아닛?!"

"마, 말도 안 돼! 저 둘은 대체 뭐야!"

자신들이 날린 어설트 스펠을 모조리 막아버리는 광경을 목격한 반란군은 겁에 질릴 수밖에 없었고, 열풍과 질풍은 그런 그들의 진영으로 가차 없이 뛰어들었다.

"이이이이이야아아아아아아아아아아압!"

열풍이 날린 폭풍 같은 일격이 열 명이 넘는 장병들을 날려 버렸고―.

"핫!"

질풍의 주위로 은색 선이 그어지자 장병들이 하나둘씩 쓰러지기 시작했다.

"굉장해. ……넌 여전히 대단하구나, 리엘."

"응. 엘자도 제법."

그 용맹무쌍한 열풍과 질풍의 정체는 다름 아닌 리엘과 엘자였다.

리엘은 양손으로 대검을 쥔 채 자세를 깊게 낮췄고 엘자는 검집에 꽂은 도에 왼손을 대고 천천히 오른쪽 발을 뒤로 뺐다.

"무, 무사하신 겁니까?! 《전차》 님! 《운명의 수레바퀴》 님!"

그러자 뒤에서 별동대가 합류했다.

"굉장해. 설마 두 분 다 이토록 강할 줄은……."

"믿음직해!"

리엘과 엘자의 괴물 같은 힘을 목격한 별동대는 저마다 찬사와 존경 어린 시선을 보냈다.

"칭찬해주시는 건 감사하지만…… 이러고 있을 여유는 없는 것 같네요."

하지만 엘자가 그렇게 중얼거린 그때였다.

"찾았다!"

"전부 죽여!"

이번에는 오른쪽 가도에서 반란군의 공격대가 몰려왔다.

전원이 제국 마도병의 정식 장비인 레이피어를 빼든 상태로 망설임 없이 달려오고 있었다.

그 속도만 봐도 상당한 훈련을 받은 마도병들임을 미루어 짐작할 수 있었다.

이미 피아의 거리는 근접 격투전의 간격까지 좁혀졌다.

"큭! 벌써 새로운 병력이?!"

"가죠! 여러분!"

"응! 갈게! 따라 와!"

그러자 다소 겁을 먹은 별동대를 질타하듯 리엘과 엘자가 다시 선두에 나서서 적군과 충돌했다.

"이이이이이이이이야아아아아아아아아압!"

"하아아아아아아아아앗!"

양군이 어지럽게 검을 주고받는 가운데, 역시 가장 눈에 띄는 건 리엘과 엘자였다.

리엘이 대검을 한 번 휘두를 때마다, 엘자가 도를 한 차례 번뜩일 때마다 적군이 계속해서 쓰러지고 있었다.

등을 맞댄 채 싸우는 두 사람의 모습은 그야말로 태풍.

휩쓸리면 죽음을 각오해야 하는 공간을 형성했다.

"괜찮아요, 여러분! 이 전장은 이브 씨가 지켜보고 있으니까요!"

엘자의 손이 흐려지는 동시에 팅! 하는 소리가 들리고 발도술에 당한 적 병사가 피를 흩뿌리며 쓰러졌다.

"응! 이브 말대로 움직이면 이길 수 있어!"

리엘이 옆으로 한 바퀴 회전하듯 크게 휘두른 대검에 휩쓸린 적병 셋이 한꺼번에 날아갔다.

"그래, 우린 이길 수 있어! 이기는 거다!"

"여왕 폐하를 위해!"

그런 소녀들의 활약에 용기를 얻은 아군도 필사적으로 분투하며 불리한 전력 차를 훌륭히 메워주고 있었다.

한편, 여왕군 본대가 농성하는 호텔 주변.

"마술 포격대! 3열 일제 사격! 발사아아아아아!"

호텔을 몇 겹으로 포위한 적군 마도병들이 일제히 주문을 영창했다.

그러자 화염구들이 호선을 그리며 호텔로 쏟아졌고 건물 외벽에 명중해 대폭발을 일으켰다.

"조바심 낼 필요는 없어요."

격렬한 진동 때문에 천장에서 먼지가 후두둑 떨어지는 호텔 1층의 현관홀에서 리제는 학생들을 돌아보며 차분한 목소리로 말했다.

"이 호텔에는 이미 루미아 양의 이능력으로 강화한 방어 결계를 몇 중으로 깔아뒀으니까요. 어지간해선 깨지지 않을 거랍니다."

그곳에는 호텔 전체를 감싸는 방어 결계에 마력을 공급하고 유지하는 제어 법진이 그려져 있었고, 전선에서의 전투가 불가능한 부상병들은 물론이고 엘렌, 카슈, 웬디, 테레사, 세실, 린 등의 비전투원인 학생들까지 모여서 필사적으로 마력을 공급하는 데 전념하고 있었다.

그리고 리제는 원견 마술로 밖에 있는 적군의 마술 포격 상황을 관찰하면서 결계의 출력을 세밀하게 제어하는 중이었다.

적군의 공격에 맞춰서 방어 결계를 국소적으로 강화하거나, 약화하는 식으로 한정된 마력을 최대한 효율적으로 운용하는 것이 그녀에게 주어진 역할이었기 때문이다.

"이 정도까지 대비한 이상, 이제 와서 C급 군용 어설트 스펠 정도로는 아마 꿈적도 안 할걸요?"

"《홍련의 사자여·분노에 몸을 맡기고·사납게 울부짖어라》!"

그리고 호텔 외벽 창문에서는 레빈, 콜레트, 프랑신, 지니, 자일, 하인켈 등이 자신들을 포위한 적군을 향해 광범위 제압형 어설트 스펠을 난사하고 있었다.

학생 중에서도 특히 하인켈의 주문이 강력했고 그 위력을 몸소 체험한 적군은 호텔에 섣불리 접근하지 못했다.

"계속 말하지만, 굳이 명중시킬 필요는 없어."

기블은 적군의 바로 코앞에 【아이스 블리자드】를 날리며 말했다.

"우리가 맡은 역할은 견제야. 적당히 쏴서 쫓아내기만 하면 돼."

"예, 그랬었죠. 여기서 세 시간 버티는 게 저희에게 주어진 배역이니까요."

어깨를 으쓱이며 대답한 건 레빈이었다.

"이 호텔과 호텔을 지키는 결계는 매우 강력해요. 어지간한 마도병은 돌파는커녕 진입도 불가능해요. 그러니 세 시간 정도라면 적을 죽이지 않고 버틸 수 있을 겁니다."

"……그, 그 세 시간이 넘어버리면……."

"……어쩌죠?"

그러자 콜레트와 프랑신이 불안한 얼굴로 물었다.

"그때는…… 각오할 수밖에 없겠죠. ……적을 죽일 각오를."

레빈의 그 진지한 대답에 콜레트와 프랑신은 숨을 삼킬 수밖에 없었다.

"뭐, 딱히 걱정할 필요는 없을걸?"

하지만 기블은 안경을 고쳐 쓰며 반박했다.

"이 싸움은 세 시간 안에 결판이 날 테니까."

"대, 대체 무슨 근거로?"

"그 이브 교관이 세 시간 안에 결판이 날 거라고 확언했잖아? 거기다 그 변변찮은 호인까지 같이 갔으니…… 당연히 실패할 리가 없지."

기블은 코웃음을 치고 창밖 상황을 살펴보았다.

'제길…… 내가 목표로 삼은 사람들은 왜 저렇게 먼 거지?'

그리고 분한 심정을 감추며 자신의 역할에 전념하기로 했다.

"어떻게 됐지? 상황 보고!"

"제길! 단단해! ……소대장님! 본 소대의 어설트 스펠 반응은 제로! 적 거점 방어 결계는 여전히 건재! 파괴하지 못했습니다!"

"적진이 펼치는 화망도 너무 치열해서 이 이상 접근하는 건……"

"대체 뭐가 어떻게 된 거지?! 저렇게 멀쩡한 게 말이 돼?! 저 안에 남은 건 애들과 부상병뿐 아니었냐고!"

호텔에서 멀리 떨어진 반란군 소대의 멤버들이 저마다 아우성치자, 자신들의 원거리 주문 공격이 전혀 효과가 없다는 것을 그제야 깨달은 소대장은 결국 최후의 결단을 내렸다.

"어쩔 수 없군! 내가 B급 군용 어설트 스펠로 공격하겠다!"

"예?! 공성용인 B급으로요?!"

"저건 이미 평범한 호텔이 아냐! 성이다!"

"하지만 소대장님! 그걸 썼다간…… 마나 결핍증을 일으켜서 오늘은 더 이상 싸우실 수 없게 되지 않습니까!"

"상관없다! 이대로는 끝이 없어! 난 지금부터 주문 영창에 들어가마! 아일 부대, 라크스 부대에도 타이밍 맞춰서 B급을 쓰라고 전해! 다른 대원들은 만에 하나의 상황을 대비해서 주위를 경계! 상황 개시!"

"……그래요. 어째선지 저희는 주위에 B급 군용 마술을 아주 당연하단 듯 세 소절로 영창해서 마치 C급처럼 펑펑

써대시는 분이 많다 보니 감각이 마비된 것 같지만…… 원래 B급의 영창은 저런 굉장한 수고와 노력이 필요했던 거였죠."

리제는 원견 마술로 바깥 상황을 경계하며 중얼거렸다.

현재 그녀의 시야에는 B급을 단독으로 영창 가능한 대장급 군인들이 동시에 마력을 한계까지 끌어올리는 광경이 보이고 있었다.

그들은 손바닥 앞에 전개한 마술법진에 마력을 모조리 쏟아 붓는 동시에 열 소절이 넘는 긴 주문을 신중히 영창하고 있었다.

제어에 실패하면 폭발해서 자신들도 죽을지 모르는 B급 군용 마술을 그야말로 목숨 걸고 발동하려는 것이다.

"음, 저건 좀 성가실 것 같지만……."

"헉……! 헉……! 간다아아아아아아아아아아!"

마침내 완성한 B급 군용 마술이 시내 여기저기서 동시에 발사되었다.

흑마 【인페르노 플레어】.

흑마 【플라스마 캐논】.

지옥의 업화가 호텔을 향해 파도처럼 밀려오고 대포처럼 굵은 전격이 정문을 향해 질주했다.

"……부탁할게, 《나의 열쇠》!"

하지만 곧 전격포는 호텔 옥상에 있는 루미아의 은색 열쇠가 만들어낸 공간의 균열로 허무하게 빨려 들어갔고ㅡ.

"《나를 따르라·바람의 백성이여·나는 바람을 다스리는 공주일지니》!"

지옥의 겁화는 시스티나의 흑마 개량2식 【스톰 그래스퍼】가 호텔을 중심으로 일으킨 바람의 결계에 막혀 산산이 흩어졌다.

"마, 말도 안 돼……! 콜록! 쿨럭! 내 B급이……! 저런 꼬맹이들에게…… 저리 간단히…… 막히다니! 커헉!"

공격한 입장에서는 그야말로 마음이 꺾일 듯한 광경이었다.

소대장들이 제국군의 의지와 긍지를 걸고 시도한 B급 군용 어설트 스펠의 일제 포격.

그것이 겨우 두 소녀 앞에서 막힌 것을 본 소대장들은 그 자리에서 무릎을 꿇으며 정신을 잃고 말았다.

"대, 대장니이이이임! 정신 차리십쇼!"

"역시 마나 결핍증인가?! 자, 잠시만요! 당장 후방에 있는 법의병^{메딕}에게 모셔다 드리겠습니다!"

병사 중 하나가 축 늘어진 소대장을 부축하려 한 순간ㅡ.

"아니, 그럴 필요는 없네."

뒤에서 누군가가 병사의 어깨를 두드렸다.

그래서 뒤를 돌아본 군인은 기겁할 수밖에 없었다.

어딜 봐도 군인이 아닌 민간인이 아주 태연하게 서 있었기 때문이다.

"누, 누구?"

"뭐?! 내가 누구냐고?! 나야말로 왜 내 이름을 모르는 거냐고 묻고 싶군! 난 포젤! 알자노 제국 마술학원이 자랑하는 천재 마도 고고학자! 포젤 루포이인 게 당연하잖아! 그런 날 못 알아보다니⋯⋯ 네가 그러고도 제국인이냐?!"

어째선지 그 민간인은 갑자기 영문을 알 수 없는 이유로 화를 냈지만 병사는 그쪽에 신경 쓸 여유가 없었다.

"어, 어라? 다들 왜⋯⋯."

어느새 다른 소대원들이 전부 바닥에 쓰러져서 의식을 잃은 상황이었기 때문이다.

"응? 저들 말인가? 그래, 내가 재웠다. 다들 왠지 피곤해 보이더군."

"예? 뭐요? ⋯⋯어?"

"그리고 너도 분명 피곤한 거겠지? 무리하는 건 좋지 않아. 그러니 내가 자장가대신 들려주지⋯⋯ 나의 《천곡(天曲)》을."

포젤은 병사를 향해 천천히 주먹을 들었다.

"히익!"

위험을 느낀 병사가 황급히 물러나서 전투태세를 취하려 한 순간, 포젤의 모습이 옆으로 흔들리며 마치 신기루처럼 사라졌다.

"끄아아아아아아아아아아아아아아아악!"

그리고 뇌가 흔들리는 듯한 충격을 느끼는 동시에 시야가 솟구치며 몸이 성대하게 위로 날아올랐다.

'방금 그건…… 어퍼컷?'

솔직히 병사는 지금 자신이 무슨 짓을 당한 건지 전혀 이해할 수 없었다.

'대체 뭐야, 이 남자는……《천곡》? 아, 그러고 보니……'

흐려지는 의식 속에서 그는 어떤 일화를 떠올렸다.

'……《천곡》이라면…… 분명 맨손 격투술 유파…… 동방에서는『구십구권』이라 불리는 환상의 권법 아니었나?'

그렇게 병사의 의식은 천천히 어둠 속으로 가라앉았다.

"좋아. 순조로워."

모처에서 마술로 전황을 파악하고 있던 이브가 담담한 목소리로 말했다.

"이그나이트 경의 전투 가능한 보유 전력을 양분하는 데 성공. 원격으로 내 전술지휘를 받는 별동대는《전차》리엘,《운명의 수레바퀴》엘자를 앞세운 채 적을 유도하며 이동 중. 본대는 호텔 전체를 감싼 방어 결계에 의지해 농성 중. 원거리 포격은 시스티나와 루미아로 대처. 그리고 포젤은 혼자 적당히 호텔 주위를 돌아다니면서 게릴라전을 펼치는 중."

"……덕분에 난 앞으로 1년 동안 저 바보의 조수를 떠맡게 됐거든?"

글렌은 불만이 가득한 얼굴로 투덜댔다.

"흥, 고작 그 정도의 대가로 학생들의 리스크가 감소했으니 참아. ……그건 그렇고 저 인간, 왜 저리 강해? 진짜 수수께끼네……."

"뭐, 탐색 위험도가 터무니없이 높은 고대 유적을 무단으로 들락날락거리면서도 매번 끈질기게 살아 돌아오는 걸 보고 상당한 실력자라는 건 대충 예상했다만……."

뭐라 형언할 수 없는 미묘한 기분이 든 둘은 동시에 한숨을 내쉴 수밖에 없었다.

"뭐, 아무튼 슬슬 상황이 움직일 거야. ……자, 봐."

"대체 뭘 꾸물거리는 거냐!"

틸리카 파리아 대성당의 이그나이트군 사령실에 이그나이트 경의 고함이 울려 퍼졌다.

"상대는 고작 백 수십 명의 버리는 패와 퇴로가 없는 농성 부대일 터! 네놈들은 고작 그런 놈들을 상대로 대체 왜 이리 시간을 낭비하고 있는 거지?!"

"하, 하오나 아무리 버리는 패라지만 정확히 이쪽의 빈틈만 노리고 움직이고 있어서……."

"농성 부대 쪽도 사전에 치밀하게 대비한 건지 도무지 무너트릴 방법이……."

"닥쳐!"

"아악!"

감히 말대답을 한 병사들을 때려눕힌 이그나이트 경은 매우 화가 난 표정으로 리디아를 돌아보았다.

"리디아! 네가 내 딸이라면 지금 이 상황에서 뭘 해야 할지 알겠지?"

"예, 아버지의 분부대로……."

그러자 리디아는 방긋 웃고 고개를 숙였다.

"오오?! 지, 진짜로 움직였어?!"

글렌은 경악한 눈으로 전황을 응시했다.

이브의 예상대로 이그나이트 경과 리디아가 가장 수비가 견고한 틸리카 파리아 대성당에서 잔존 병력을 이끌고 직접 전선으로 나왔기 때문이다.

"그래. 이젠 그 수밖에 없었겠지."

하지만 이브는 팔짱을 낀 채 여유 있는 표정으로 말했다.

"지금 이그나이트 경이 가장 안심하고 움직일 수 있는 병력은 저것밖에 없어. 요컨대, 자기들이 직접 지휘하는 부대. 그들을 전선 제압에 투입할 수밖에 없었던 거야."

'……이 녀석, 진짜 뭐지?'

글렌은 모든 예상을 적중시킨 이브를 새삼스러운 눈으로 물끄러미 쳐다보았다.

"하하! 난 이런 굉장한 녀석 밑에서 일했던 거였나……."

"응? 방금 뭐라고 했어?"

"아냐. 아무것도."

하지만 시치미를 떼다가 다시 표정을 굳히고 입을 열었다.

"하지만…… 아직이야. 아직 부족해. 이그나이트 경과 리디아를 밖으로 끌어내긴 했지만…… 아직 놈들에겐 꽤 많은 수의 호위 전력이 붙어 있다고."

"……"

"우리의 최종 목적을 달성하려면…… 아무래도 저 수행 병력이 방해돼. 어쩌지?"

그 순간, 이브는 쿡 하고 웃음을 터트렸다.

"어머? 이건 나보다 당신 분야 아니었어?"

"뭐? 그게 무슨 소리야?"

"아직도 모르겠어? **믿어 보는 거야.**"

틸리카 파리아 대성당에서 여왕이 농성 중인 호텔로 진군하던 쿠데타 군은 별안간 눈앞에서 큰 폭발이 일어나고 시내에 무작위로 펼쳐진 단절 결계가 진형을 갈기갈기 찢어놓자, 큰 혼란에 빠질 수밖에 없었다.

"대, 대체 무슨 일이냐!"

"보, 보고 드립니다!"

전령병이 황급히 달려와 보고했다.

"적습입니다!"

"저, 적습?! 이 타이밍에?! 대체 누가……."

이그나이트 경은 뭔가를 눈치챈 듯 눈을 크게 떴다.

"서, 설마……."

"으~ 아야야야…… 역시 아직 컨디션이 정상이 아니구만……."

"옹, 좀 닥치고 움직이기나 해."

"아하하, 싸우진 마시죠. 두 분."

기습에 당황해서 진군을 중지한 쿠데타군 근처에 나타난 것은 놀랍게도 버나드, 알베르트, 크리스토프였다. 그들은 가까운 건물 옥상에 서서 적들을 내려다보고 있었다.

"후우, 열심히 숨은 보람이 있었군. 흠…… 아군의 이 움직임은, 이브 양인가? 그럼 호흡을 맞추기는 쉽겠구만."

"예, 이브 씨의 지휘라면 저희도 의도를 파악하기 쉬우니까요."

"본격적인 전투는 무리지만, 엄호와 교란 정도라면 지금도 가능해."

그런 셋의 모습은 아직도 만신창이였다.

파웰과의 전투로 치유 한계에 도달한 탓에 힐러 스펠이 먹히지 않았기 때문이다.

특히 부상이 심한 알베르트는 뭉개진 오른쪽 눈에 붕대를 칭칭 감고 있었다.

하지만 셋의 전의는 더할 나위 없이 충만했다.

그래서 지금이 이 내전에서 가장 중요한 순간이라는 것을 눈치채고 뒤늦게나마 참전한 것이다.

"그건 그렇고…… 설마 우리가 이런 꼴사나운 모습을 보이게 될 줄은……"

알베르트는 코웃음을 쳤다.

"하지만 실점은 바로 만회해주지. 시작하자, 옹. 크리스토프."

"오우!"

"예!"

그리고 아직도 혼란이 채 가시지 않은 이그나이트군을 향해 일제히 주문을 영창하기 시작했다.

"이것도 네 예상대로야?"

지금까지 소식이 없었던 알베르트, 버나드, 크리스토프의 갑작스러운 참전으로 인해 대혼란에 빠진 반란군의 전황을 놀란 눈으로 바라보던 글렌이 투덜거렸다.

"『예상했다』기 보단 『알고』 있었어."

이브는 의기양양하게 코웃음을 쳤다.

"소식 불명…… 확실히 뭔가 중대한 트러블이 있었던 모양이네. 하지만 내 예전 부하들이라면 전멸 혹은 행동 불능 상태에 빠진 순간, 어떤 수를 써서든 그 정보를 여왕군 쪽에 남겼을 터. 그 정도도 못 할 얼간이들은 아니야."

"……?!"

"즉, 저 셋이 계속 연락이 되지 않았던 건 어딘가에 살아 있다는 뜻. 숨어서 호시탐탐 기회를 노리고 있다는 뜻. 그런 그들이라면 반드시 내 지휘에 맞춰서 대응해줄 테니 처음부터 작전에 포함시켜줄 수밖에 없잖아?"

"하, 하하하…… 진짜 대단하다, 너."

"……이제야 알았어?"

"바~보. 예전부터 알고 있었거든?"

두 사람은 서로를 마주보고 가벼운 웃음을 나누었다.

"……자, 글렌. 이제 우리가 나설 차례야."

이윽고 이브는 입을 열었다.

"지금까지의 전술은 전부 시간벌기에 불과해. 여기야. 지금 이 순간이라구. 여기가…… 우리가 이 작전의 성패를, 승부를 가릴 때야."

"그래, 나도 알아."

그리고 떨리는 주먹을 굳게 쥐었다.

"세 시간…… 해가 뜨는 동시에 승리를 거머쥐겠어. 글렌…… 나에게 힘을 빌려줘."

"물론!"

서로를 향해 고개를 끄덕인 글렌과 이브는 밀라노의 수로를 따라 마침내 움직이기 시작했다.

———.

"……결국 시작됐네."

밀라노의 가장 높은 탑 꼭대기에 한 소녀가 앉아 있었다.

"흥…… 다들, 바보 아냐? 고작 저딴 일에 진지해지다니……."

그녀는 일리아였다.

여느 때와 달리 염세적인 분위기를 풍기는 그녀는 마치 자신과는 관계없는 일인 것 마냥 시내의 전황을 지켜보고 있었다.

아무래도 이 싸움에 가담할 생각은 없는 모양이었다.

"아아~ 시시해. 대의, 명예, 나라를 위해, 여왕을 위해, 세계를 위해……? 아, 시시해. 진짜 시시하기 짝이 없다니까……."

한동안 그렇게 혼잣말을 중얼거린 일리아는 크게 한숨을 한 번 내쉬더니 곧 메마른 웃음을 흘렸다.

"……아하하, 나도 남 말할 처지는 아니려나. 하긴, 가장 시시하고…… 보잘 것 없는 존재는 나인걸……."

힘없이 자조한 일리아는 그대로 고개를 푹 숙여버렸다.

"……하지만…… 그래도…… 난……."

그리고 다시 혼잣말을 시작했다.

마치 이 자리에 없는 누군가에게 말을 거는 것처럼. 뭔가를 묻는 것처럼…….

"있잖아……. 당신은 이런 날 보면 무슨 생각을 할까? 화를 낼까? 어이없어 할까? 응?"

하지만―.

"……응? 어떻게 생각해? **언니**……."

그런 그녀의 혼잣말을 들어주는 이는 그 어디에도 없었다.

제5장 새벽, 타오르다

르바포스 성력 1853년, 그람의 달 13일

동일 4시 17분부터 시작된 그 소규모 전투는 동일 4시 49분 둘로 나눠진 이그나이트군과 마찬가지로 본대와 별동대로 구성된 여왕군은 제각기 충돌해 완전한 고착 상태에 빠졌다.

이 상황을 너무 오래 끌면 시외에 전개 중인 각국 군이 개입할 여지를 줄지도 모른다고 판단한 이그나이트 경은 동일 5시 21분에 자신을 호위하는 병력의 전선 투입을 결의. 다시 전력 차이를 벌려서 단숨에 상황을 제압하려 했다.

훗날 군사 연구에 따르면 이그나이트 경의 이 판단 자체가 딱히 악수는 아니었다고 여겨진다.

하지만 여기서 여왕군 총지휘관 이브가 무대 밖에 감춰둔 유격소대가 적의 허를 찌르며 나타나 시내에서 게릴라전을 개시.

당시 기록에 의하면 여왕군 본대와 이 유격소대의 정보 연락망은 완전히 끊어진 상태여서, 이때 어떤 식으로 의사소통을 했는지는 후세의 전쟁사상 최대의 미스터리로 남게 된다.

아무튼 이 예상치 못했던 유격대의 등장은 반란군 후속 전력의 투입을 완전히 봉쇄하는 결과가 되었다.

마술 저격과 단절 결계를 응용한 히트 앤 어웨이 전술을 구사하여 철저하게 소대장들만 노리는 방식으로 반란군의 지휘계통을 완벽한 혼란 상태에 빠트렸기 때문이다(일설에 의하면 그 유격대와는 별개로 주먹 하나로 싸우는 정체불명의 민간인도 있었다는 기록이 남아있지만 그 진위는 불명).

지휘계통이 무너진 군은 단순한 오합지졸일 뿐.

그렇게 전황은 완전히 고착 상태에 빠졌으나 사실 그것이야말로 여왕군 총지휘관 이브가 노리던 바였다.

동일 6시 44분.

쿠데타군의 지휘계통과 진형이 군대로서 기능하지 못할 정도로 엉망이 되었을 때.

이그나이트 경이 결국 시외의 각국 군을 경계하기 위해 배치했던 최종 예비 전력을 내부로 투입하겠다는 결정을 내렸을 때.

이브의 화려한 역전, 기사회생의 한 수.

이 작전의 가장 큰 벽이자 클라이맥스가 될 국면이…… 마침내 성립되었다.

——.

밀라노 서구 5번가.

세 방향의 수로가 교차해 삼각형을 이루는 도시 구역.

그곳의 중심지에 해당하는 십자로에는 원래 천사상과 성당 등의 종교적 정서가 넘치는 건축물들이 가득했지만, 지금은 치열한 전투의 여파로 대부분 불에 타거나 처참하게 무너져 있었다. 일렁이는 불꽃이 흩뿌리는 대량의 불똥이 하늘을 태우고 살갗을 태우며 세상을 붉디붉게 물들이고 있었다.

여기서 멀리 떨어진 주위에서는 아직도 전투가 끝나지 않았는지 어설트 스펠의 작렬음과 병사들의 함성과 비명이 메아리처럼 들렸지만, 이곳은 반대로 무척이나 고요했다.

조용히 불이 타는 소리와 불똥이 튀는 소리밖에 들리지 않았다.

마치 황혼녘을 연상시키는 그 십자로 한복판에는 현재 네 개의 인영이 서 있었다.

"자, 이제 슬슬 대단원이구만."

"응."

대치 중인 글렌과 이브, 이그나이트 경과 리디아였다.

"이브…… 설마 네놈 따위가 여기까지 해낼 줄은……."

이그나이트 경은 차가운 눈으로 이브를 노려보았다.

"……!"

그 순간, 이마에 식은땀이 맺히고 한쪽 발이 자연스럽게 뒤로 물러났다.

"그렇군……. 전부 이걸 위해서였나. 아군을 미끼로 쓰고, 여왕마저 미끼로 써서 우리의 지휘계통을 무너트리고, 우리의 방어 전력을 뜯어내서…… 우리를 고립시키려고 한 거군?"

"……맞아요, 아버지."

이브는 희미하게 떨리는 왼손으로 주먹을 쥐고 의연하게 한 걸음 나서면서 노려보았다.

"지금 아버지 휘하의 반란군은 큰 혼란에 빠졌으니 앞으로 30분은 지원을 못 올 거예요. 그 30분 안에…… 제가 이 손으로 두 분을 해치우겠어요."

"……!"

"유감이네요, 아버지. 한없이 오만하고 제멋대로인 당신은…… 너무나도 많은 죄를 저질러 왔어요. 제국과 시작을 함께했던 자랑스러운 이그나이트는 이제 끝났어요. 끝내야만 해요. ……그것이 이그나이트의 책무예요."

그리고 오른손으로 불꽃을 피웠다.

"바보 같은 계집…… 네가 어디서 감히 그 이름을 입에 담느냐."

이그나이트 경은 짜증스러운 얼굴로 입을 열었다.

"비천한 출신인 네가 대체 뭘 안다는 거지? 네놈은 고귀한 피가 짊어져야 할 책무를 무엇 하나 이해하지 못하고 있다. 난 어디까지나 그 책무를 다하려 했을 뿐. 그것이야말로 내 긍지이자 신념이다. 그것조차 이해하지 못하다니, 이브. 네놈은 정말 구제할 도리가 없군."

"뭘 모르는 건 당신이야."

하지만 이브도 지지 않고 응수했다.

"당신은 늘 그런 식이야. 자신의 더러운 욕망과 야망을 마치 정의롭고 숭고한 것마냥 거창하게 포장해. 긍지와 신념이라는 긍정적인 말로 왜소하고 추한 본모습을 숨기려고 하지. 그래, 당신에겐 늘 대놓고 말해주고 싶었어……! 당신은 사상 최악의 인간쓰레기야! 자신이야말로 가장 더럽고 사악한 악당이라는 걸 눈곱만큼도 자각하지 못하는! 실로 불쌍하고 꼴사나운 소인배라구!"

"닥쳐!"

이그나이트 경이 강하게 일갈하자 이브의 몸이 다시 위축되었다.

"네놈…… 부모에게 어디서 감히 그런 망발을 지껄이는 거지?!"

"……큭!"

"솔직히 네놈 같은 배신자 따위는 당장 화형에 처해버리고 싶은 심정이다만……!"

애써 들끓는 분노를 가라앉힌 이그나이트 경은 이렇게 말했다.

"동시에 관대한 이 몸은 네 이용가치를 재평가했노라."

"……뭐?"

"용케도 여기까지 날 궁지에 몰아넣었군. 칭찬해주지. 그러니……『돌아와라』이브.『내 발밑에 무릎 꿇는』거다. 두 번 다시 내 말을 거역하지 못하도록 재교육이 필요하겠지만…… 그 대신 널 다시 가문의 말석에 넣어주도록 하지. ……자, 어서."

"……."

이그나이트 경이 그렇게 냉혹하게 말한 순간, 이브의 심장이 다시 심하게 뛰기 시작했다. 숨이 가빠져왔다.

또다. 또 아버지의 말을 거스를 수가 없었다. 거스르려고 하면 이상하게 동요가 심해졌다. 온 몸에 식은땀이 흐르고 학질이라도 걸린 것처럼 손이 떨렸다.

"……하아……하아!"

"괜찮아, 이브. 난 여기 있어. 심호흡해."

하지만 그런 이브의 어깨를 글렌이 옆에서 붙잡아주자―.

"윽…… 후우…… 후우…… 고, 고마워. 글렌……."

당장에라도 무너질 것 같았던 그녀의 안색이 평정을 되찾았다.

"……뭐지? 역시『쐐기』의 효과가 별로군. 대체 왜……?"

그 순간 흘러나온 이그나이트 경의 독백을 글렌이 재빨리 캐치했다.

"아~ 그런 거였어? 어렴풋이 예상하고는 있었는데…… 역시 네가…… **이브에게 뭔가를 한 거구만?**"

"……?!"

그 지적에 이브가 눈을 깜빡였고 이그나이트 경은 입을 다물었다.

"정신지배계 암시 혹은 서약 계통 저주…… 어느 쪽이든 이브가 네 말을 맹목적으로 따를 수밖에 없는 모종의 『마술적인 조치』를 걸어뒀던 거지?"

"……."

"그렇다는 건 세라 때도 그게 원인이었다는 거겠지."

"너……."

"웃기고 있네 진짜. 너 같은 막장 부모는 정말 살다살다 처음 본다."

"……글렌. 진정해. 난 이제 괜찮으니까."

그러자 이브는 글렌을 진정시키려는 듯 자신의 어깨를 잡은 손 위에 자신의 손을 포개고 이그나이트 경을 똑바로 응시했다.

"난 괜찮아."

하지만 그런 이브의 의연한 모습을 본 순간, 갑자기 이그나이트 경이 몸을 소스라치게 떨더니 고함을 질러대기 시작했다.

"그래, 이제야 알겠군! ……이브! 네놈은 우리 이그나이트 가문에 대한 의존과 숭배를 버린 거였어! 새로운 의존 대상을 찾은 거였나!"

"······뭐? 그게 무슨······."

"실망했다! 네놈은 이그나이트면서, 이그나이트의 이름을 버린 거다! 방금 한 말은 철회하겠다! 네놈은 이제 필요 없어! 그 머리카락 한 올조차 남기지 않고 모조리 불태워주마!"

그리고 대체 무엇이 역린을 건드린 건지 활화산처럼 격렬하게 분노하기 시작했다.

"예, 그 말씀대로예요. 아버지."

리디아가 그런 이그나이트 경의 옆에 살며시 다가섰다.

"누군지는 모르겠지만, 저런 못된 아이는 아버지께 필요 없답니다. 아버지께는 저만 있으면 충분해요! 아버지의 딸인 저만!"

"그래, 그랬었지. 리디아! 내 딸은 이제 너뿐이다! 아리에스도 이브도······ 전부 쓸모없는 졸작이었을 뿐! 이브······ 네놈에게는 더 이상 아무것도 기대하지 않겠다! 자, 각오해라! 구원(九園)의 불길 속에서 이 몸을 거역한 어리석음을 후회하게 해주마!"

그 말을 끝으로 이그나이트 경과 리디아가 전투태세에 돌입하자 글렌과 이브도 동시에 좌우로 산개했다.

"가자, 이브. 널 속박하는 굴레를······ 여기서 끊어버려! 그리고 폐하를······ 우리 제자들을 지켜주자고!"

"흥! 굳이 말하지 않아도 **의지하고 있거든?** 글렌!"

"그래, **나도!**"

그렇게 해서 마침내 최종 결전의 막이 올랐다.

"우오오오오오오오오오오오!"

먼저 움직인 것은 글렌이었다.

온 몸에 새긴 신체능력 강화 술식에 마력을 쏟아 부어서 신체능력을 강화.

자신이 전위, 이브가 후위를 맡고 이그나이트 경을 향해 돌진했다.

"……어리석은 것. 네놈은 내가 누군지 잊은 거냐?"

글렌이 무시무시한 속도로 육박해왔지만 이그나이트 경은 오히려 느긋하게 왼손을 펼치고 불꽃 주문을 영창하려 했다.

"이 몸은 《로드 스칼렛》…… 근거리 마술전투 최강의 이그나이트다!"

하지만 왼손에 깃든 지옥의 맹화는 다음 순간, 마치 촛불처럼 허무하게 꺼졌다.

"아닛?!"

"참 나, 댁이야말로 내가 누군지 잊은 거야?"

질풍처럼 달려드는 글렌의 검지와 중지 사이에 낀 한 장의 대(大)아르카나.

그를 중심으로 일정 범위 안에서의 마술 발동을 완전히

봉쇄하는 마술, 오리지널 【광대의 세계】는 이미 발동 중인 상태였다.

바로 이 순간, 모든 현명한 마술사는 무지하기 짝이 없는 광대로 변모하리라.

"난 《광대》…… 마술사 킬러 글렌 레이더스라고!"

그렇게 선언한 글렌은 그대로 이그나이트 경의 안면을 노리고 라이트 스트레이트를 날렸다.

염열 마술의 대가 이그나이트.

이 가문의 마술사는 좋은 의미에서건 나쁜 의미에서건 『정통파』다.

그리고 마술사면서 마술을 봉인하는 이단의 극치인 글렌의 전투방식은 정통파일수록 상성이 유리했다.

퍼억!

휘두른 주먹이 찰진 타격음을 터트렸고—.

"끄어어어?!"

"하아아아아아아아아앗!"

글렌은 뒤로 몸이 젖혀진 이그나이트 경에게 한 걸음 더 파고들면서 숨 쉴 틈조차 주지 않은 채 혼신의 연타를 때려 박았다.

맹렬한 레프트 보디블로. 몸이 기역자로 꺾이는 이그나이트 경.

용이 승천하는 듯한 라이트 어퍼컷. 등이 활처럼 휘는 이그나이트 경.

이어서 좌상단 돌려차기!

콰직!

"으아아아아아아아아아아아아아아아아아!"

이그나이트 경의 몸이 머리와 함께 회전하면서 뒤로 날아
가자—.

"이브!"

"……알고 있어!"

이브가 글렌을 제치고 이그나이트 경을 향해 빠르게 달려
갔다.

그 손에는 불꽃 그 자체로 형성된 한 자루 검이 들려 있었다.

이그나이트의 비전 마술 【염인(焰刃)】이었다. 근거리 마술
전투가 메인인 이그나이트의 마술사가 보유한 몇 안 되는
근접 격투전용 마술.

그것을 이브는 글렌의 【광대의 세계】가 발동하기 전에 이
미 완성한 상태였다.

그렇다. 실은 워낙 근거리 마술전투에서 압도적인 승률을
자랑하는 탓에 오해받는 경향이 있지만, 이그나이트의 마술
사는 근접 격투전에서도 결코 약한 건 아니었다.

"아버지! 각오하세요!"

이브가 상대가 방심한 사이에 결판을 내려고 한 순간—.

"머, 『멈춰』! 이브"

"……?!"

이그나이트 경의 갑작스러운 명령에 이브의 움직임이 한 순간 둔해졌고, 다음 순간 불꽃의 칼날과 칼날이 충돌하며 폭염이 피어올랐다.

"아버지 몸에는 손가락 하나 댈 수 없어요."

"언니……?!"

양손에 【염인】을 한 자루씩 든 리디아가 이브의 참격을 막아낸 것이다.

【염인】이도류. 【광대의 세계】의 특성을 눈썰미만으로 꿰뚫어본 리디아가 발동 전에 미리 주문을 완성했던 것이었다.

"하앗!"

리디아가 왼손의 【염인】을 휘둘렀다.

"큭?!"

그 궤적을 따라 허공에 불꽃의 길이 그려졌고 이브는 반사적으로 뒤로 도약해 피했다.

"하아아아아아아아아아앗!"

리디아는 그런 이브를 쫓으며 질풍처럼 달려들었다.

"이브! 이그나이트 경은 나한테 맡겨!"

그것을 본 글렌은 다시 이그나이트 경의 간격을 파고들면서 외쳤다.

"넌 아직 네 아버지가 건 저주의 영향을 벗어나지 못했어! 넌 네 언니를 맡아!"

"으, 응!"

글렌의 지시를 받고 뒤로 크게 도약한 이브는 근처 건물의 벽을 차고 공중제비를 돌아 옥상에 착지했다.

"놓치지 않겠어요!"

하지만 리디아는 추격을 멈추지 않고 더 빠르게 돌진했다.

"우오오오오오오오오오오오오!"

한편, 글렌은 이그나이트 경을 향해 다시 주먹을 날렸다.

"얕보지 마라, 애송이!"

"크억?!"

하지만 이번에는 경의 크로스카운터가 명중했고 글렌은 성대하게 바닥을 굴렀다.

"애송이가! 고작 럭키펀치 한 방에 방심한 거냐! 아직 경험이 부족하군!"

이그나이트 경은 쓰러진 채 고통스러워하는 글렌을 내려다보았다.

"마술을 봉인한 근접 격투전으로 정면에서 싸우면 네놈에게 승산이 있을 줄 알았나?! 최대한 고통스럽게 죽여주지!"

하지만 그때 이그나이트 경의 몸에 이변이 일어났다.

오른팔이 갑자기 힘을 잃고 축 늘어진 것이다.

"뭐, 뭐지?! 오른팔에…… 힘이……?!"

"훗…… 누가 언제 정면으로 싸워주겠대?"

입가에서 흐르는 피를 훔치며 의기양양하게 웃은 글렌이

몸을 일으켰다.

"이, 이건……?!"

자세히 보니 오른쪽 어깨에 장침 하나가 꽂혀 있었다.

"독침인가!"

"미안하게 됐수다. 사실 내 전투 방식은 격식과는 거리가 멀거든."

글렌은 다시 권투 자세를 취하며 경쾌하게 스텝을 밟았다.

아무래도 조금 전에 카운터를 허용한 건 속임수였는지 전혀 대미지가 남지 않은 모습이었다.

이 순간, 이그나이트 경은 문득 어떤 사실을 떠올렸다.

글렌은 틀림없는 삼류 마술사지만 특무분실 집행관이었던 시절 격상을 상대했을 때 그의 승률은 기이할 정도로 높았다는 사실을……

지금 자신의 눈앞에 서 있는 것이 그런 이레귤러적인 존재라는 것을 깨닫자 등골이 서늘해졌다.

"우등생인 댁은 나 같은 잔챙이는 안중에도 없으셨겠지만, 난 예습을 완벽하게 하고 왔지. 자, 예고 없는 쪽지시험을 한 번 받아보시지!"

"네 이놈……! 너 따위가 감히……!"

한편, 이브와 리디아는 접전 중이었다.

"하아아아아아아아아앗!"

"제법이네요!"

두 여자는 지붕 위를 고속으로 이동하면서 【염인】을 교차했다.

벽을 차고, 지붕을 박차면서 몇 번이고 어지럽게 검격을 나누었다.

"핫!"

"홋!"

염인과 염인이 맞부딪칠 때마다 격렬하게 솟구치는 불꽃, 폭염, 폭열.

대량으로 튀는 불똥.

세찬 물결처럼 흐르는 시야 속에서 이브는 필사적으로 【염인】을 휘둘러 리디아의 맹공을 버텨냈다.

이윽고 두 여자가 【광대의 세계】의 효과 범위를 벗어난 바로 그 순간—

《울부짖어라 불꽃 사자》!"

《울부짖어라 불꽃 사자》!"

둘 다 동시에 흑마 【블레이즈 버스트】를 날렸다.

초고열 에너지로 만들어진 화염구가 공중에서 격돌하며 대기를 뒤흔드는 대폭발을 일으켰다.

방향성을 잃은 열에너지가 주위로 충격과 폭염을 흩뿌렸다.

"크으으웃?!"

언뜻 호각처럼 보인 이 주문의 응수는 실은 이브의 판정

패였다.

완전히 상쇄하지 못한 폭염과 폭풍에 노출된 그녀의 몸이 뒤로 날아간 뒤 근처에 있던 건물 벽에 격돌했다.

"……으윽?!"

이브는 그대로 벽을 타고 착지.

"어머나."

그리고 리디아는 그런 이브 앞에 여유 있게 착지했다.

"당신, 실력이 제법인 것 같지만…… 절 상대하기에는 아직 멀었네요."

"……?!"

이브는 분한 눈으로 리디아를 올려다보았지만 부정할 수 없는 엄연한 사실이었다.

조금 전부터 근접 격투전에서는 완전히 압도당했을 뿐더러 근거리 마술 전투에서도 근본적인 마력과 기량이 크게 차이가 났다.

'이렇게 될 거라 예상은 하고 있었어. 왜냐하면 그녀는……'

리디아는 흐트러진 호흡을 가다듬는 이브에게 즐거운 목소리로 말했다.

"미안하지만, 좀 빨리 끝낼게요. 이름 모를 마도사 씨. ……아버지께서 절 기다리고 계실 테니까요."

그리고 왼손에 마력을 모으기 시작했다.

하지만 이브는 그런 리디아에게 갑자기 이런 말을 꺼냈다.

"불쌍해."

"예?"

"……당신이 불쌍하다고 했어."

자세히 보면 이브의 눈은 이미 적을 보는 눈이 아니었다.

하지만 그렇다고 해서 육친을 보는 눈도 아니었다.

"방금 싸우면서 마력을 느끼고 확신했어. 당신은 언니……

리디아가 아니야."

그 말을 듣고 리디아의 미소가 딱딱하게 경직되었다.

"……며칠 전에 이런 밀고가 들어왔어. 『리디아는 이미 고인.

아버지에게 살해당했다. 지금의 리디아는 【Project : Revive

Life】로 만들어진 가짜』라고."

"……."

"당신, 【Project : Revive Life】가 뭔지 알아? 죽은 사람

의 기억 데이터를 백금술(白金術)로 제조한 육체와 영혼에

인스톨해서 부활시키는 외법(外法) 중의 외법…… 당신은 그

산물이야."

"……."

"어쩐지 너무 부자연스럽다 싶었어. 절대로 고칠 수 없는

장애를 치료하고 복귀했던 것도, 그 정의를 숭상하는 언니

가 아버지에게 절대적으로 복종했던 것도. 그리고……."

—어째선지 날 못 알아본 것도.

하지만 그 말만은 목구멍으로 삼킬 수밖에 없었다.

"당신은 전부 아버지의 입맛에 맞춰서 만들어진 존재야. ……몸도, 마음도, 기억도."

"……?!"

그렇다. 아마 리디아는 이브를 무시했던 것도, 잊은 것도 아니었다.

이브에 관한 기억이 의도적으로 삭제되었던 것이리라.

그러는 편이 이그나이트 경 입장에서는 유리하니까. 부려 먹기 쉬우니까.

"당신도 실은 어렴풋이 눈치채고 있었지? 자신의 부자연스러움을."

"아……."

"기억의 부분적인 결락, 아버지에 대한 부자연스러운 충성심, 뒤틀린 가치 기준…… 당신의 원본인 그 총명한 리디아 언니라면 그야 눈치채지 못했을 리가 없는걸."

"무슨…… 다, 당신 지금 대체, 무슨 소릴……."

"당신은 도구야. 아버지가 자신의 야망을 채우기 위해 만든 가엾은 도구. 복제와 대용품이 얼마든지 있는 편리한 양산품, 소모품. 그런데도…… 당신은 그런 아버지를 절대적으로 맹신하고…… 그걸 또 기뻐하고 있으니…… 그게 불쌍하지 않으면 대체 뭐가 불쌍하다는 건데!"

"아, 아니야! ……난 아버지의 딸이야! 사랑하는 아버지를 위해 난 모든 걸 바치고 있는 거야! 아버지도 분명 그런 날

사랑하고 계실 터……!"

리디아는 화가 난 얼굴로 반박했다.

하지만 역시 본인도 짚이는 곳이 있는지 안색이 좋지 않았다.

"내가 양산품이나 소모품일 리 없어! 아버지의 기쁨이야말로 내 기쁨! 방해꾼은 용서 못 해! 그 누구든!"

"……아아, 가엾은 언니. 죽은 후에도 그 사람의 손을 벗어나지 못하다니……."

이브는 눈시울이 뜨거워지는 것을 느꼈다.

『리디아는 이미 고인. 아버지에게 살해당했다』라는 밀고가 결국 사실이었음을 지금 확신했기 때문이었다.

'영적인 감각으로 느껴져. 이 마력 파장…… 저 가짜 안에서 언니의 존재가…… 언니의 영혼이!'

『Project : Revive Life』에 사용되는 영혼은 복수의 영혼을 모아서 연성된다.

그리고 저 가짜 리디아 안에서는 분명히 리디아였던 자의 영혼…… 그 편린이 느껴지고 있었다.

그건 다시 말해―.

'울지 마, 이브! 지금은 울고 있을 때가 아니잖아!'

이브는 눈물을 훔치고 리디아를 응시했다.

머릿속을 스치는 언니의 환영을 떨쳐내고 의연한 목소리로 말했다.

"내가 당신을 해방해줄게. ······내가 언니에게 해줄 수 있는 건 이제 그것밖에 없을 테니까."

"······닥쳐!《타올라라》!"

반대로 리디아는 격노한 목소리로 외쳤고, 폭음과 함께 주위를 휩쓰는 불꽃이 이브를 집어삼켰다.

초고열의 불꽃이 바닥을 타고 사방으로 퍼져나가자 주위는 즉시 연옥으로 변모했다.

"절대로 그럴 리는 없지만······! 만약 내가 리디아가 아니라면! 이 힘은 뭔데! 이게 진짜가 아니라면 뭐가 진짜겠어!"

리디아는 마치 자신을 설득하려는 것처럼 히스테릭하게 외쳤고, 불꽃의 기세는 그 말을 증명하려는 것처럼 한없이 거세져서 하늘을 태웠다.

"아하, 아하하하하하! 전 아버지의 딸이에요! 이 몸도 마음도 전부 아버지를 위한 거라구요! 그것이 내 존재의 의······! 아버지를 방해하게 두진 않겠어요! 당신은 내가 죽일 거야! 아버지를 방해하는 것들은《로드 스칼렛》인 내 불꽃으로 남김없이 불태워버리겠어어어어어!"

리디아의 폭력적인 불꽃이 이브를 인정사정없이 불태웠다.

"······미지근해."

하지만 이브는 태연하게 중얼거렸다.

"······뭐라구요?"

"미지근하다고 했어."

기가 막힌 표정의 리디아를 이브는 불꽃 속에서 똑바로 바라보았다.

그리고 머릿속을 스치는 언니의 말.

—그 숭고한 마도의 등불로 어둠을 헤치고 인류를 수호하며, 인류가 가야할 길을 밝히고 인도하는 자…… 그것이 《홍염공^{로드 스칼렛}》이란다.

"언니의, 리디아의 불꽃은…… 훨씬 더 뜨거웠어!"

"다, 닥쳐어어어어어어어어어어어어어어!"

격노한 리디아는 그대로 빠르게 주문을 난사했다.

이브도 지지 않고 오른손으로 주문을 날렸고, 주변일대를 한층 더 처참한 대초열지옥으로 바꾸었다.

"크으으으으윽?!"

글렌의 발차기가 이그나이트 경을 날려버렸다.

"헉……헉…… 이거나 먹어라!"

그리고 몸을 회전하며 권총을 퀵드로우.

총성 세 발.

날카로운 화선(火線)이 이그나이트 경을 향해 일직선으로 질주했다.

"치잇?!"

하지만 이그나이트 경 또한 역전의 강자.

공중에서 재빨리 균형을 회복하고 옆으로 크게 도약하자 납탄이 그 자리를 관통하거나 튕겨나갔다.

"설마 네놈 따위를 상대로 이 정도까지 궁지에 몰릴 줄은……!"

근처 건물 지붕 위로 뛰어오른 이그나이트 경은 분노한 표정으로 글렌을 내려다보았다.

"……칫."

글렌은 이를 악물었다.

마술을 봉쇄하고, 마비 독침도 명중했다. 하지만 기본적인 마력 차, 신체능력 강화 술식의 규격 강도, 그리고 무엇보다도 전투기량과 경험치의 차이가 너무 컸다.

압도적으로 유리한 상황임에도 결정타를 넣을 수가 없었다.

필살의 간격을 교묘하게 벗어나고 있었다.

'썩어도 제국 마도무문의 동량…… 이그나이트가의 당주라는 거냐!'

원래는 전투를 시작하자마자 허를 찔러서 속공으로 결판을 내고 싶었다.

하지만 이그나이트 경의 노회함이 그 계획을 망가트렸다.

'망할! 이렇게 되면 **그걸** 쓸 텐데……!'

"칫…… 원래는 네놈 따위에게 쓸 생각은 없었다만……!"

그 나쁜 예감을 증명하듯 이그나이트 경이 품속에서 뭔

가를 꺼냈다.

『열쇠』. 그것도『붉은 열쇠』였다.

"칫! 쓰게 내버려둘까 보냐아아아아아!"

글렌은 단숨에 탄창을 교환하고 총구를 돌렸다.

총성, 총성, 총성.

머리 위의 이그나이트 경을 노린 초고속 3연사.

"《타오르는 불꽃 벽이여》!"

하지만 이그나이트 경은 하늘 높이 도약해 주문을 영창했다.

흑마 【플레어 클리프】. 시전자가 자유자재로 조종 가능한 불꽃 벽을 펼치는 주문이었다.

그리고 두꺼운 불꽃 벽은 글렌의 시야를 가득 메우며 밑으로 떨어졌다.

'큭?! 【광대의 세계】의 효과가 끊어지는 틈을 노렸어?!'

과연 역전의 전사다운 판단력이었다.

"크으으윽?!"

^{카운터 스펠}
대항 주문을 쓸 틈은 없었다.

글렌이 옆으로 몸을 굴려서 불꽃을 피하는 사이에 이그나이트 경은『붉은 열쇠』를 자신의 가슴에 꽂았다.

그리고 그 열쇠를 돌리자, 천지를 짓누르는 폭력적인 마력이 태동하더니 이그나이트 경의 온 몸에서 검은 마력이 팽창하며 그를 완전히 집어삼켰다.

"망할! 역시 그 정보대로였냐!"

바닥을 굴러서 주문을 피한 글렌이 욕설을 내뱉었다.

그의 눈앞에서 하염없이 흘러넘치던 검은 마력은 이윽고 세차게 타오르며 단숨에 하늘을 불태웠다.

진홍의 광휘가 세계의 여명을 선명한 붉은색으로 물들인 것이다.

어느새 이그나이트 경은 모습이 변해 있었다.

끓어오르는 마그마 같은 불꽃과 열기에서 탄생한 것은…… 마인이었다.

초고열 불꽃으로 형성된 육체. 그 몸에 걸친 붉은색 로브가 간신히 인간의 형태를 유지시켜주고 있었다.

끝없이 팽창하는 압도적인 존재감과 열량.

마치 대기 그 자체를 새빨갛게 물들이는 듯한 착각마저 들게 하는 화염 마인.

그 이름은―.

"《염마제장(炎魔帝將)》 비아 돌! 허, 무슨 전설의 바겐세일이냐!"

또다시 마장성(魔將星)이 현세에 군림한 것이다.

"홋…… 훌륭하군. 이 힘은……!"

지면에 착지한 이그나이트 경, 아니. 비아 돌은 감동에 몸을 떨면서 말했다.

이윽고 글렌과 마인의 주위를 감싸듯 막대한 불꽃이 하늘 높이 솟구쳤다.

그 엄청난 열기 앞에서 글렌은 손가락 하나 까딱할 수 없었다.

"외우주의 심연에서 비롯된 힘과 지식이 내 영혼에 새겨졌군. ……옳거니, 이것이 진리의 편린인가. 아아, 내가 어리석었구나! 더 빨리 이 힘을 썼어야 했다! 어중간하게 인간으로 남으려 하지 말고 더 빨리 인간이기를 완전히 포기해야 했던 거다! 훗, 그때 열쇠를 받은 건 정답이었군! 역시 **그분의 말씀**이 진리였던 거다! 하하하, 하하하하하하하!"

"시끄러워! 닥쳐!"

글렌이 총구를 겨누고 방아쇠를 당겨서 탄환을 날렸지만 이그나이트 경은 그것을 피하려고도 하지 않았다.

총탄은 그대로 그의 가슴을 뚫고 그 안에서 기화되었다.

"멍청한 놈. 지금의 난 《염마제장》 비아 돌. 이 몸은 초고열의 불꽃 그 자체…… 그런 장난감이 통할 줄 알았느냐?"

"큭! 역시나!"

"이제 네놈의 빈약한 무기와 마술은 이 몸에 일절 통하지 않는다! 흐하하하하하하! 자, 불태워주마! 완전히 불태워주마, 나약한 인간! 우오오오오오오오오오!"

이그나이트 경이 포효하자 주위의 불길이 더더욱 거세졌다.

소용돌이치며 태풍으로 변한 불꽃이 글렌을 숯덩어리로 만들기 위해 서서히 포위망을 좁혀왔다.

'전에 싸웠던 《철기강장(鐵騎剛將)》이나 《백은룡장(白銀龍

將》도 그렇고, 이번 《염마제장》도 그렇고…… 하나같이 『열쇠』가 관계되어 있었어. ……저건 대체 정체가 뭐지?'

그리고 『열쇠』라 하면 루미아의 이능력도 『열쇠』였다.

'……칫, 생각은 나중에. 지금은 이 녀석을 어떻게든 해야……!'

글렌은 한순간 머릿속을 스치는 불길한 상상을 떨쳐냈다.

그리고 다시 불꽃 너머의 이그나이트 경을 응시했다.

상황은 최악이지만 아직 방법은 남아 있었다.

글렌에게는 저 마인을 해치울 수 있는 비장의 패가 있으므로.

오리지널 【광대의 일격^{페네트레이터}】.

글렌 자신의 마술특성^{퍼스널리티}을 담아 상대의 존재 자체를 꿰뚫어버리는 필멸의 마탄이다.

엘자에게서 들은 기묘한 전언 덕분에 일단 챙겨올 수 있었다.

'하지만 그건 영거리(零距離) 사격으로 명중시키지 않으면 효과가 없어!'

글렌은 재빨리 탄창을 교환하며 불꽃의 화신으로 변모한 이그나이트 경을 지그시 바라보았다.

하지만 그의 주위에는 마치 의지를 지닌 생물 같은 불꽃이 그를 지키려는 듯 꿈틀거리고 있었다. 섣불리 접근했다간 재조차 남기지 못한 채 불타죽으리라.

'……과연 접근할 수 있을까? 하얀 고양이, 루미아, 리엘……
그 녀석들이 없는 이런 상황에서!'

도저히 불가능하다.

일대일로 맞붙는다면 삼류 마술사에 불과한 글렌은 눈 깜
짝할 사이에 숯덩이가 되고 말 터.

'그래도…… 해보는 수밖에!'

여느 때와 마찬가지로 절대적인 강자를 눈앞에 둔 글렌은
비장한 결의를 가슴에 새길 수밖에 없었다.

——.

싸우고 있다.

밀라노를 무대로 알자노 제국의 동포들이 각지에서 싸우
고 있었다.

"《나의 열쇠》! 모두를 지켜줘!"

"멈춰! 바람이여!"

여왕군 거점에서는 시스티나가 바람의 결계를 펼치고 루
미아가 공간을 지배하고 있었다.

"지금 이때이야말로 버텨야 합니다, 여러분! 마력을!"

""""우오오오오오오오오오오오!""""

여왕을 지키는 학생들이 필사적으로 마력을 쥐어짜 내 주문을 자아내고 있었다.

"이이이이이야아아아아아아아아아아압!"

"핫!"

탁월한 검기로 밀라노 각지를 전전하는 리엘과 엘자.

"우오오오오! 아직이야! 우린 아직 쓰러질 수 없다고!"

""""우오오오오오오오오오오오오오오오!""""

목숨 바쳐 싸우는 여왕군 장병들.

"여왕을 죽여!"

"이그나이트 경에게 영광을!"

마찬가지로 목숨을 건 쿠데타군 장병들.

부딪칠 때마다 짓밟히는 양군의 생명들.

"알베르트 씨, 이쪽이에요! 결계를 펼치겠습니다! 일단 퇴각하죠!"

"칫, 한심하군."

"그야 어쩔 수 없지 않나! 우린 처음부터 몸 상태가 개판이었으니 말일세!"

필사의 유격전을 펼치는 알베르트, 버나드, 크리스토프.

"닥쳐! 너희들 때문에 귀중한 유적이 엉망이 됐잖아!"

""우와아아아아아아아아앗?!"""

딱 한 명, 영문을 알 수 없는 이유로 쿠데타군을 때려눕히는 자도 있긴 했지만…….

아무튼 모두가 싸우고 있었다.

시간으로 치면 겨우 세 시간 남짓.

하지만 그들의 인생에서는 가장 밀도가 높은 시간이 흘러가고 있었다.

왜 같은 동포끼리 싸워야만 하는 것일까.

이 싸움에 대체 무슨 의미가 있는 것일까.

하지만 전장의 마력과 광기는 그런 의문을 가질 여유조차 주지 않았다.

다만, 확실한 것은 『끝내야만 한다는 것』뿐.

어떤 형태로든 이 의미 없는 싸움에 결판을 내야만 했다.

그리고 이 순간, 모두는 한 가지 같은 예감을 느끼고 있었다.

이 싸움은 곧 끝날 거라고. 머지않아 결판이 날 거라고.

그런 예감을 피부로 느끼며, 지금은 그저 살아남기 위해 싸울 수밖에 없었다.

——.

그곳은 명계 제7원— 대초열지옥으로 변해 있었다.

《진홍의 염제여·겁화의 군기를 들고·붉게 유린하라》!"

《진홍의 염제여·겁화의 군기를 들고·붉게 유린하라》!"

이브와 리디아는 동시에 같은 주문을 영창했다.

B급 군용 어설트 스펠, 흑마 【인페르노 플레어】.

등 뒤에서 솟구치는 진홍빛 극광. 지옥의 불기둥. 그것이 뱀처럼 구불거리며 서로를 집어삼키기 위해 짓쳐들었다.

격돌.

방향성을 잃은 초고열 불꽃이 사방팔방으로 확산되자, 그 엄청난 열기에 건물과 도로를 구성하는 석재가 붉게 끓어오르기 시작했다.

"《울부짖어라 불꽃 사자》! 《사납게》!"

이브는 틈을 주지 않고 흑마 【블레이즈 버스트】를 세 발 동시에 발사했다.

"【타오르는 불꽃 벽이여】!"

하지만 리디아가 펼친 【플레어 클리프】 앞에서 전부 막혔다.

폭발, 폭발, 폭발.

대량의 불똥과 폭풍이 주위로 흩어지며 세상을 붉게 물들였다.

"《하늘에 가득한 분노여》!"

그리고 리디아는 즉시 흑마 【미티어 플레임】을 영창, 이브의 머리 위에 화염탄을 소나기처럼 쏟아 부었다.

"《폭(爆)》!"

하지만 이브는 반사적으로 흑마【퀵 이그니션】을 발동, 폭풍으로 화염탄을 날려버리며 빠르게 후퇴했다.

싸움의 여파로 발생한 대량의 불꽃이 주위를 태우고 녹이고 있었다.

그야말로 세상 모든 것을…….

거기서 공격이 끊긴 이브와 리디아는 다시 불길 속에서 서로를 노려보았다.

불타는 건물. 불타는 대지. 불타는 하늘.

모든 것이 새빨갛게 물들고, 새빨갛게 타오르는 붉은 세상 한복판에서.

"헉……! 헉……! 후우……!"

"……우후후, 노력가군요. 당신. 마치 아리에스 같아."

이브는 가쁘게 숨을 몰아쉬고 있었지만 리디아는 여유 있게 미소 짓고 있었다.

"내 동생 아리에스도…… 당신 같은 굉장한 노력가였는데."

'……강해!'

이브는 필사적으로 숨을 가다듬으며 리디아를 노려보았다.

당연히 그녀는 흑마【트라이 레지스트】로 염열 방어력을 한계까지 끌어올린 상태였다.

다양한 기술과 주문을 구사해서 직격만은 간신히 피하고

있었다.

그럼에도…… 한계는 다가오고 있었다.

리디아의 불꽃은 여파와 열량만으로도 이브의 몸에 피해를 누적시키고 있었다.

심한 화상이 그녀의 전신을 좀먹고 있었다.

'지금 내 얼굴은 아마…… 화상 때문에 끔찍한 상태겠지. 이런 꼴을 그 녀석에겐 보여주고 싶지 않아…….'

반면에 리디아는 멀쩡했다.

숨이 흐트러지기는커녕 화상 하나 입지 않았다.

얼굴 왼쪽 절반에 심한 화상을 입은 이브와 달리 아름답고 깨끗한 얼굴 그대로였다.

'어떻게든……어떻게든 돌파구를 찾아야……!'

그렇다. 지금 이렇게 시간을 낭비하고 있을 때가 아니었다.

그 밀고가 진실이라면 지금 글렌이 싸우고 있는 적은 이그나이트 경이 아닐 터.

고대문명이 낳은 괴물, 마왕의 충실한 하인 마장성.

《염마제장》 비아 돌.

나름 대책은 세워뒀지만, 글렌 혼자서 감당하기에는 너무 짐이 무거운 상대였다.

'내가 가야 하는데…… 내가!'

하지만 이길 수가 없었다.

지금의 이브에게 리디아는 너무나도 높은 벽이었다.

'적어도…… 왼팔…… 왼팔만 쓸 수 있었다면……!'

이브는 왼팔에 힘을 넣어보았다.

전에 『페지테 최악의 사흘간』 사건에서 저티스에게 잘렸던 왼팔. 결국 그 뒤로는 아무리 애를 써도 이 팔로는 마술을 쓰기는커녕 마력조차 끌어낼 수 없었다.

'……없는 걸 탓하고 있을 때가 아니야.'

잠시나마 약해졌던 자신을 질타하며 다시 싸울 각오를 했다.

'이기는 거야. 이길 수밖에 없어. 나 자신을 위해서…… 절대로 져선 안 돼!'

가슴에 비장한 각오를 새기고 다시 리디아의 빈틈을 살핀 순간—

짝짝짝.

어째선지 리디아가 갑자기 박수를 치기 시작했다.

"예, 당신. 참 잘 싸웠어요."

"……?"

"《로드 스칼렛》의 이름을 계승한 제 불꽃 앞에서 여기까지 버티다니…… 당신의 불꽃도 정말 대단하네요."

"……별말씀을."

'사실은 진짜 언니에게 그런 칭찬을 받고 싶었는데…….'

이브가 한순간이나마 그런 감상에 젖은 그때였다.

"하지만 그것도 이제 끝이에요."

리디아는 그런 이브를 지옥으로 떨어트리는 선언을 입에

담았다.

"『내 영역』이 완성됐거든요."

"……어? 영역? 그게 무슨……."

이브가 그렇게 넋을 잃고 묻자 리디아의 주위에 새로운 불꽃이 소용돌이치기 시작했다.

주문 영창을 하지 않았는데도.

그 광경을 본 이브는 한 걸음, 두 걸음 뒤로 물러났다.

"말도 안 돼……. 그건, 권속비주【제7원】?!"
^{시크릿}

시크릿【제7원】. 이그나이트가 자랑하는 염열계통 마술 최대의 비오의(秘奧義).

효과는 사전에 지정한 일정 범위 안에서 염열계통 주문의 발동에 필요한 『다섯 공정』의 완전 생략.
^{퀸트 액션}

지배 영역 안에서는 염열계통 주문을 집중, 딜레이, 영창, 마나 바이오리듬이라는 리스크를 완전히 무시하고 마음껏 쓸 수 있는 규격 외 마술이다.

즉, 영역 안에 존재하는 모든 불꽃의 『완전 지배』.

그런 까닭에【제7원】을 발동한 이그나이트의 마술사는 무적, 근거리 마술전투 최강으로 일컬어지는 것이다.

"어떻게?! 대체 무슨 수로【제7원】의 영역을 전개한 거지……?!"

그렇다. 그런 무적의【제7원】에도 사실 한 가지 약점이 있었다. 그것은 바로 사전 준비가 번거롭다는 것.

영역을 구축하려면 주변 일대에 엄청난 수고와 긴 공정을 거쳐서 영점(靈点)을 몇 개나 설치해야만 했다.

그래서 【제7원】은 함정처럼 미리 깔아둔 영역에 적을 끌어들이는 식으로 쓰는 게 보통이었다. 그런데도⋯⋯.

"대체 어떻게?! 무슨 수로⋯⋯."

거기까지 말한 이브는 자신의 착각을 깨달았다.

아무리 가짜라지만 자신이 싸우고 있는 상대는 바로 그 『리디아 이그나이트』라는 사실을⋯⋯.

"설마 영역을⋯⋯ 지금 만든 거야? 나와 싸우는 도중에⋯⋯?"

이브가 그렇게 추측하자 리디아는 긍정하듯 방긋 웃었다.

"⋯⋯!"

이브는 아연실색할 수밖에 없었다.

이쪽은 계속 전력으로 싸웠는데도. 조금이라도 방심하면 당할까봐 필사적으로 싸웠는데도⋯⋯.

리디아는 그 와중에 【제7원】이라는 대마술까지 구축했던 것이다. 심지어 이브의 이목까지 속여가면서.

'⋯⋯세상에.'

대체 자신과 그녀 사이에는 처음부터 얼마나 큰 격차가 있었던 것일까.

그로부터 수 년.

조금은 언니의 등을 따라잡았다고 생각했건만 현실은 잔혹했다.

너무나도 높은 벽의 존재에 마음이 꺾일 것만 같았다.

"자…… 이걸 쓴 이상 조금 전처럼 살살 싸워줄 수는 없답니다?"

그리고 그런 이브에게 결정타를 가하듯, 리디아는 한없이 자애롭고 따스한 미소를 지으며 손을 휘둘렀다.

사방에서 솟구치는 농밀한 열기.

땅과 하늘, 세상 모든 것이 한 치의 틈도 없이 진홍빛으로 물든 이것은—.

이 얼마나 잔혹하고 아름다운 광경인가.

"……아……."

"안녕히, 이름 모를 분."

그리고 리디아가 무자비하게 손가락을 튕긴 순간, 이브의 세계를 완전히 물들인 진홍빛이 일제히 몰려들었다.

전 공간 포위 섬멸 공격. 도망칠 곳은커녕 막을 수단도 없었다.

"……."

이브는 넋을 잃은 채 그 광경을 그저 가만히 받아들일 수밖에 없었다.

"아악!"

"흐하하하하하하하하하하! 약해! 너무 약하군!"

마인으로 변한 이그나이트 경은 불덩이가 돼서 바닥을 구르는 글렌을 보고 크게 웃음을 터트렸다.

"……크윽! 제기랄……!"

글렌은 재빨리 주머니에서 마정석을 꺼내 뭐라고 외쳤다.

그러자 마정석이 팡! 하고 터지더니 몸에 붙은 불이 단숨에 꺼졌다.

"흥, 건방진 놈. 아직도 그걸 가지고 있었던 건가."

"헉……헉……헉……!"

방금 마정석은 염열 공격에 강한 내성을 발휘하는 【트라이 레지스트】를 이브와 시스티나가 루미아의 이능력을 더해서 인챈트해준 것이었다.

글렌은 《염마제장》 비아 돌로 변한 이그나이트 경의 압도적인 화력을 이 마정석에 담긴 힘 덕분에 간신히 버틸 수 있었던 것이다.

'이런……! 레지스트를 몇 번이나 다시 걸어도 전부 관통해 버리다니…… 이게 무슨 종잇장도 아닌데……!'

글렌은 상황을 확인했다.

주위는 여전히 지옥이었다. 그야말로 대초열지옥이 현세에 강림한 게 아닐까 싶은 광경.

이 마정석이 없었다면 그저 가만히 서 있기만 해도 열기에 타 죽었으리라.

이그나이트 경 주위에는 여전히 마그마 같은 두꺼운 불꽃 벽이 몇 중으로 쌓여 있었다.

아무리 마정석을 방패로 삼아도 저걸 뚫는 건 무리였다.

열기를 버틸 수 없었다.

접근할 수도 없고 돌파구도 없다.

'심지어 남은 마정석은…… 둘. 이걸론 3분도 못 버텨……'

거의 체크메이트 확정이었다.

글렌의 냉정한 전투사고가 그렇게 결론을 내리고 있었다.

하지만 그 순간, 멀리서 폭염이 솟구치는 소리가 들렸고 글렌은 반사적으로 그쪽을 돌아보았다.

"……어?! 방금 그건……?!"

"호오? 내 귀여운 딸 리디아로군. 아무래도 【제7원】을 발동한 모양이야."

"……?!"

글렌은 눈을 부릅뜰 수밖에 없었다.

리디아가 【제7원】을 발동했다. 그건 즉, 리디아와 싸우는 이브가……

"……훗, 끝났다. 글렌 레이더스."

이그나이트 경은 자랑스럽게 선언했다.

"이제 곧 여기에 쓰레기를 소각 처분한 리디아가 돌아오겠지. 그렇게 되면 아무리 끈질긴 네놈이라도 더는 버틸 수 없을 터. 크크크크…… 으하하하하하하하!"

하지만 그런 이그나이트 경에게 돌아온 건 한 발의 총성이었다.

그를 노리고 날아간 총탄은 당연히 도중에 불꽃에 막혀서 단숨에 증발했다.

이그나이트 경에게는 조금도 닿지 못했다.

하지만 그 발악은 이그나이트 경의 심기를 거스르기에 충분했다.

"이 벌레 놈이…… 아직도 저항하겠다는 거냐?"

"당연하지."

글렌은 총구를 겨눈 채 아주 당연한 것처럼 말했다.

"어째서? 이미 결판이 났건만……."

"믿고 있으니까!"

글렌은 망설임 없이 말했다.

"그 녀석은 안 져! 반드시 여기로 돌아올 거다!"

"흥, 어리석군. ……예전이나 지금이나 현실을 보지 못하는 놈이로군. 그 멍청한 계집이 돌아온다고? 헛소리!"

"하! ……지금 헛소리라고 했냐? 넌 부모 주제에 아직도 그 녀석의 대단한 점을 모르나 보구만! 어이가 없다 못 해 불쌍할 정도야! 진짜!"

글렌도 자신만만하게 대답했다.

"그 녀석은 노처녀에 성격도 뒤틀린 싫은 녀석이지만…… 한다면 하는 여자야. 홋, 각오해둬. 그 녀석이 돌아왔을 때가…… 네 제삿날이 될 테니까."

"시시하군. 슬슬 네놈의 헛소리에 어울려주는 것도 지쳤다."

이그나이트 경은 불쾌한 얼굴로 불꽃을 휘둘렀다.

"우오오오오오오오오오오오오오오오오!"

그렇게 다시 글렌의 고함과 불꽃의 폭음이 밀라노의 하늘 위로 울려 퍼졌다.

────────.

──.

그것은⋯⋯ 찰나의 순간.

하지만 죽음을 눈앞에 둔 정신이 극한까지 연장시킨 무한한 찰나이기도 했다.

'⋯⋯졌어.'

그런 시간의 흐름이 이상해진 세상 속에서 이브는 원통하게 눈을 감았다.

뜨거웠다. 온 몸이 뜨거웠다. 말 그대로 타오르고 있었다.

리디아가 발동한 이그나이트의 비오의, 시크릿【제7원】.

그것 앞에서 이브가 대항할 수단은 아무것도 없었다.

애당초 어떻게 막고, 어떻게 피하고, 어떻게 달아나라는 것일까.

시크릿【제7원】의 영역 안에서만 쓸 수 있는 필살 공식.

지배 영역 안의 모든 공간을 한 치의 틈도 없이 초고열로 채워서 모조리 불살라버리는 대초열지옥.

그 이름하야 《무간대연옥진홍(無間大煉獄眞紅)·칠원(七園)》. 시크릿【제7원】의 궁극기.

전성기의 이브조차 도달하지 못했던 필중필멸의 술식이었다.

'……졌어.'

그런 모든 것이 진홍과 홍련으로 물든 세상 속에서, 이브는 온 몸을 불태우며 무릎 꿇었다.

조금 있으면 자신은 이런 생각조차 할 수 없게 되리라. 재조차 남지 않게 되리라.

그런 찰나의 유예 속에서 이브는 멍하니 생각했다.

'맞아. 이길 수 있을 리가 없어. ……내가 언니를 이길 수 있을 리 없었다구. 난 대체 왜 자만하고 있었던 거지? 언니의 힘을 잘 알면서. 상대가 가짜라면 이길 수 있다? 가짜의 불꽃은 미지근해? 멍청한 계집애. 나랑 언니는 근본적으로 규격이 다른 존재인데……!'

지옥 같은 열기와 고통 속에서 이브는 끊임없이 자조했다.

'언니야말로 진정한 이그나이트…… 그런 언니에게 가짜 이그나이트인 내가 어떻게 이길 수 있다는 건데? 가짜는 나면서…….'

왼손을 쥐어본다.

아직도 마력이 통하지 않는 그 왼손을…….

'미안, 글렌. 당신은 평소처럼 바보 같이 날 믿어주겠지만…… 이젠 다 끝났어. 과대평가야. 당신이 생각하는 것만큼 난 대단한 여자가 아니라구. 난 가짜. 아무른 신념도 긍지도 없는, 이그나이트라는 이름에 매달려서 타성적으로 살아왔을 뿐인 타다만 찌꺼기. 늘 뜨겁게 타고 있는 당신이랑…… 달라.'

이젠 알 수 있었다.

왜 늘 그 녀석을 못마땅하게 여겼는지.

닮았기 때문이다.

과거에 이브가 목표로 삼았고, 결국 좌절할 수밖에 없었던 리디아의 삶의 방식을……

'……이제 와서 다 무슨 소용이람.'

아무래도 시간이 다 된 것 같았다.

열기에 들떠 있던 사고가, 진홍빛 세상이 멀어지고, 하얗게 물들고 있었다.

뜨겁다. 괴롭다. 아프다. ……이젠 전부 아무래도 상관없어.

가짜치고는 뭐, 잘한 편 아닐까?

마지막으로 그렇게 자신을 납득시키고 그대로 의식을 놓아버리려 한 그때였다.

『난 동의 안 해, 이브.』

이브의 온 몸을 감싼 불꽃이 태평스러운 목소리로 말을 걸어오는 것 같았다.

『난 네가 가짜 이그나이트라고 생각한 적은 단 한 번도 없어.』

'……누구?'

이미 몽롱해진 의식 속에서 이브는 건성으로 물었다.

하지만『목소리』는 그 질문에 대답하지 않고 계속 일방적으로 말했다.

『넌 이그나이트라는 이름에 너무 얽매이는 것 같아.』

『내가 전에 말했지? 정말로 중요한 건 내가 어떻게 사느냐와, 자신이 옳다고 생각하는 길을 걷는 것……그것이 이그나이트의 이름이 제시하는 진정한 길이라고.』

'……'

『후훗, 네가 살짝 신경 쓰는 그 남자애도 얼마 전에 똑같은 말을 해줬잖아? 애도 참, 벌써 까먹은 거니?』

……뭐지?

이 미묘하게 짜증나고 친한 척 구는『목소리』는?

뭐, 죽기 전에 듣는 환청이나 백일몽이겠지만

그래도 왠지 반갑긴 했다.

난 줄곧 이『목소리』를 듣고 싶었다.

『넌 너무 성실하달까, 고지식하달까…… 어깨 힘을 좀 빼고 마음 편히 살면 좋을 텐데…….』

'……'

『으응, 그건 아닌가. ……넌 착하니까…… 지금까지 줄곧 날 위해 애써온 거지? 나를 위해 이그나이트로 남으려고 했던 거지?』

『……』

『고마워. 그리고 미안. ……이젠 됐어, 이브. 넌 네가 살고 싶은 길, 옳다고 믿는 것을 위해 싸워도 돼. ……이제 괜찮아, 이브.』

이브는 그런 『목소리』를 향해 힘없이 고개를 저었다.

『날 과대평가하지 마. 난 가짜. 내가 살아야할 길, 올바른 길 따윈 아직도 전혀 모르겠어. ……대체 뭐가 옳은 건지도 전혀…….』

그런 식으로 한탄한 순간―.

『거짓말.』

『목소리』는 한없이 다정한 목소리로 부정해주었다.

『이젠 거짓말하지 않아도 돼, 이브. 넌 이미…… 네 삶의 방식과 정의를 찾았잖니?』

『잘 생각해보렴. 지금의 널 이루고 있는 것들을.』

『……?!』

『목소리』가 그렇게 지적하자, 여러 광경들이 이브의 머릿속을 파노라마처럼 스쳐 지나갔다.

―그것은 알자노 마술학원의 풍경이기도 하고.

―교관인 자신을 따르는 학생들의 미소이기도 하고.

—시스티나, 루미아, 리엘이기도 하고.

—좌천당한 지금의 자신을 아직도 동료로 여기며 이심전심으로 도우러 와준 특무분실의 동료들이기도 하고.

—늘 자신을 짜증나게 만들지만, 이런 바보 같은 자신의 편이 되어주기도 하는 아니꼽고 못마땅한 그 녀석의 얼굴이기도 했다.

지금의 자신에게는 이렇게나 많은 소중한 것들이 있었다.
지키고 싶은 것들이 있었다.
그 마음만큼은 결코『가짜』가 아니었다.
두말할 것 없는『진짜』였다.
'……난 어쩌고 싶은 걸까? 그들을 어떻게 하고 싶은 거지? 내 텅 빈 마음을 채워준 그들에게 어떤 식으로 보답해주고 싶은 거지? 내가 살아가야 할 길은…….'
이브가 그렇게 자문자답하자—.
『……답을 찾았구나.』
『목소리』는 자상하게 말했다.
『후훗, 넌 이제 괜찮아. 자, 일어서렴. 이브…….』
"그, 그치만!"

이브는 소리쳤다.

"이렇게 약해빠진 나한테 뭘 어쩌라는 건데!"

『너라면 괜찮아. **너라면 해낼 수 있어.** ……너도 알잖아?』

"……?!"

『목소리』의 지적에 심장이 크게 뛰었다.

『넌 정말 착한 애라…… 마음 깊숙한 곳에서, 무의식적으로 **그걸** 망설이고 있었던 거지? ……이젠 망설이지 않아도 돼.』

"하지만 **그렇게 해버리면**…… 난!"

그리고 이브가 몇 번이나 말을 잇지 못하자『목소리』는 마치 그 속마음을 읽은 것처럼 부드럽게 말했다.

『난 아무도 원망 안 해.』

그 순간, 퍼뜩 놀라며 굳어버린 이브는 곧 눈물을 뚝뚝 흘리기 시작했다.

"그런 건…… 싫어."

흘리자마자 증발했지만 멎지 않았다.

"싫어! 싫다구! 이그나이트가 끝나버리는데…… 그 이름이 사라져버리는데…… 정말 괜찮다는 거야?! 당신에겐 그 무엇보다 소중한 것 아니었어?!"

『이그나이트는 끝나지 않아. ……네가 살아있는 한 길은 계속 이어질 테니까.』

"……?!"

『분명 가문 자체는 사라질지도 몰라. 하지만 이그나이트의 이름이 가리키는 진정한 의미는…… 뜻은…… 분명 네 안에서 계속 살아 숨 쉴 거야. 네 자손에게 이어질 거야. ……영원히.』

"아, 아아아아아아……."

『이브. 난 너에게 모든 걸 맡겼어. 부디 진정한 이그나이트를…… 미래로 이어주렴. ……부탁할게, 내 귀여운…….』

『목소리』는 멀어져 갔다.

이젠 아무것도 들리지 않았다. 그 『목소리』는 대체 무엇이었을까.

하지만 그것은 마음을 맡기고 결의를 남겨주었다.

다양한 감정이 넘쳐흘러서 마음이 터질 것만 같았다.

그리고 결국 참지 못해 흘러넘친 마음을 단 한 마디의 단어로 바꾸어서.

이브는 소리쳤다.

이제 망설임은 없었다. 망설임 따윈 용납될 수 없었다.

왼팔을 들고 영혼을 담은 그 한 마디를…….

"언니이이이이이이이이이이이!"

그 순간, 시야를 전부 메운 지옥의 불꽃 바다가 반으로 갈라졌다.

이브를 태우려고 몸을 감싸 안았던 불꽃 전부가 사방으로 흩어졌다.

"어?! 말도 안 돼!"

시크릿 【제7원】으로 불꽃을 조종하고 있던 리디아가 경악해서 외쳤다.

"내 지배 영역을 이용해서 자신의 【제7원】을 발동했어?! 영역을 뺏겨?!"

"아아아아아아아아아아아아아아아아아아아아!"

이브는 흘러넘치는 눈물이 증발하는 것을 느끼며 절규했다.

그리고 **마력이 통하는 왼팔**— 오랜만의 감각을 느끼면서 마력을 최대한 실어서 단숨에 휘둘렀다.

그러자 주위의 불꽃이 이번에는 전부 리디아를 향해 쇄도했다.

시크릿 【제7원】.

이는 그야말로 이그나이트의 대명사. 상징이나 다름없는 마술이다.

하지만 저티스에게 왼팔을 잃었을 때부터 이브는 줄곧 망설임과 갈등을 품고 있었다.

자신이 살아가는 방식에 의문을 품었던 것이다.

그래서 이브는 왼손의 마술 능력을, 【제7원】을 잃고 말았다.

하지만 더 이상 망설임 따윈 없었다.

새로운 이그나이트의 길을 찾아냈기에······.

자신이 걸어야 할 길을……

"아아아아아아아아아아아아아아아아아아아아아아!"

"크윽?!"

경악한 리디아는 어떻게든 【제7원】의 영역을 다시 빼앗으려고 필사적으로 마력을 움직여 술식에 개입하려 했다.

하지만 멈추지 않았다.

자신의 모든 것을 담아서 【제7원】을 다루는 이브의 무시무시한 기세 앞에서는 전부 통하지 않았다.

그리고 이번에 《무간대연옥진홍·칠원》의 품에 안긴 건 리디아였다.

"……아……."

초고열의 불꽃에 감싸인 리디아.

그녀의 마력 위에 이브의 마력까지 더한 상승효과로 열량이 무한대에 도달한 지옥의 불꽃은 모든 마술적인 방어를 무시하는 치명적인 일격이 되었다.

"끝이야."

이브가 그렇게 선언한 순간—.

"……?!"

믿을 수 없는 것을 본 표정으로 굳은 리디아의 모습이 사라지기 시작했다.

그녀의 윤곽이 마치 불꽃 속에서 녹는 것처럼 소멸해가고 있었다.

천천히, 천천히 재 한 조각 남기지 않고…….

"잘 가, 언니."

이 시점에서 승리는 확정됐지만 이브는 방심하지 않고 리디아를 노려봤다.

불꽃 속에서 사라져가던 리디아가 굳은 표정을 풀고 밝게 미소 지었다.

"……강해……졌구나…… 이브……."

조금 전 같은 만들어진 미소가 아닌, 한없이 자상하고 따스한 그리운 미소였다.

"……고마워……."

"……?!"

대체 무슨 뜻으로 한 말인지 물을 틈도 없이.

이브가 입을 열 틈도 없이.

리디아는 빛나는 홍염 속에서 완전히 사라져버렸다.

"…………."

정적.

그만큼 사납고 치열했던 불꽃이 사라지고 껍질만 남은 것 같은 세상 속에서 이브는 잠시 넋을 잃고 생각에 잠겼다.

'언니의 《무간대연옥진홍·칠원》은…… 왜 날 완전히 태우지 않았던 거지? 원래대로라면 눈 깜짝할 사이에 숯덩이가

됐어야 할 텐데…….'

생각이 끊이지 않았다.

'그 불꽃 속에서 들은『목소리』는……?'

생각이 끊이지 않았다.

'그것이 마지막으로 한 말은…… 내 이름을 불렀던 건…….'

그리고 최후의 순간에 보여준 따스한 미소.

그 리디아가【Project : Revive Life】로 만들어진 가짜라는 건 틀림없었다. 이미 확정적이었다.

그러니 그 리디아는…… 결코 자신이 아는 언니가 아닐 터.

정신과 기억이 복제된 후에 조작된 별개의 인물이다. 본질적으로는 그랬을 터.

하지만 그 가짜에게 언니 리디아의 영혼과 기억 일부가 쓰인 것 또한 사실이었다.

요컨대, 어쩌면 마지막 그 순간만큼은…….

…….

"……큭!"

이브는 하염없이 흘러내리는 눈물을 닦았다.

"지금 울 때가 아니잖아! 울고 있을 때가…… 아닌데……!"

이브는 넘치는 눈물을 삼키며《슈투름》으로 도약했다.

세찬 바람을 두른 채 맹렬한 속도로 화마가 지나간 거리를 질주했다.

조금 전의 리디아에 관해서는 다양한 가능성과 가설을 세울 수 있었다.

하지만 이제 와선 아무 소용도 없었다.

그 진위는 영원히 검증될 수 없으리라.

진상은 어둠 속에 묻힌 채 그대로 영원히 종결되어버렸으므로……

그녀는 여왕 폐하께 반역을 저지른 역적이었을 뿐. 그래서 자신이 처형했다.

결국 그것뿐인 이야기.

문제는 그것보다도…….

"……끝나지 않았어. 아직 끝나지 않았으니까…… 지금은……!"

아마 아직도 우직하게 자신을 믿고 있을 남자를 구하기 위해 서둘러 몸을 날리기로 했다.

"아아아아아악! 크윽!"

글렌은 불에 탄 왼팔을 누르며 한쪽 무릎을 꿇었다.

"훗, 마술을 쓰는 왼팔을 잃었군. 이제 끝이다!"

불꽃이 끓어오르는 세상 속에 이그나이트 경의 웃음소리가 울려 퍼졌다.

"그건 그렇고 참 끈질긴 사내로다. 그 근성만큼은 칭찬해주마!"

"시꺼, 닥치라고…… 망할……."

"더 빨리 포기하지 그랬나? 그러면 그렇게까지 고통 받지 않았아도 될 것을."

글렌의 상태는 처참했다.

몸 여기저기에 화상이 심각했고 왼팔은 거의 숯덩이가 되어 있었다.

여기서 더 심해지면 마술로도 치료할 수 없게 되리라.

그리고 생명줄인 마정석은 이제 하나밖에 남지 않았다.

글렌을 그나마 여기까지 버티게 해준 루미아 특제【트라이 레지스트】도 이제 곧 효과가 끊길 것이다.

아마 그 순간이 글렌이 이 세상에서 흔적조차 남기지 못하고 사라지는 때일 터.

"그렇군. 그런 처참한 꼴이 되면서까지 날 죽이고 싶은 건가? 과거에 사랑했던 여자의 원수를 갚고 싶은 거냐? 흥, 우스꽝스럽군. 내심 참 원통하겠군? 이 압도적인 힘 앞에서 아무것도 하지 못하고 죽을 수밖에 없는 너 자신이."

하지만 글렌은 입가를 끌어올리고 자신만만하게 웃었다.

"원수라……. 뭐, 그러고 보니 그런 것도 있었지. 까놓고 말해 내 안에서 세라의 진짜 원수는 저 티스라서…… 넌 그냥 덤이야. 자의식과잉은 추하다고? 아저씨."

"뭐라고……?"

"지금 내가 이렇게 꼴사납게 발버둥치는 건…… 학생들을 위해서야. 그리고 그 녀석을 믿고 있어서지. 그 녀석은 반드시 돌아올 거다. 그 녀석만 있으면…… 난 널 죽일 수 있어."

"……허세도 정도껏 부려라. 네놈 같은 삼류 따위가 어떻게 날 죽일 수 있다는 거지?"

"허세인지 아닌지는 직접 확인해보든가."

"흥, 건방지군. 참으로 불쾌해. 넌 왜 그렇게 잘난 듯 구는 거지? 기껏해야 스무 살 안팎의 애송이 주제에."

"그 말 그대로 돌려주지. 넌 쓸데없이 나이만 처먹고 왜 그렇게 어른스럽지 못한 건데?"

"……또 헛소리를……!"

슬슬 인내심에 한계가 온 건지 이그나이트 경 주위에 더 거센 불꽃이 솟구쳤다.

"이젠 됐다! 그만 죽어라! 이 세상에서 사라져버려!"

그리고 사방팔방에서 불꽃이 파도처럼 밀려오고 세상이 전부 붉게 물든 순간.

"아, 미안하게 됐수다. 아저씨."

글렌은 절망적인 광경 앞에서도 히죽 웃었다.

"우리가 이겼어."

"……뭐……라고?!"

이그나이트 경은 경악해서 눈을 부릅떴고, 이그나이트 경의 불꽃은 글렌에게 닿지 않았다.

뭔가에 가로막힌 것처럼 멈춰버린 것이다.

그리고 글렌의 뒤에는 어느새 누군가가 서 있었다.

그 인물의 정체는―.

"……이, 이브?!"

"……."

왼팔을 앞으로 뻗고 손바닥 앞에 마술법진을 전개한 이브였다.

"……기다렸어?"

"어, 늦었네."

"눈치 없는 건 여전하네. 남자라면 보통 이럴 땐 부정해주는 법이잖아?"

"널 상대로 남자다움을 보여줘서 어쩌라고."

"바보."

"그건 그렇고 뭐야? 솔직히 놀랐어. ……이건 내 상상력을 아득히 뛰어넘는 상황이잖아?"

글렌은 다시 마력이 통하는 이브의 왼팔을 흘겨보았다.

"네가 있으면 그나마 좀 승산이 생길까 싶었는데…… 이거 완전 낙승이겠는걸?"

"……."

하지만 이브는 입을 열지 않았고 글렌은 거기서 뭔가를 느낀 건지 잠시 입을 다물었다가 질문을 바꾸었다.

"……너, 괜찮겠냐? ……싸울 수 있겠어?"

"물론."

"그럼 부탁 좀 하마. ……끝은 내가 낼게."

그런 짧은 대화 후, 글렌은 숨을 한 번 크게 내쉬고 일어섰다.

그리고 이그나이트 경을 향해 천천히 걷기 시작했다.

걸으면서 자신의 퍼커션 캡 리볼버에 새로운 탄약을 신중히 장전했다.

실린더의 여섯 구멍 중 하나에 휴대용 화약통에 든 어떤 특수 장약을 흘려 넣었지만 이그나이트 경도 가만히 보고만 있지는 않았다.

"흥, 빈틈투성이다. 바보 같은 놈."

당연히 불꽃을 날렸고 세상 전체를 태워버릴 듯한 맹렬한 화염이 둘을 집어삼키려했으나 그것은 글렌과 이브에게 닿지 못한 채 멈춰서 버렸다.

그리고 불꽃이 갈라지더니 글렌과 이그나이트 경 사이에 새로운 길이 생겼다.

"이, 이게 무슨?! 모, 몸이 움직이질 않아?!"

뿐만 아니라 이그나이트 경의 움직임까지 완전히 멈춰버렸다.

마치 가위에 눌린 것처럼……

그러는 사이에 글렌은 입에 문 원형 탄두를 실린더 안에 넣고 총신 아래의 로딩 레버를 꺾어서 탄환을 탄창 안에 깊숙이 밀어 넣었다.

그리고 실린더 끝에 뇌관을 장착하며 이그나이트 경을 향해 천천히 걸었다.

……아주 천천히.

"뭐, 뭐냐! 대체 무슨 일이 일어난 거지?!"

"소용없어, 아버지."

이브는 자신의 몸에 닥친 예상치 못한 사태에 전전긍긍하는 이그나이트 경에게 담담한 목소리로 고했다.

"지금 이 일대는 이미 내 영역, 【제7원】의 지배하에 있으니까 말야."

"뭐……?!"

"이 안에서 난 모든 불꽃을 주문 없이 다루고 **지배**할 수 있어. 불꽃은 전부 내 팔다리이자, 하인. 그리고……."

이브는 이그나이트 경을 차가운 눈으로 흘겨보았다.

이제는 불꽃의 마인으로 다시 태어난 아버지였던 자의 모습을.

"인간이길 포기하고 참 많이 바뀌었네? 아버지. 그 모습…… 마치 **당신 자신이 불꽃 그 자체**가 된 것 같잖아?"

"……?!"

"……유감이야. 당신이 인간이길 포기하지 않았다면 다른 결과가 있었을지도 모르는데."

그 순간, 이그나이트 경의 표정이 절망으로 일그러졌다.

이브에게 지배당해 움직일 수 없게 된 자신의 몸.

그리고 사신처럼 천천히 다가오는 글렌.

격상을 상대로 절대적인 승률을 자랑하는『마술사 킬러』
의 모습에서 확연한 공포를 느꼈다.

"이, 이브?! 자, 잠깐만……!"

당황한 이그나이트 경은 허겁지겁 외쳤다.

"명, 명령이다……! **이브, 날 구해!** 당장 내 명령대로 하라고!"

하지만 이브는 한숨을 한 번 내쉰 후 우울한 목소리로 대
답했다.

"유감이겠지만…… 그런 건 이제 안 통해."

"……?!"

이브는 자신을 속박하고 있었던 주술의 정체를 어렴풋이
간파하고 있었다.

아마『이그나이트라는 이름에 대한 심취, 외경, 충성, 숭
배』등의 감정을『쐐기』로 삼아서 상대의 마음을 속박하고
조종하는 술식이 아닐까.

조건이 한정된 만큼 한 번 빠지면 그만큼 강력한 강제력
을 발휘하는 계통이리라.

이그나이트 경이 자신의 군대를 마음대로 휘둘렀던 비밀
도 아마 이것.

그리고 이그나이트 경이 이상할 정도로 공적과 명성에 집
착했던 것도 자신이 지배할 수 있는 장기말을 늘리기 위해
서였다.

참으로 구역질이 나는 술식이었다.

아마 일족 중 일부만이 아는 비전 시크릿 중 하나가 아닐까?

하지만 이제 와선 아무래도 상관없었다.

이브는 그런 타락한 가문과 결별하듯.

무엇보다도 아버지와 결별하듯.

마지막으로 이렇게 말했다.

"안녕히, 아버지. 난…… 당신이 정말 끔찍하게 싫었어."

"이, 이브ㅇㅇㅇㅇㅇㅇㅇㅇㅇㅇㅇㅇㅇㅇㅇㅇㅇㅇㅇ!"

비명을 지르는 이그나이트 경에게 느긋하게 다가온 글렌은 그의 미간에 총구를 들이밀었다.

"《0의 전심》."

철컥.

무정하게 격철을 올리는 소리에 이그나이트 경의 몸이 화들짝 떨렸다.

"히익?! 기, 기다……!"

글렌은 무시하고 방아쇠를 당겼다.

"……【페네트레이터】."

탕!

【변화의 정체 · 정지】가 초래하는 필멸의 마탄.

마인에게는 치명적인 맹독이 마침내 불을 뿜었다.

종장 꺼지는 등불, 켜지는 등불

글렌이 쏜 마탄에 명중한 마인이 대폭발을 일으키며 소멸한 후.

"……."

아직도 불꽃이 다 꺼지지 않은 세상에서 이브는 넋을 잃고 서 있었다.

"……이브."

글렌은 그런 그녀의 등을 가만히 지켜볼 수밖에 없었다.

"이외로 별 느낌 없네."

이윽고 이브는 어딘가 공허한 목소리로 중얼거렸다.

"아버지를 죽이고…… 가짜였다지만 언니까지 죽였는데…… 전혀 아무렇지도 않아. 뭐, 그들은 죽어 마땅한 반역자였는걸. ……그냥 원래 이런 걸지도."

"……."

"……이그나이트는…… 이제 끝났어."

"……."

"하지만…… 상관없어. 가문 따원…… 관계없는걸. ……정말로 중요한 건 내가 뭘 하고 어떻게 살아가야 하느냐 잖아? 그치?"

"……."

"글렌, 당신은 신경 쓰지 마. ……이건 내 의지와 선택이었으니까. 틀림없는, 나 자신이 옳다고 믿은 길…… 후회는 전혀 안 해."

"……."

"그러니…… 이걸로 된 거야."

"……."

"……이걸로……."

그렇게 자신을 납득시키듯 말하는 이브에게…… 글렌은 말없이 다가가 어깨에 손을 얹어주었다.

하지만 고작 그것만으로도 이브는 화들짝 놀라더니 이윽고 몸을 가늘게 떨기 시작했다.

"……진짜 싫다, 당신. 왜…… 왜 허세부리도록 내버려두지 않는 건데?"

"……이브."

바로 이브의 목소리가 물기에 젖었다.

흐느낌과 코를 훌쩍이는 소리가 점점 커졌다.

"……있지…… 글, 렌…… 명령……."

"뭔데?"

"……내 얼굴……보지, 마……."

"……."

"지금 내 얼굴은…… 화상 때문에, 엉망일…… 테니……
까……아!"

그 말을 목구멍에서 쥐어짜 낸 순간, 이브는 마치 몸을 날
리듯 글렌의 품에 애달프게 매달렸다.

"아……아, 아아아아아아아아아아아아아아아아아아!"

그리고 마치 애처럼 소리 높여 울기 시작했다.

"으아아아아아아앙! 이그, 이그나이트가……아아아아아아
아아! 흑, 언니! 언니……! 죄송해요! 정말…… 죄송해요! 저,
저……전……! 으아아아아아아앙!"

"……괴로웠지, 이브. ……미안. 그리고 고맙다……."

"아아아아아아아아아아아아아아아아아아아아아아아아아
아아아아아아아아아아아아아아아아아아아아아아아아!"

글렌은 이브가 마음껏 울도록 가만히 내버려두었다.

……그녀가 울음을 그칠 때까지 계속.

…………

밀라노 모처, 아무도 없는 어두운 골목길.

"이럴 리가……. 이럴 리가, 이럴리가이럴리가없는데에! 커
헉! 쿨럭!"

온 몸이 불에 타 문드러진 남자가 꼴사납게 바닥을 기고
있었다.

이그나이트 경이다. 어느새 인간의 모습으로 돌아와 있었다.

아까 글렌의 마탄에 맞았을 때 전신이 붕괴하는 도중 마인의 육체와 힘을 전부 포기하고 폭발이 일어난 틈에 탈출한 것이었다.

"대체 뭐지? 저 탄환은……! 커허억!"

하지만 그것뿐이었다.

상처가 전혀 낫지를 않았다. 영혼이라는 근본적인 부분에 큰 손상을 입어서 얼마 남지 않은 목숨이 지금도 계속 새어 나가고 있음을 본능적으로 알 수 있었다.

더는 손쓸 도리가 없다. 이제 곧 죽으리라.

그런 공포스러운 예감이 실시간으로 그의 몸을 좀먹고 있었다.

"시, 싫어……! 싫어! 싫다고!"

이그나이트 경이 반쯤 미쳐서 날뛰었지만 몸은 전혀 말을 듣지 않았다.

"어, 어째서야. 왜 내가! 모든 것의 정점에 서야 할 내가……왜 이런 비참하고 꼴사나운 모습이 되어야 하는 거냐고!"

이상했다. 모든 게 이상했다. 다들 제정신이 아니다.

자신이 정상에 설 수 없는 이딴 세계는 어딘가 잘못된 게 분명했다.

"나, 난 아무것도 잘못한 게 없어. 항상 옳았어. 그런데 왜……? 내 잘못이 아니야. 난 잘못한 거 없어. 이건 대체 누구 탓이지? 누구? 누구? 누구?"

그런 식으로 무자비하게 생명이 타들어가고 있는 이그나이트 경 주위에—.

"아, 찾았네요! 무사해서 다행이에요! 마이 로드!"

이상할 정도로 쾌활한 소녀의 목소리가 울려 퍼졌다.

이그나이트 경이 시선을 들자 골목 안쪽에 일리아가 서 있었다.

그녀는 아주 신이 난 얼굴로 그를 바라보고 있었다.

"일리아……."

"우와~ 진짜 심한 꼴을 당하셨네요! 그 정도면 보통은 즉사였을걸요~? 하지만 그런 꼴로도 살아남다니, 과연 마이 로드~!"

일리아가 가벼운 걸음걸이로 뚜벅뚜벅 걸어오자, 이그나이트 경은 도움을 요청하듯 숯덩이가 된 팔을 내밀었다.

"이, 일리아…… 나, 나를 구해라! 어서……!"

"이야~ 진짜 다행이지 뭐예요? **내 몫이 남아 있어서.**"

하지만 일리아는 웃는 얼굴 그대로 그 손을 옆으로 쳐버렸다.

그러자 이그나이트 경의 팔이 그대로 몸에서 뜯겨나가 바닥에 떨어졌다.

"아아아아악?! 이, 일리아?! 네, 네놈! 대, 대체 무슨 짓을……."

이그나이트 경은 당연히 비명을 지르며 비난했지만, 일리 아는 개의치 않고 그의 몸을 발로 차 뒤집고 짓밟았다.

"끄악?!"

"실은 좀 더 버텨줬으면 했는데 말이죠. 개인적으론 마이 로드가 인생의 최고 절정기에 도달했을 때 절망의 나락으로 떨어트려주고 싶었거든요~. 그래서 구역질이 치미는 걸 참고 모셨던 건데 당신이 너무 조루라 전부 망했잖아요. …… 뭐, 이제 와선 배부른 투정이겠지만요. 쿡쿡쿡쿡……."

일리아의 눈을 본 이그나이트 경은 소름이 돋았다.

어둠이 너무 깊어서 아무것도 보이지 않는 그 눈은 그야 말로 나락 그 자체였다.

대체 얼마나 많은 절망을 맛봐야 저런 눈을 할 수 있는 건지 짐작조차 가지 않았다.

경악하는 그 앞에서 일리아는 무척 즐겁고 기뻐보였다.

마치 천진난만한 어린애가 오랫동안 참고 기다려온 장난 감 선물의 포장을 마침내 뜯어버린 듯한, 그런 분위기였다.

"옛날이야기를 하나 해드릴게요."

일리아는 뜬금없이 이야기하기 시작했다.

"옛날 옛날에 진짜 쓰레기 같은 가문에 빌어먹을 아버지, 그리고 가엾은 자매가 살았답니다. 하지만 동생은 굉장히 무능해서 늘 빌어먹을 아버지에게 심한 학대를 당했어요. 아무래도 우수한 자기 피를 이었는데 언니의 대용품도 되지 못하는 무능함이 몹시 못마땅했던 모양이더라구요. 언니는 항상 그런 동생을 필사적으로 감싸주었지만, 빌어먹을 아버지가 너무 힘이 세고 무서워서 지켜주는 것도 한계가 있었답니다. 언니는 아무 잘못도 없는데 늘 동생에게 미안하다고 미안하다고 사과만 하곤 했어요."

"무, 무슨……?"

"그러던 어느 날 빌어먹을 아버지는 동생이 진짜 필요 없어졌는지 살처분해 버리기로 결정했답니다. 그 동생이 있으면 가문의 지위와 명예에 누가 된다든가 뭐라든가 하는 어이없는 이유로요. 그렇게 빌어먹을 아버지가 동생을 마술로 불태워버렸지만, 동생은 끈질기게도 간신히 살아남았습니다. 그런 동생을 울면서 몰래 구해준 언니는 빌어먹을 아버지의 손이 닿지 않는, 믿을 수 있는 먼 집안에 동생을 몰래 보내주었답니다. 그렇게 새로운 얼굴과 새로운 이름을 얻은 동생의 새 인생이 시작된 거죠. 하지만 동생은 늘 자신을 지켜준 언니에게 깊이 감사하며 언젠가는 언니의 힘이 되어주고 싶다는 마음에 계속 열심히 마술을 공부했습니다. 다행히 불꽃 마술의 재능은 눈곱만큼도 없어도 환술에는 재능이 있었거든요. 그러는 사이에 본가에는 『새로운 동생』이 보충된 모양이지만, 솔직히 아무래도 상관없었어요. 그녀에겐 아무 감정도 없거든요. 진심 아무래도 상관없었죠. 동생에게는 그저 언니만 있으면 충분했어요. 하지만 마침내 한 사람 못을 할 수 있게 된 동생이 이제 겨우 언니를 다시 만날 수 있을 거라고…… 자매로서는 무리겠지만, 부하로서는 곁에 있어줄 수 있을 거라고 생각하며 재회하는 날을 고대하고 있던 어느 날…… 글쎄 그 빌어먹을 아버지가 언니까지 죽여 버렸다지 뭐예요? 듣자하니 언니가 마술을 쓸 수 없게 되는 바람에 나중에 다시 만들 거라든가 뭐라든가…… 하하하, 지금 장난해? 진심 뒈져버려."

"……으……아……아아아……?"

"동생은 진심으로 눈이 돌아갔습니다. 그리고 이때 인간으로서 중요한 무언가가 망가져버린 모양이에요. 언젠가 그 빌어먹을 아버지를 죽여 버리고 말겠다. 최대한 꼴사납고 비참하고 처참하게. 그것만이 동생이 진정으로 원하는 소원이 되었고…… 나머진 그냥 아무래도 상관없게 되었답니다. 하지만 빌어먹을 아버지는 어느새 인간이길 그만둬버려서, 고작 인간에 불과한 동생의 힘으론 완전히 숨통을 끊어버릴 수단이 없었어요. 자, 그럼 이제 어쩔까요? 그 방법을 찾기 위해 동생은 꼴도 보기 싫은 빌어먹을 아버지와 가까워지기로 했답니다. 자신에게 몇 번이나 몇 번이나 몇 번이나 『마이 로드』라는 암시를 걸어가면서."

콱!

일리아는 이그나이트 경의 얼굴을 짓밟았다.

"이~런~ 진~짜~ 재미없는 옛날이야기인데…… 감상은

어떠시죠? 예? 마이 로드……."

"서, 설마……설마 넌……?!"

부들부들 떠는 이그나이트 경의 눈앞에서 일리아는 손가락을 튕겼다.

자신의 몸에 건 【달의 요람】을 해제한 것이다. 오랫동안 반복적으로 걸어서 이젠 세계가 거의 사실로 인정해버린 그녀의 위장이 마침내 베일을 벗었다.

일리아의 모습이 변화했다.

머리카락은 불꽃같은 진홍색으로. 홍채의 무지개색이 선명한 자줏빛으로…….

하지만 그녀의 몸 절반은, 얼굴 절반은 화상으로 추하게 문드러져 있었다.

"으아아아아아?! 너, 너……넌…… 아, 아리, 아리에……."

일리아는 경악한 이그나이트 경 앞에서 단검을 뽑았다.

그야말로 최고의 미소를 짓고.

"『강하게 믿고 행동으로 관철하면 소원은 언젠가 이루어진다』♪"

"히익?!"

"흠흠. 옳거니, 옳거니. 확실히 그 말대로! 제 소원이 이루어졌네요!"

그리고—.

"으갸악?! 끄아아아아악! 히이이이이이익! 그, 그만! 우어어어어억?! 히익?! 아, 아아아, 사, 살려······ 아아아아아아아아아아아아아악! 끄아아아아아아아아아아아아아아악!"

　사람 없는 어느 골목길에서는 누군가의 비참하고 애달픈 비명과 단말마, 누군가의 어두운 환희에 젖은 웃음소리, 날카로운 무언가로 살을 계속 찌르는 묵직한 소리가 끊임없이 울려 퍼졌다.

　르바포스 성력 1853년, 그람의 달 13일 7시 11분.
　후세에 『불꽃의 세 시간』이라 불리게 되는 이 동란은 여왕군 임시 총사령관 **이브 디스트레**가 열 배 이상의 전력 차를 탁월한 전술안으로 무너트리고, 쿠데타군 수괴 아젤 르 이그나이트 경을 본인이 직접 토벌하는 것으로 막을 내렸다.
　이그나이트 경이 전사한 시점에서 쿠데타군은 전면 투항.
　진술 작업에 들어가자 전원이 하나같이 『자신들이 대체 왜 이그나이트 경이 시키는 대로 한 건지, 왜 여왕 폐하께 칼을 들이미는 폭거를 저지른 건지 이해할 수 없다』는 말부터 시작했다고 한다.
　하지만 여왕에 대한 반역은 반역. 극형에 해당하는 중죄.
　자신이 저지른 죄를 자책하며 속죄하기 위해 자해를 시도

하는 장병이 속출한 탓에 전 쿠데타군은 한때나마 큰 혼란 상태에 빠지게 되었다.

『경청하십시오. 지금은 죽음으로써 죄를 갚을 때가 아닙니다.』

『그런 방식의 속죄는 이 알리시아 7세가 절대로 용납할 수 없습니다.』

『죄를 갚고 싶다면 부디 그 목숨을 미래를 위해 써주시길 바랍니다.』

실제로 여왕 일리시아 7세가 마술로 목소리를 증폭해서 대대적으로 『은사』를 베풀지 않았다면 더 많은 희생자가 나왔으리라.

그리고 알리시아 7세의 지시로 포로가 된 제국 고관, 각국 요인들을 차례대로 해방.

이어서 그녀는 감옥에서 해방된 파이스 카디스 추기경과 협력해 세계의 분열과 전쟁 발발의 위기를 가까스로 극복하게 된다.

그러나 이 동란이 남긴 상처는 너무나도 컸다.

제국장병 간의 전투로 발생한 사상자는 1천 이상.

그 전투의 여파로 처참하게 파괴된 자유도시 밀라노.

아직도 지하에서 증식을 멈추지 않는 《뿌리》와 사신의 권속에 대한 대책은 전혀 차도가 없었으며, 밀라노 시민들의 피난도 아직 완료되지 않은 상황.

사신이 강림하기까지 남은 시간도 이번 사태를 수습하느라 대폭 깎여나가고 말았다.

물론 세계 각국은 절찬 대 혼란 중. 대체 언제쯤 수습이 될지 짐작조차 되지 않았다.

하지만 걸음을 멈출 수는 없었다. 앞으로 나아가야만 했다.

알리시아 7세는 필사적으로 길을 모색했다.

인류에게 남겨진 시간은 이제 정말로 얼마 남지 않았기에…….

그리고—.

"여."

자유도시 밀라노의 틸리카 파리아 대성당.

이번 동란의 사후처리가 끝나지 않아 알리시아 7세를 비롯한 제국 지도층이 아직도 주류하고 있는 이 성당에서 글렌은 서류를 한 아름 싸들고 통로를 걷는 이브 앞에 나타났다.

"……뭐."

"아니, 넌 어떻게 지내나 싶어서."

"그래……? 한가한가 보네."

이브는 여전히 제국 파견군의 임시 사령관을 맡고 있었다.

달리 지휘를 맡을 만한 장교가 없다 보니 여왕이 직접 고개를 숙여가며 부탁했다는 모양이다.

그래서 결국 승낙할 수밖에 없었던 이브는 현재 군 관련 사후처리를 도맡고 있었다.

참고로 지금 그녀의 계급은 천기장이다.

"……좀 어때?"

"괜찮아. 몸 쪽 상처는 다 나았어. 얼굴도…… 평생 그 꼴로 살 걸 각오했었는데 다행히 전부 깔끔하게 고쳐졌고, 왼손에 마력도 돌아왔고……."

"아니, 몸이 건강한 것도 다행이긴 한데…… 그게…… 넌 이번에…… 여러모로 힘든 일이 많았잖아? 그러니 너무 무리할 필요는……."

글렌이 쩔쩔매며 용건을 꺼낸 순간—

"하? 뭐? 당신, 그런 걸 걱정했던 거야?"

"어? 아니, 그냥 뭐……."

'앗, 망했다. 이거, 괜한 참견이라고 잔소리 퍼붓는 코스잖아.'

"고마워."

하지만 예상과는 반대로 이브는 부드럽게 웃어주었다.

"……이브?"

"난 괜찮아. 물론 아직 마음의 정리는 덜 됐지만…… 괜찮아. 이제 더는 망설이지 않을 거야."

"……그러냐."

본인이 그렇다면 글렌으로선 뭐라 더 할 말이 없었다.

"그보다 문제는 당신이야."

"응? 나?"

"그래. 학생들은 제대로 잘 돌봐주고 있는 거겠지?"

"어. 걔들은 지금 페지테로 돌아갈 준비 중인데……."

"그게 아니라, 학생들 입장에선 모처럼 기대했던 행사가 갑자기 취소된 거잖아? 그 부분을 제대로 케어해주고 있냐는 뜻."

"하, 하고 있거든?"

"진짜 괜찮은 거지? 특히 시스티나라든가, 낙담하진 않았어?"

"괜찮대도 그러네…… 거 참, 신용이 없구만?!"

"그야 당신은…… 평소 행실이 그 모양인걸."

"……너무하네, 진짜."

"나도 따지고 보면 당신 때문에 신세 망칠 뻔한 여자거든?"

"거, 거 참 누가 들으면 오해하겠네……."

글렌이 토라진 듯 시선을 피하자 이브는 쿡쿡 웃었다. 그러자 분위기가 조금 따스해졌다.

'이 녀석…… 어째 태도가 좀 부드러워졌네.'

글렌은 이브의 표정을 훔쳐보며 그런 생각을 했다.

앞으로 그녀가 어떤 길을 걷게 될지는 글렌도 알 수 없었다.

아직도 내부적으로 엉망인 데다 인재도 부족한 군에 이대로 복귀하느냐, 혹은 마술학원으로 돌아가느냐.

어느 쪽이든 그건 이브 본인이 원해서 고른, 옳다고 믿는 길이리라.

'뭐, 응원이나 해줘야지. 진짜 제대로⋯⋯.'

글렌이 답지 않게 그런 생각을 한 그때─.

"여기 있었나, 이브."

알베르트가 나타났다.

오른쪽 눈을 가린 붕대는 아직 풀지 않은 상태였다.

보기에는 안쓰럽지만 본인의 태도는 평소와 다름없어서 딱히 부상자라는 느낌은 들지 않았다.

"알베르트?!"

글렌은 알베르트를 향해 달려갔다.

"⋯⋯글렌도 있었나."

"이야기는 들었어. 너, 부상은⋯⋯."

"내 부상 따위 아무래도 좋아. 그보다 긴급 사태다."

"뭐?"

"⋯⋯글렌, 너도 와라. 폐하의 신뢰가 두터운 넌 어차피 늦건 이르건 알게 될 일이니까."

"어, 야, 잠깐⋯⋯ 뭔데? 대체 무슨 일이 있었길래 그래?"

알베르트는 대답하지 않고 등을 돌려 빠른 걸음으로 앞서 갔다.

갈피를 잡지 못한 글렌과 이브는 서로의 얼굴을 마주본

, 후 그 뒤를 말없이 따를 수밖에 없었다.

　성당 안의 임시 정무실.
　웅성. 웅성. 웅성.
　그곳에는 밀라노에 주류한 제국 정부의 요인들이 모여 있었다.
　당연히 크리스토프와 버나드의 모습도 있었다.
　그리고 그 중심에는 여왕이 진지한 표정으로 서 있었다.
　"헉……헉…… 후우……후우……."
　그리고 그녀 앞에는 제국 궁정 마도사단 소속의 마도사한 명이 한쪽 무릎을 꿇고 있었다.
　방금 밀라노에 도착한 모양인지 무척 숨이 가빠보였고, 어째선지 몸도 상처투성이였다.
　머리카락을 화려하게 황금색과 붉은색으로 나눠서 염색한 군인답지 않은 인상의 마도사.
　글렌에게도 낯이 익은 청년이었다.
　"저 녀석은…… 크로우 오겜?! 제국 궁정 마도사단 제1실 소속의?!"
　"글렌, 쉿! 지금 뭔가 말하려나 봐."
　이브가 글렌의 입을 막았고, 좌중 앞에서 여왕은 무겁게 입을 열었다.
　"……다시 한 번 보고해주시겠어요?"

여왕의 표정은 의연했지만 안색은 창백했다.

이그나이트 경이 쿠데타를 일으켰을 때도 분명 이 정도는 아니었을 터.

그리고 여왕의 재촉에 청년, 크로우 오검은 어깨를 들썩이더니 울먹이는 목소리로 말했다.

"……보고……드립니다! 제도가…… **제도가 함락되었습니다!**"

"……엥?"

글렌은 얼빠진 목소리로 중얼거릴 수밖에 없었다.

"……."

이브조차 어안이 벙벙한 얼굴이다.

왠지 현실감이 느껴지지 않는 동요와 곤혹스러움이 장내를 지배했다.

"정말 드릴 말씀이 없습니다! 제국군 제도 방위 부대는 패주……!"

"……적은 어디의 누구죠? 제도의 방어가 뚫릴 정도면 상당한 전력일 텐데요."

여왕은 조용한 목소리로 물었다.

"적은 엘리에테……."

하지만 돌아온 것은 그 누구도 예상치 못했던 대답이었다.

"적은《검의 공주》엘리에테 헤이븐입니다!"

르바포스 성력 1853년, 그람의 달 16일.

사신이 강림하는 순간이 시시각각 다가오는 가운데, 알자노 제국은 더 큰 혼란의 소용돌이에 삼켜지고 있었다.

■작가 후기

안녕하세요, 히츠지 타로입니다.

변변찮은 마술강사와 금기교전 17권이 발매되었습니다.

편집자님 및 출판 관계자 여러분, 그리고 이『변변찮은』을 지지해주시는 독자 여러분께 무한한 감사를.

자, 그럼 17권. 마침내 여기까지 왔구나 하는 감상입니다. 지금까지 깔아둔 복선들이 회수되면서 결말로 향하고 있다는 실감이 팍팍 느껴지네요.

이번에 특히 주목을 받은 건 또다시 이브. 이 17권으로 이브라는 캐릭터의 밑바탕에 있던 큰 줄기 하나가 막을 내리는 흐름이 되었습니다.

개인적으로는 그녀의 이야기를 마무리하기에 충분한 내용이 되었다고 자부하고 있습니다. 그녀의 이번 숭고한 결단은 훗날 글렌에게도 큰 영향을 주게 되겠죠.

그건 그렇고…… 이번 권은 저도 쓰면서 진심 괴로웠습니다! ()

뭐랄까 이브에게만 계속 괴로운 전개가 이어지고, 추상일지 6권까지 더하면 진짜 다양한 의미에서 완전히 만신창이가 된 느낌이네요. 이브, 불쌍해.

어째서……? 왜 이렇게 이브만 괴롭히는 거야?!

대체 누구 때문?! 예, 접니다! 죄송합니다!

아니, 그 뭐시냐…… 귀여운 애일수록, 좋아하는 애일수록 괴롭히고 싶어진다고들 하잖아요?

그러니 제가 이브에게 이런 무거운 전개만 준 건 딱히 싫어해서가 아닙니다! 사랑하기 때문이라고요! 사랑!

뭐, 히츠지의 그런 일그러진 성벽은 일단 제쳐두고.

『변변찮은』은 아직 더 계속될 예정입니다만 결코 긴장을 풀지 않고 전력을 다해서 집필 중입니다.

근황, 생존 신고 등은 트위터에서 하고 있으니 그쪽으로 응원 메시지 등을 보내주시면 저도 기뻐서 더 힘이 날 것 같습니다. 유저명은 『@Taro_hituji』입니다.

부디 앞으로도 여러모로 잘 부탁드리겠습니다!

히츠지 타로

■역자 후기

  작가님의 애정이 참으로 무거웠던 이번 17권, 재미있게 읽어주셨을까요?

  개인적으로는 마침내 모든 속박의 굴레를 벗어던지고 자유로워진 이브의 앞날이 기대되는 결말이었습니다. 이번 권만 봐도 고생한 만큼 작가님께서 신경을 써주신 건지 히로인 포스도 굉장했습니다. 아직 본문을 읽지 않은 분께선 꼭꼭 주목해주시길!

  그리고 본편과는 관계없는 내용입니다만, 이 『변마금』을 포함한 후지미 판타지아 문고의 명작 캐릭터들이 뜨거운 크로스오버 배틀을 펼치는 모바일 게임 『판타지아 리빌드』가 일본에서 서비스 중이더군요. 사실 모바일 게임은 그 게임성과 볼륨에 비하면 과금 체계가 너무나도 불합리하다는 생각이 들어 그다지 추천하고 싶지 않습니다만, 제가 잠시 건드려본 바에 의하면 무과금으로도 스토리는 충분히 진행할 수 있을 정도의 난이도라 혹시 원작 작가님들께서 직접 감수하고 쓰신 IF 스토리가 궁금하신 분들은 한 번쯤 관심을 가져주시는 것도 나쁘진 않을 것 같습니다. 특히 이『변마금』을 다룬 스토리는 극초반에 등장하니 빠르게 접하실수 있을 겁니다.

그럼 아무쪼록 다음 권에서도 뵐 수 있기를 바라며 이만 짧은 후기를 마칩니다.

변변찮은 마술강사와 금기교전 17

초판 1쇄 발행 2021년 4월 10일

지은이_ Taro Hitsuji
일러스트_ Kurone Mishima
옮긴이_ 최승원

발행인_ 신현호
편집부장_ 윤영천
편집진행_ 김기준 · 김승신 · 원현선 · 권세라 · 유재슬
편집디자인_ 양우연
관리 · 영업_ 김민원 · 조인희

펴낸곳_ (주)디앤씨미디어
등록_ 2002년 4월 25일 제20-260호
주소_ 서울시 구로구 디지털로 26길 111 JnK디지털타워 503호
전화_ 02-333-2513(대표)
팩시밀리_ 02-333-2514
이메일_ lnovelpiya@naver.com
ㄴ노벨 공식 카페_ http://cafe.naver.com/lnovel11

ROKUDENASHI MAJYUTU KOSHI TO AKASHIC RECORDS Vol. 17
ⓒTaro Hitsuji, Kurone Mishima 2020
First published in Japan in 2020 by KADOKAWA CORPORATION, Tokyo.
Korean translation rights arranged with KADOKAWA CORPORATION, Tokyo.

ISBN 979-11-278-5914-5 04830
ISBN 979-11-86906-46-0 (세트)

값 7,800원

*이 책의 한국어판 저작권은 KADOKAWA CORPORATION와의 독점 계약으로
(주)디앤씨미디어에 있습니다.
저작권법에 의해 한국 내에서 보호를 받는 저작물이므로 무단전재와 복제를 금합니다.

*잘못된 책은 구매처에 문의하십시오.

©2019 shiryu / SHOGAKUKAN Illustrated by teshima nari

죽음에서 돌아와, 모든 것을 구하고자 최강에 도달한다 1권

shiryu 지음 | 테시마nari. 일러스트 | 김장준 옮김

가족, 누나 같은 사람, 친구, 그리고— 사랑하는 사람.
모든 것을 잃은 에릭은 세상을 살아갈 의미를 잃고 절망해 결국 목숨을 끊는다.
하지만 죽었다고 생각했는데 눈을 뜨니 아기가 되어 있다?!
하지만 에릭은 아기가 『된』 것이라 아니라 아기로 『돌아온』 것이었다.
그 사실을 안 에릭은 잃었던 모든 것을 구하고자 최강에 도달하기로 마음먹는다.
우선 모든 것을 잃는 시작이 된 재난.
태어난 마을을 덮친 비극을 막기 위해 전생보다 강한 힘을 바라며 훈련에 매진한다.

—이것은 아직 정해지지 않은 운명에 맞서 싸우는 남자의 이야기.

라이트노벨의 새로운 빛! L노벨의 신간은 매월 10일에 발매됩니다. http://cafe.naver.com/lnovel11

©Yuichiro Higashide, Koushi Tachibana, NOCO 2020
KADOKAWA CORPORATION

데이트 어 불릿 1~7권

히가시데 유이치로 지음 | 타치바나 코우시 원안 · 감수 | NOCO 일러스트 | 이승원 옮김

"……저는 이름이 없어요. 빈껍데기예요. 당신은 이름이 뭐죠?"
"제 이름은 토키사키 쿠루미랍니다."
기억을 잃은 채 인계라 불리는 장소에서 눈을 뜬 소녀,
엠프티는 토키사키 쿠루미와 만난다.
그녀의 안내를 받아 도착한 학교에는 준정령이라 불리는 소녀들이 있었다.
서로를 죽이기 위해 모인 열 명의 소녀들.
그리고 비정상적인 존재이자 빈껍데기인 소녀.
"저는 쿠루미 씨의 일행이자 미끼…… 미끼인가요?!"
"아, 미끼가 싫다면 디코이라고……."
"똑같은 의미잖아요!"

이것은 토키사키 쿠루미의 알려지지 않은 이야기.
자— 저희의 새로운 전쟁을 시작하죠

라이트노벨의 새로운 빛! ㄴ노벨의 신간은 매월 10일에 발매됩니다. http://cafe.naver.com/lnovel11

©Sui Tomoto, Syungo Sumaki 2016
KADOKAWA CORPORATION

금색의 문자술사 1~9권

토모토 스이 지음 | 스마키 슌고 일러스트 | 김장준 옮김

식사와 독서를 사랑하는 『아웃사이더』 고등학생 오카무라 히이로는
같은 반의 리얼충 네 명과 함께 이세계로 소환됐다.
《용사》가 되어 인간국 빅토리어스를 구해달라는 왕녀의 부탁에 들뜨는 리얼충들,
그런 와중 밝혀진 히이로의 칭호는─《말려든 자》?!
원래 세계로 돌아갈 방법은 없다. 용사들과 장단을 맞출 생각도 없다.
하지만 기왕 하게 된 이세계 라이프.
적은 문자의 이미지를 발현하는 히이로만의 능력《문자마법》을 사용해
미지의 요리와 책을 찾아 홀로 모험에 나선다!
이세계에서도 고고한 『아웃사이더』 노선을 관철하는 히이로는 아직 모른다.
이윽고 히어로라고 불리게 될 자신의 미래를…….

소설가가 되자 사이트에서
조회수 2억 6천만을 돌파한 초인기 대작

라이트노벨의 새로운 빛! L노벨의 신간은 매월 10일에 발매됩니다. http://cafe.naver.com/lnovel11

©Tatematsuri/OVERLAP
Illustration Ruria Miyuki

신화 전설이 된 영웅의 이세계담 1~11권

타테마츠리 지음 | 미유키 루리아 일러스트 | 송재희 옮김

오구로 히로는 일찍이 알레테이아라는 이세계로 소환되어
《군신》으로서 동료와 함께 나라를 구하고,
주변 나라들을 정복하여 거대한 제국을 건설했다.
그 후, 히로는 모든 것을 버리기로 각오하고
기억을 잃는 대가로 원래 세계로 귀환한다.
그 후, 매일 행복한 날을 보내던 히로는
무슨 운명인지 또다시 이세계로 소환되고 만다.
그곳은 바로— 1000년 후의 알레테이아?!

자신이 이룩한 영광이 『신화』가 된 세계에서
『쌍흑의 영웅왕』이라 불렸던 소년의 새로운 『신화전설』이 막을 올린다!

라이트노벨의 새로운 빛! L노벨의 신간은 매월 10일에 발매됩니다. http://cafe.naver.com/lnovel11

© Junki Hiyama 2018
Illustration Yomi Sarachi

현자의 검 1~6권

히야마 준키 지음 | 사라치 요미 일러스트 | 이은혜 옮김

판타지 세계를 동경하며 살아온 소년.
그는 『엘더즈 소드』라는 게임이 좋아서 계속 반복해서 플레이했다.
그 중에서 가장 마음에 든 캐릭터, 전사 루온을 열심히 키웠다.
어느 날, 소년은 갑자기 의식을 잃게 되었고— 정신을 차려보니
그곳은 게임 속 세계에, 심지어 소년 자신은 루온이 되어 있었다.
그는 이상향이 눈앞에 펼쳐진 사실에 경악하고 흥분했다.
그러나 그와 동시에 깨달았다.
게임 속 루온은 죽기 위해 존재하는 캐릭터라는 것을—
그리고 마왕이 루온이 있는 대륙을 침공한다는 것을…….
루온은 이야기가 어떻게 진행되어도 수정할 수 있도록 힘을 키우기로 했다.
루온은 많은 결의를 가슴에 품고 마왕과의 전투에 몸을 던졌다.

『소설가가 되자』 대인기 판타지!!

라이트노벨의 새로운 빛! L노벨의 신간은 매월 10일에 발매됩니다. http://cafe.naver.com/lnovel11

© Takehaya
illustration Poco
Originally published by HOBBY JAPAN

단칸방의 침략자!? 1~29권

타케하야 지음 | 뽀코 일러스트 | 원성민 옮김

소년 사토미 코타로가 홀로서기를 위해 찾아낸 단칸방.
부엌 욕실 화장실 포함에 월세는 단돈 5천엔.
어느샌가 그 방은 침략 목표가 되었다?!

'미소녀', '유령', '외계인', '코스플레이어' 그 누가 상대라해도

"너희에게 이 방을 넘겨줄 수는 없어!"

단 한칸의 방을 걸고 벌어지는 침략일기, 시작합니다!
TV애니메이션 방영 화제작!!

라이트노벨의 새로운 빛! L노벨의 신간은 매월 10일에 발매됩니다. http://cafe.naver.com/lnovel11